# A LEI DO AMOR

# A LEI DO AMOR
## Laura Esquivel

Tradução
EDUARDO BRANDÃO

**Martins Fontes**
São Paulo  1996

Esta obra foi publicada originalmente
em espanhol com o título LA LEY DEL AMOR
Copyright © 1995, Laura Esquivel
Copyright © 1995, Miguelanxo Prado para as ilustrações
Copyright © Montserrat Pecanins para a ilustração da capa
Copyright © Livraria Martins Fontes Editora Ltda.,
São Paulo, 1996, para a presente edição

1ª edição
*julho de 1996*
**Tradução**
*Eduardo Brandão*
**Revisão gráfica**
*Célia Regina Rodrigues de Lima*
*Sandra Rodrigues Garcia*
**Produção gráfica**
*Geraldo Alves*
**Paginação**
*Studio 3 Desenvolvimento Editorial*
**Capa**
*Montserrat Pecanins*

**Dados Internacionais de Catalogação na Publicação (CIP)**
**(Câmara Brasileira do Livro, SP, Brasil)**

Esquivel, Laura
  A lei do amor / Laura Esquivel ; tradução Eduardo Brandão.
– São Paulo : Martins Fontes, 1996.

ISBN 85-336-0524-2

1. Romance mexicano I. Título.

96-2681                                              CDD-m863.4

**Índices para catálogo sistemático:**
1. Romances : Século 20 : Literatura mexicana   m863.4
2. Século 20 : Romances : Literatura mexicana   m863.4

*Todos os direitos para o Brasil*
*reservados à* **Livraria Martins Fontes Editora Ltda.**
*Rua Conselheiro Ramalho, 330/340  01325-000*
*São Paulo  SP  Brasil  Telefone 239-3677*

LAURA ESQUIVEL nasceu na Cidade do México em 1950. Em 1985 inicia-se no meio cinematográfico com o roteiro do filme *Chido Guán, el Tacos de Oro* (Chido Guán, o Taco de Ouro), com o qual obtém a indicação da Academia de Ciências e Artes Cinematográficas do México para o Prêmio Ariel. *Como Água para Chocolate* (1989) é seu primeiro romance, que teve uma acolhida incrível em seu país. Traduzido em 29 idiomas, foi levado às telas com roteiro da própria autora, pelo qual recebeu vários prêmios. *A Lei do Amor*, o segundo livro de Laura Esquivel, é o primeiro romance multimídia de toda a história da literatura.

EDUARDO BRANDÃO é o autor desta tradução. Carioca, nascido em 1946, foi jornalista do *Correio da Manhã* e iniciou sua carreira como tradutor em 1970, na França, onde viveu cerca de dez anos, fazendo traduções técnico-científicas (do português e espanhol para o francês e vice-versa). A partir de 84 vem se dedicando mais à tradução de textos literários, campo propício para a sua linguagem fluente e seu estilo refinado.

*A Sandra*

*A Javier*

# MODO DE USAR

Como você deve ter notado, este livro vem acompanhado de um *compact disc*. Assim, se não dispuser de um aparelho para ouvir seu CD, espero que pelo menos você tenha à mão uma boa vizinha ou um bom vizinho, conforme o caso, para lhe pedir emprestado o aparelho de som e poder proceder à utilização do livro.
Você irá se perguntar também por que diabos me ocorreu essa idéia. Passo de imediato a explicar minhas razões.
Neste romance, a música é uma parte importante da trama, porque estou convencida de que ela, a música, além de provocar estados alterados de consciência, tem o poder de nos sacudir a alma, favorecendo com isso a reminiscência. Portanto, a música leva meus personagens a reviver partes importantes de suas vidas passadas.
Desde que idealizei o romance, quis que meus leitores vissem e ouvissem as mesmas coisas que meus protagonistas. A maneira que encontrei para consegui-lo foi por

meio de imagens e sons específicos. No livro você vai encontrar partes em que a narração se dá por meio de histórias em quadrinhos, sem diálogo. Nessas partes você verá junto do texto um pequeno número que corresponde ao da faixa do CD, que se deve ouvir enquanto se contemplam as imagens.

## INSTRUÇÕES PARA OUVIR A MÚSICA CLÁSSICA

Não pode haver instruções comuns para todos, pois sei muito bem que nem todo o mundo está familiarizado com o mesmo tipo de música. Para começar, há três grandes categorias de público: os que adoram ópera, os que nunca na vida ouviram ópera e os que simplesmente detestam ópera. Em cada caso, o procedimento vai variar como se explica a seguir:

### PARA OS QUE ADORAM ÓPERA

Se você se inclui nesta categoria, por certo não só conhece muito bem a letra das árias e dos duetos, mas até as sabe de cor e as cantarola debaixo do chuveiro de vez em quando. Você pode ver sem problema as imagens dos quadrinhos ao mesmo tempo que ouve a música. No entanto, só lhe peço uma coisa: esqueça por um momento a história a que essas árias originalmente pertencem. Por exemplo, ao ouvir o dueto de amor de Madame Butterfly, não o relacione com a última montagem que viu no Bellas Artes ou no Metropolitan de Nova York, conforme o caso, nem pense se, nesse momento, Butterfly estava sentada no chão e com Pinkerton em cima dela, ou algo do gênero. Só preste atenção na música e a relacione com as imagens dos quadrinhos até ficar todo arrepiado.

PARA OS QUE NUNCA OUVIRAM ÓPERA

Se você se inclui nesta categoria, é possível que nunca tenha ouvido ópera por pensar que essa música fosse exclusivamente para gente esnobe, ou porque nunca lhe chamou a atenção, ou porque as vozes agudas o incomodam, ou porque quando era criança nunca o fizeram escutar esse tipo de música, ou, pura e simplesmente, porque não sentiu vontade de fazê-lo. Tudo bem. Respeito. Mas garanto-lhe que, tal como aconteceu comigo, depois de ouvir ópera pela primeira vez, pode ser que você goste. O segredo é começar sem preconceitos. Esqueça o odiado vizinho que ouvia ópera a todo o volume no domingo de manhã e lhe dava pesadelos. A você, sugiro especialmente que primeiro ouça uma ou duas vezes a ária ou o dueto antes de olhar os quadrinhos; depois, que veja os quadrinhos acompanhando a letra da ária e lendo os subtítulos e, por último, que repita a operação fazendo que a música e a imagem sejam uma só coisa.

PARA OS QUE SIMPLESMENTE DETESTAM ÓPERA

O que lhes posso dizer? Sei que, de início, vão resistir a ouvir o *compact disc*. Mas, para seu consolo, incluí, alternadamente com a ópera, vários *danzones* que, estou certa, serão de seu agrado. Se isso não for suficiente para animá-los, por que não imaginam que estão participando de uma experiência nunca vista antes e que vão ouvir a música vendo as imagens apenas para ver o que se sente ou, se vocês forem crentes, por que não oferecem seu sofrimento a Deus ou em benefício dos menores abandonados? Ou, não sei, certamente com um pouco de imaginação poderão encontrar boas razões para ouvir ópera, mas ouçam-na, não sejam sacanas – vocês não sabem o trabalho que me deu convencer meus editores a incluir o *compact disc*!

## INSTRUÇÕES PARA OUVIR A MÚSICA POPULAR

Quando estiverem lendo este livro, de repente vocês darão com o anúncio que diz INTERVALO PARA DANÇAR. O que fazer nessa parte? Supõe-se que dançar, certo? Mas como sei muito bem que nem todos sabem dançar, aqui vão algumas sugestões, pois o ideal é que movimentem o corpo ao ritmo da música. Se não o fizerem, o capítulo seguinte poderá até parecer pesado e pode ser que vocês cheguem a dormir. Em compensação, se lerem depois de se mexerem um pouco, o calor do corpo e a energia gerada farão que seu estado de espírito seja o melhor possível para enfrentar a leitura.

Como no caso da ópera, há três grandes categorias de leitores. Os que adoram a música popular, os que negam que gostam de música popular e os que detestam música popular.

OS QUE ADORAM MÚSICA POPULAR

Se você adora música popular, não terá o menor problema com esses intervalos musicais e com certeza poderá dançar com grande entusiasmo, sozinho ou acompanhado. A única coisa que sugiro, no caso de dançar acompanhado, é que você não se distraia muito e acabe deixando o livro para ir divertir-se com seu par. Lembre-se de que o intervalo é apenas um passo preparatório para poder continuar a leitura, vocês não estão num bordel, ou, se estiverem, por que diabos ficam perdendo tempo com meu romance na mão? É melhor que se divirtam direito e guardem o livro até chegarem em casa.

OS QUE NEGAM QUE GOSTAM DE MÚSICA POPULAR

Se você entra nessa classificação, significa que é um dançarino de *closet* e que nega que gosta de música popular para não aceitar sua verdadeira origem. Nesse caso, sugiro que ouça a música de olhos fechados, que imagine estar mesmo dentro de um *closet* e, assim, protegido pela escuridão e pelo anonimato, livre de preconceitos, se deixe levar pela música. Comece acompanhando o ritmo com os pés, depois com os ombros, e assim por diante, até chegar a sacudir o último fio de cabelo de sua cabeça.

OS QUE DETESTAM MÚSICA POPULAR

Se você está no grupo dos que nunca ouviram música popular, o que quer que lhe diga? Para começar, que já é hora de ouvir. Não se pode pretender ser um conhecedor de música culta se não se considerou que a música popular é a base de todas as formas musicais. Além de você não saber o que está perdendo, não há nada mais sensual do que o roçar da pele, o intercâmbio de humores, o cruzamento de olhares, a troca de mensagens eróticas sob as roupas. Anime-se a se contaminar de suores, cheiros, movimentos de cadeira, ...de vida!

6

Agora, se você não gosta nem de música clássica nem de popular, para não criar mais problemas, dê-se uma boa maquiada e imagine que está num concerto dos Rolling Stones, espero que funcione.

*Estou embriagado, choro, me aflijo,*
*penso, digo,*
*dentro de mim o encontro:*
*se eu nunca morresse,*
*se eu nunca desaparecesse.*
*Onde não existe morte,*
*onde ela é conquistada,*
*que para lá eu vá.*
*Se eu nunca morresse,*
*se eu nunca desaparecesse.*

Manuscrito "Cantares mexicanos", fól. 17 v. NEZAHUALCÓYOTL, *Trece Poetas del Mundo Azteca*, MIGUEL LEÓN-PORTILLA.
MÉXICO, 1984

Quando morrem os mortos? Quando a gente os esquece. Quando desaparece uma cidade? Quando não existe mais na memória dos que a habitaram. Quando se deixa de amar? Quando se começa a amar novamente. Disso não há dúvida.

Foi por esse motivo que Hernán Cortés decidiu construir uma nova cidade sobre as ruínas da antiga Tenochtitlán. O tempo que levou para tomar essa medida foi o mesmo que uma espada empunhada leva para atravessar a pele do peito e chegar ao centro do coração: um segundo. Mas em tempo de batalha um segundo significa esquivar uma espada ou ser atingido por ela.

Durante a conquista do México, sobreviveram apenas os que foram capazes de reagir na hora, os que tiveram tanto medo da morte que puseram todos os seus reflexos, todos os seus instintos, todos os seus sentidos a serviço do temor. O medo transformou-se no centro de comando de seus atos. Instalado bem atrás do umbigo, recebia antes que o cérebro todas as sensações percebidas por meio do olfato, da vista, do tato, da audição, do paladar. Aí eram processadas em milésimos de segundo e imediatamente enviadas ao cérebro com uma ordem específica de ação. Todo o ato não ia além do segundo imprescindível para sobreviver. Com a mesma rapidez com que os corpos dos conquistadores aprenderam a reagir, foram desenvolvendo novos sentidos. Podiam pressentir um ataque pelas costas, sentir o cheiro do sangue antes que este aparecesse, ouvir uma traição antes que alguém pronunciasse a primeira palavra e, principalmente, podiam ver o futuro como a melhor pitonisa. Por isso, no dia em que Cortés viu um índio tocando búzio diante dos restos de uma antiga pirâmide, soube que não podia deixar a cidade em ruínas. Teria sido como deixar um monumento à grandeza dos astecas. A saudade mais cedo ou mais tarde convidaria os índios a tentar se organizar para recuperar sua cidade. Não havia tempo a perder. Tinha de apagar da memória dos astecas a grande Tenochtitlán. Tinha de construir uma nova cidade antes que fosse tarde demais. Mas não contou com o fato de que as pedras contêm uma verdade além do que a vista consegue perceber. Possuem uma energia própria, que não se vê, só se sente. Uma energia que não pode ser encerrada dentro de uma casa ou de uma igreja. Nenhum dos novos sentidos que Cortés havia adquirido estava suficientemente aguçado para que pudesse percebê-la. Era uma energia demasiado sutil. Sua presença invisível lhe dava total liberdade de ação e lhe permitia circular silenciosamente no alto das pirâmides sem que ninguém percebesse. Alguns conheceram seus efeitos, mas não souberam a que os atribuir. O caso mais grave foi o de Rodrigo Díaz, valente capitão de Cortés. Nunca imaginou as tremendas conseqüências que teria seu contato freqüente com as pedras das pirâmides que ele e seus companheiros derrubavam. Mais ainda, se alguém o tivesse avisado de que aquelas pedras tinham poder suficiente para lhe mudar a vida, nunca teria acreditado. Suas crenças nunca foram além do que suas mãos conseguiam tocar. Quando lhe disseram que havia uma pirâmide sobre a qual os índios costumavam celebrar cerimônias pagãs a uma suposta deusa do amor, achou graça. Não acreditou um só momento que tal deusa pudesse existir. Muito menos que a pirâmide servisse para alguma coisa. Sem pensar muito, Cortés decidiu dar a Rodrigo o terreno onde se encontrava tal pirâmide para que sobre ela construísse sua casa.

Rodrigo estava felicíssimo. Fizera por merecer aquele terreno graças a seus sucessos no campo de batalha e à ferocidade com que havia cortado braços, narizes, orelhas e crânios. Por sua própria mão morreram aproximadamente duzentos índios, e o prêmio não se fez esperar: mil metros de terra ao lado de um dos quatro canais que atravessavam a cidade, o mesmo que mais tarde se converteria na Calzada de Tacuba. A ambição de Rodrigo levara-o a sonhar em construir sua casa num terreno maior e, se possível, sobre os restos do templo principal, mas teve de se conformar com aquele humilde lote, pois no outro pensavam erguer a Catedral. Além disso, para compensá-lo por não estar dentro do círculo seleto de casas que os capitães levantaram no centro da cidade e que atestariam o nascimento da Nova Espanha, deram-lhe em *encomienda* cinqüenta índios, entre os quais Citlali.

Citlali era uma indígena descendente de uma família de nobres de Tenochtitlán. Desde pequena havia recebido uma educação privilegiada e, portanto, seu andar, em vez de refletir submissão, era orgulhoso, altaneiro, até provocante. O requebro de suas largas cadeiras enchia o ambiente de sensualidade. Seu balanço espalhava ondas de ar por todos os lados. O deslocamento de energia era muito parecido com o das ondulações que se formam num lago tranqüilo quando, de repente, cai uma pedra em sua superfície.

Rodrigo pressentiu a chegada de Citlali a cem metros de distância. Por uma razão sobrevivera à conquista: pela poderosa capacidade de perceber movimentos fora do normal. Suspendeu sua atividade e tratou de localizar o perigo. Da altura em que se encontrava dominava toda ação a seu redor. De imediato localizou a coluna de índios a caminho de seu terreno. À frente de todos vinha Citlali. Rodrigo soube no mesmo instante que o movimento que tanto o alterava provinha de suas cadeiras. E sentiu-se completamente desarmado. Não soube como enfrentar o desafio e caiu presa do feitiço daquelas cadeiras. Isso tudo acontecia enquanto suas mãos estavam concentradas em tirar a pedra que constituía o vértice da Pirâmide do Amor. Antes de consegui-lo, deu tempo para que a poderosa energia que emanava da pirâmide começasse a circular por suas veias. Foi uma descarga tremenda, foi um relâmpago incandescente que o ofuscou e o fez ver Citlali já não como a simples índia que era, mas como a própria Deusa do Amor.

Nunca havia desejado alguém tanto assim, muito menos uma índia. Não sabia explicar o que estava acontecendo. Com ansiedade, terminou de tirar a pedra, mais que tudo para que Citlali tivesse tempo de chegar a seu lado. Quando a teve perto, não pôde se controlar, mandou que os outros índios procurassem onde se instalar na parte traseira do terreno e ali mesmo, no centro do que fora o templo, a violentou.

Citlali, com o rosto impávido e os olhos muito abertos, contemplava sua imagem refletida nos olhos verdes de Rodrigo. Verdes, verdes, como a cor do mar que, uma vez, quando era menina, tivera a oportunidade de ver. O mar sempre lhe produzira temor. Percebia o enorme poder de destruição latente em cada onda. Desde que se inteirou de que os esperados homens brancos viriam de além das águas imensas, viveu com temor. Se eles tinham o poder de dominar o mar, com certeza era porque iam trazer em seu interior a mesma capacidade de destruição. E não se enganou. O mar havia chegado para arrasar todo o seu mundo. Sentia o mar rebentando com fúria em seu interior. Nem todo o peso do céu sobre os ombros de Rodrigo era capaz de deter o movimento frenético do mar dentro dela. Tratava-se de um mar salgado que lhe provocava ardores dentro do corpo e cujo movimento agressivo dava-lhe enjôo e náusea. Rodrigo entrava em seu corpo tal como fizera em sua vida: com requintes de violência. Tempos atrás, durante uma das batalhas que anteciparam a queda da grande Tenochtitlán, ele chegara, no mesmo dia em que ela acabava de dar à luz seu filho. Citlali, por sua nobre linhagem, recebera as melhores atenções durante o parto, apesar do duro combate que seu povo travava contra os espanhóis. Seu filho chegava neste mundo entre o som da derrota, a fumaça e os gemidos da grande Tenochtitlán agonizante. A parteira que o recebeu, tentando compensar de alguma maneira a chegada inoportuna, pediu aos Deuses que proporcionassem bem-aventurança ao menino. Talvez os Deuses vissem que o melhor destino daquela criatura não estava neste mundo, pois no momento em que a parteira dava o filho a Citlali, para que o abraçasse, ela o fez pela primeira e última vez.

 Rodrigo, que acabava de matar os guardas do palácio real, chegou a seu lado, tirou-lhe o menino das mãos e o estalou contra o chão. A ela, agarrou-a pelos cabelos, arrastou-a uns metros e enfiou-lhe a espada num flanco. Da parteira cortou o braço com que ela tentava atacá-lo e, por fim, foi pôr fogo no palácio. Quem dera fosse possível decidir o momento de se morrer. Citlali teria querido aquele dia: o dia em que morreram seu marido, seu filho, sua casa, sua cidade. Quem dera seus olhos nunca tivessem visto a Grande Tenochtitlán vestir-se de desolação. Quem dera seus ouvidos nunca tivessem escutado o silêncio dos búzios. Quem dera a terra sobre a qual caminhava não lhe tivesse respondido com ecos de areia. Quem dera o ar não se tivesse enchido de cheiros azeitonados. Quem dera seu corpo nunca tivesse sentido um corpo tão odiado em seu interior e quem dera Rodrigo, ao sair, tivesse levado o sabor do mar junto com ele.

Enquanto Rodrigo se levantava e arrumava a roupa, Citlali pediu aos deuses força suficiente para viver até que Rodrigo se arrependesse de ter profanado a Deusa do Amor e a ela. Não podia ter cometido maior ultraje do que violá-la num lugar tão sagrado. Citlali supunha que a Deusa também deveria estar muito ofendida. A energia que sentira circular por sua espinha enquanto foi presa da selvagem acometida de Rodrigo nada tinha a ver com uma energia amorosa. Tinha sido uma energia descontrolada, desconhecida para ela. Certa vez, quando ainda era virgem, Citlali participara de uma cerimônia no alto daquela pirâmide, com resultados completamente opostos. A diferença talvez estivesse em que, agora, a pirâmide estava truncada e, sem o vértice, a energia amorosa circulava louca e desorganizadamente. Pobre Deusa do Amor! Decerto sentia-se tão humilhada e profanada quanto ela; decerto não apenas autorizava como esperava ansiosamente que ela, uma de suas mais fervorosas devotas, vingasse a afronta.

Pensou que a melhor forma de se vingar seria descarregar numa pessoa amada por Rodrigo toda a sua raiva. Por isso se alegrou tanto no dia em que soube que uma mulher espanhola estava a caminho, para unir-se ao homem. Acreditava que, se Rodrigo pensava em se casar, era porque estava apaixonado. Não sabia que ele só o fazia para preencher um dos requisitos da *encomienda*, que especificava que o *encomendero* tinha a obrigação de combater a idolatria, de iniciar a construção de um templo em suas terras num prazo não maior do que seis meses a partir da concessão da *encomienda*, de erguer e habitar uma residência no mais tardar em dezoito meses e de trazer sua esposa, ou se casar, nesse mesmo tempo. Portanto, quando a construção estava suficientemente adiantada para se poder habitar a casa, Rodrigo mandou vir da Espanha dona Isabel de Góngora, para fazê-la sua esposa. Contraíram núpcias imediatamente e puseram Citlali a seu serviço como dama de companhia.

O encontro entre elas não foi nem agradável nem desagradável. Simplesmente não existiu. Para que se dê um encontro, duas pessoas têm de se reunir num mesmo lugar e num mesmo espaço. E nenhuma das duas morava na mesma casa. Isabel continuava vivendo na Espanha, Citlali em Tenochtitlán. Se não havia maneira de ocorrer o encontro, muito menos a comunicação. Nenhuma das duas falava o mesmo idioma. Nenhuma das duas se reconhecia nos olhos da outra. Nenhuma das duas trazia as mesmas paisagens no olhar. Nenhuma das duas entendia as palavras que a outra pronunciava. E não era uma questão de entendimento. Era uma questão de coração. É aí que as palavras adquirem seu verdadeiro significado. E o coração de ambas estava fechado.

Por exemplo, para Isabel, Tlatelolco era um lugar sujo e cheio de índios, onde forçosamente tinha de se abastecer e onde dificilmente podia encontrar açafrão e azeite de oliva. Em compensação, para Citlali, Tlatelolco era o lugar que mais gostara de visitar em menina. Não só porque lá podia gozar todos os tipos de odores, cores e sabores, mas porque podia apreciar um espetáculo de rua surpreendente: um senhor, que as crianças chamavam Teo, mas cujo verdadeiro nome era Teocuicani (cantor divino), que costumava fazer dançar sobre a palma da mão deuses de barro articulados. Os deuses falavam, brigavam e cantavam com vozes de búzio, cascavel, passarinho, chuva ou trovão, emitidas pelas prodigiosas cordas vocais daquele homem. Não havia vez que Citlali ouvisse a palavra Tlatelolco sem que lhe viessem à mente essas imagens, e não havia vez que se pronunciasse a palavra Espanha sem que uma cortina de indiferença cobrisse sua alma. Exatamente o contrário de Isabel, para quem a Espanha era o lugar mais bonito do mundo e mais rico de significados. Era a verde relva em que uma infinidade de vezes tinha se deitado para observar o céu, a brisa do mar que deslocava as nuvens até fazê-las despedaçar-se nos altos cimos das montanhas. Era o riso, o vinho, a música, os cavalos selvagens, o pão recém-saído do forno, os lençóis estendidos ao sol, a solidão da planície, o silêncio. E foi nessa solidão e nesse silêncio, que se tornava mais profundo devido ao barulho das ondas e das cigarras, que Isabel imaginou mil vezes Rodrigo, seu amor ideal. A Espanha era o sol, o calor, o amor. Para Citlali, a Espanha era o lugar em que Rodrigo aprendera a matar.

A enorme diferença de significados decorria da enorme diferença de experiências. Isabel precisaria ter vivido em Tenochtitlán para saber o que quer dizer *ahuehuetl*. Para saber o que se sentia ao descansar à sua sombra depois de realizar uma cerimônia em sua honra. Citlali precisaria ter nascido na Espanha para saber o que significa mordiscar lentamente uma azeitona, sentada à sombra de uma oliveira, vendo os rebanhos pastar no prado. Isabel precisaria ter crescido com uma tortilha na mão para que seu cheiro "úmido" não a incomodasse. Citlali precisaria ter sido amamentada sob os aromas do pão recém-saído do forno para que gostasse de seu sabor. E as duas precisariam ter nascido com uma arrogância menor para poder deixar de lado tudo o que as separava e descobrir a enorme quantidade de coisas que tinham em comum. As duas pisavam as mesmas pedras, eram aquecidas pelo mesmo sol, eram despertadas pelos mesmos passarinhos, eram acariciadas pelas mesmas mãos, beijadas pela mesma boca e, no entanto, não encontravam o menor ponto de contato, nem sequer em Rodrigo. Isabel via em Rodrigo o homem com quem sonhara na praia entre os vapores que escapavam da areia dourada, e Citlali via o assassino de seu filho, mas nenhuma das duas o via na realidade. Se bem que, isso também era certo, Rodrigo não era fácil de perceber. Nele habitavam duas pessoas ao mesmo tempo. Tinha uma só língua, mas ela deslizava dentro das bocas de Citlali e de Isabel de maneira muito diferente. Tinha uma só garganta, mas sua voz podia revelar-se uma carícia para uma e uma agressão para a outra. Tinha um só par de olhos verdes, mas seu olhar era, para uma, um mar violento e agitado, para a outra um mar cálido, tranqüilo e espumoso. O importante do caso é que esse mar gerava a vida nos ventres de Isabel e Citlali indistintamente. Só que, se Isabel esperava a chegada do filho com grande ilusão, Citlali o fazia com horror. Cada vez que se sabia grávida, abortava. Não gostava nem um pouco da idéia de trazer a este mundo uma criança metade índia, metade espanhola. Não acreditava que pudesse hospedar pacificamente duas naturezas tão distintas em seu interior. Era como condenar seu filho a viver numa batalha constante. Era como colocá-lo no meio de uma encruzilhada permanente, e a isso não se podia chamar vida, de maneira nenhuma. Rodrigo sabia-o melhor que ninguém. Ele tinha de compartilhar seu corpo com dois Rodrigos muito diferentes. Cada um lutava para assumir o comando do coração, que se transformava radicalmente dependendo de quem fosse o vencedor. Diante de Isabel, era uma brisa mansa; diante de Citlali, uma paixão arrebatada, uma febre incendiária, um desejo obsessivo, uma concupiscência calcinante que o fazia atuar como macho no cio. O tempo todo andava atrás dela, a assediava, a espreitava, a encurralava, e cada dia a pressentia mais distante. Se durante a conquista essa capacidade de percepção dos movimentos no ar servira-lhe para sobreviver, agora o estava matando. Não podia dormir, não podia comer, não podia pensar em outra coisa que não fosse fundir-se no corpo de Citlali. Vivia somente para detectar no ar o fluir sensual de suas cadeiras. Não havia movimento que ela realizasse, por mínimo que fosse, que passasse despercebido a Rodrigo. Sentia-o imediatamente, e uma urgência abrasadora incitava-o a se integrar à fonte que o gerava, a desafogar-se entre aquelas pernas, a cair ao lado de Citlali onde quer que fosse, a cavalgá-la dia e noite procurando encontrar alívio. Não havia dia em que não se deitassem pelo menos cinco vezes. Seu corpo precisava de um pouco de respiro. Não agüentava mais. Nem mesmo à noite encontrava descanso. No momento em que Citlali girava em sua esteira, o movimento de suas cadeiras gerava ondas que chegavam a Rodrigo com a força de uma poderosa ressaca. Levantavam-no da cama e lançavam-no para o lado dela com a velocidade de uma flecha certeira.

 Rodrigo pensava que não havia melhor maneira de demonstrar seu amor a Citlali. No entanto, Citlali nunca se deu por entendida. Suportava as acometidas de Rodrigo com grande estoicismo. Mas nunca reagiu àquela paixão. Sua alma sempre foi uma incógnita para ele. Só uma vez tentou comunicar-se com Rodrigo, transmitir-lhe um desejo. Infelizmente, naquela ocasião ele não pôde fazer nada para satisfazê-lo.

Foi uma tarde em que Citlali estava regando as floreiras dos balcões e viu como uma comitiva vinha arrastando um louco de que tinham cortado as mãos. Seu coração se apertou ao descobrir que era Teo, o homem que fazia deuses de barro dançarem em suas mãos no mercado de Tlatelolco, quando era menina. Enlouquecera durante a conquista e o haviam descoberto vagabundando, cantando e fazendo deuses de barro dançar para um grupo de crianças. Traziam-no à presença do vice-rei, que estava comendo em casa de Rodrigo, para que ele decidisse o que fazer. Enquanto isso, tinham cortado suas mãos para que não voltasse a tentar desobedecer a ordem que se ditara contra a posse de ídolos de barro. Seu uso estava estritamente proibido. Quando o vice-rei ouviu o caso, decidiu que, além disso, lhe cortassem a língua, pois o louco se dedicava a repetir em náuatle palavras de ordem que incitavam à rebelião.

Citlali, com o olhar, pediu a Rodrigo que suplicasse clemência para Teo, mas Rodrigo estava entre a espada e a parede. O vice-rei estava visitando-o precisamente porque haviam chegado a seu cabildo alarmantes notícias de que estava sendo fraco demais com seus *encomendados*. Os vizinhos o tinham visto tratar Citlali com excessiva condescendência. O vice-rei tinha sutilmente ameaçado de lhe tomar seus índios junto com as honras e privilégios que ganhara durante a conquista. Não podia agora dar uma opinião a favor daquele homem, pois com isso corria o risco de que o culpassem de querer propiciar a idolatria entre a população, o que seria motivo mais que suficiente para lhe retirarem a concessão da *encomienda*, e de maneira nenhuma queria correr o risco de perder Citlali. De modo que baixou os olhos e fingiu não ter visto a súplica nos dela.

Citlali nunca o perdoou por isso. Nunca mais na vida voltou a lhe dirigir a palavra e encerrou-se para sempre em seu mundo.

Assim, a casa ficou habitada por seres que não interagiam. Por seres incapacitados de se ver, de se ouvir, de se amar. Por seres que se repeliam, na crença de pertencerem a culturas muito diferentes. Nunca souberam que a verdadeira razão era uma que ninguém via. Que a repulsa provinha do subsolo, do choque de energias entre os restos da Pirâmide do Amor e a casa que haviam construído em cima dela. Da repulsa total entre as pedras que constituíam a pirâmide e as que constituíam a casa. Do desgosto da pirâmide que não esperava mais que o momento adequado para sacudir de cima dela as pedras alheias e, assim, recuperar seu equilíbrio. Da mesma maneira reagiam os habitantes da casa, com a diferença de que para Citlali recuperar o equilíbrio anterior não significava tirar umas pedras de cima de si, mas levar a cabo sua vingança. Para sua sorte, não teve de esperar muito tempo. Isabel deu à luz um belo menino louro. Citlali não desgrudou de seu lado e, quando a parteira o exibiu, ela o pegou em seus braços para levá-lo a Rodrigo e, fingindo um tropeção, deixou-o cair. A criatura quebrou o pescoço no mesmo instante. Junto com o corpo do menino, caíram no chão as linhas da mão de Citlali. Seu destino já estava marcado na terra, no ar, nos gritos e lamentos de Isabel. Já não lhe pertencia. Rodrigo agarrou-a pelos cabelos e tirou-a fora do quarto aos arrancões, entre a confusão que reinava naquele momento. Tirou-a antes que alguém tivesse tempo de reagir contra ela. Não podia permitir que mãos alheias a machucassem. O único que lhe podia dar uma morte digna era ele. Citlali não tinha escapatória, ele o sabia perfeitamente, e sabia também que aquele corpo tão percorrido, tão conhecido, tão beijado, tão desejado, merecia uma morte amorosa. Com grande dor, Rodrigo sacou um punhal e, como havia visto alguns sacerdotes fazerem durante os sacrifícios humanos, abriu o peito de Citlali por um flanco, pegou seu coração nas mãos e beijou-o repetidas vezes, antes de finalmente arrancá-lo e atirá-lo longe. Foi tudo tão rápido que Citlali não experimentou o menor sofrimento. Seu rosto refletia grande tranqüilidade, sua alma por fim descansava em paz, pois tinha conseguido concretizar sua vingança. O que ela nunca soube é que essa vingança não consistiu em ter matado o louro recém-nascido, mas em ter-se feito merecedora da morte. Com sua morte conseguiu o que desejou da primeira vez em que viu Rodrigo: que ele uivasse de dor.

Isabel morreu quase ao mesmo tempo que Citlali, convencida de que Rodrigo enlouquecera ao ver seu filho morto e, por isso, matara tão brutalmente Citlali. Foi o que lhe disseram ao ouvido. Só isso lhe disseram. Não cabia contar à moribunda parturiente que seu marido, imediatamente depois de ter morto Citlali, tinha se suicidado.

*Acaso é nossa mansão, a terra?*
*Não faço mais que sofrer, porque só em angústias vivemos.*
*Irei semear outra vez*
*minha carne em meu pai e em minha mãe?*
*Irei coalhar ainda, qual* mazorea*?*
*Irei brotar de novo em fruto?*
*Choro: ninguém está aqui: deixaram-nos órfãos.*
*É verdade que ainda se vive*
*na região onde todos se reúnem?*
*Crêem nisso nossos corações?*

Manuscrito "Cantares mexicanos" fól. 13 v.
*Trece Poetas del Mundo Azteca*
MIGUEL LEÓN-PORTILLA

*As pirâmides de Parangaricutirimícuaro*
*Estão parangaricutirimizadas*
*Quem as desparangaricutirimizar*
*Bom desparangaricutirimizador será.*

Ser Anjo da Guarda não é fácil. Mas ser Anacreonte, o Anjo da Guarda de Azucena, realmente é espeto. Azucena não ouve ninguém. Está acostumada a só fazer sua santa vontade. Quero deixar assentado que essa "santa" vontade não tem nada a ver com a divindade. Ela não reconhece a existência de uma vontade superior à sua, por conseguinte nunca se submeteu a nenhuma ordem que não seja a que ditam seus desejos. Concedendo-nos uma licença poética, diríamos que a vontade divina passa soberanamente pelo arco de triunfo e, continuando com a licença, diríamos que, tomando o freio nos dentes, ela decidiu que já era justo e necessário conhecer sua alma gêmea, que já estava farta de sofrer e que não estava disposta a esperar mais nenhuma vida para se encontrar com ela. Com grande obstinação fez todos os trâmites burocráticos que tinha de executar e convenceu todos os burocratas que encontrou em seu caminho de que tinham de deixá-la entrar em contato com Rodrigo. Não a critico; acho que está muito bem. Soube escutar sua voz interior corretamente e, à força de muita vontade, venceu todos os obstáculos. O que acontece é que ela está convencida de que triunfou por conta própria, e isso é um erro: se tudo deu certo foi porque sua voz interior estava em completa concordância com a vontade divina, com a ordem cósmica em que todos temos um lugar, o lugar que nos cabe. Quando o encontramos, tudo se harmoniza. Corremos no rio da vida. Deslizamos fluidamente por suas águas, a não ser que encontremos um obstáculo. Quando uma pedra está fora de lugar, impede a passagem da corrente e a água fica estagnada, se empesta, apodrece.

É muito fácil detectar a desordem do mundo real e tangível. Difícil é encontrar a ordem das coisas que não se vêem. Poucos podem fazê-lo. Entre estes os artistas são os "arrumadores" por excelência. Com sua percepção especial, decidem que lugar devem ocupar o amarelo, o azul e o vermelho numa tela; que lugar devem ocupar as notas e que lugar os silêncios; qual deve ser a primeira palavra de um poema. Vão montando quebra-cabeças guiados unicamente por sua voz interior, que lhes diz "isto vai aqui" ou "isto não vai aqui", até colocar a última peça em seu lugar.

Se dentro de cada obra artística há uma ordem predeterminada para as cores, os sons ou as palavras, quer dizer que essa obra cumpre um objetivo que está além da simples satisfação do autor. Significa que já antes de ter sido criada tinha um lugar específico designado. Onde? Na alma humana.

Portanto, quando um poeta arruma palavras dentro de um poema de acordo com a vontade divina, está arrumando algo no interior de todos os seres humanos, pois sua obra está em concordância com a ordem cósmica. Em conseqüência, sua obra circulará sem obstáculos pelas veias de todo o mundo, criando um vínculo coletivo poderosíssimo.

Se os artistas são os "arrumadores" por excelência, também existem os "desarrumadores" por excelência. São aqueles que acreditam que sua vontade é a única que vale. Os que, além disso, têm poder suficiente para fazê-la valer. Os que crêem ter o poder de decidir sobre as vidas humanas. Os que colocam a mentira em lugar da verdade, a morte em lugar da vida, o ódio em lugar do amor dentro do coração, obstaculizando por completo o fluxo do rio da vida. Definitivamente o coração não é o lugar adequado para o ódio. Qual é seu lugar? Não sei. Esta é uma das incógnitas do Universo. Parece até que os Deuses gostam da anarquia, pois, não tendo criado um lugar específico para colocar o ódio, provocaram o caos eterno. O ódio busca forçosamente arrumar-se, metendo-se onde não deve, ocupando um lugar que não lhe pertence, deslocando inevitavelmente o amor.

E a natureza, que, ao contrário dos Deuses, é bastante ordenada, quase neurótica, poderíamos dizer, sente a necessidade de entrar em ação para manter o equilíbrio e colocar as coisas onde devem estar. Não pode permitir que o ódio se instale dentro do coração, pois essa energia impediria a circulação da energia amorosa dentro do corpo humano, com o grave perigo de que, como a água estagnada, a alma se empestasse e apodrecesse. Tratará, pois, de tirá-lo de lá do jeito que puder. É muito fácil fazê-lo quando o ódio se aninhou em nosso coração por equívoco ou descuido. A maioria das vezes basta pôr-nos em contato com obras artísticas produzidas pelos "arrumadores". Ao fazê-lo, a alma se separa do corpo. Deixa-se elevar nas alturas pela sutil energia das cores, dos sons, das formas ou das palavras. A energia do ódio é tão pesada, literalmente falando, que não entende dessas sutilezas e lhe é impossível elevar-se junto com a alma. Fica dentro do corpo, mas como já não "se acha", não encontra lugar que o acomode e decide ir buscar um lugar mais acolhedor. Quando a alma regressa a seu corpo, já existe um lugar dentro do coração para que o amor ocupe seu lugar. É simples assim. O problema existe quando o ódio foi posto em nosso coração pela ação direta de um "desarrumador". Quando nos vemos afetados pelo furto, pela tortura, pela mentira, pela traição, pelo assassinato. Nesses casos, só quem pode tirar o ódio é o próprio agressor. Assim indica a Lei do Amor. A pessoa que causa um desequilíbrio na ordem cósmica é a única que a pode restaurar. A maioria das vezes não basta uma vida para consegui-lo. Por isso, a natureza permite a reencarnação, para dar aos "desarrumadores" a oportunidade de acertar suas anarquiazinhas. Quando existe ódio entre duas pessoas, a vida as reunirá tantas vezes quantas forem necessárias para que ele desapareça. Nascerão sempre outra vez uma perto da outra até que aprendam a se amar. E chegará um dia, depois de catorze mil vidas, em que terão aprendido o suficiente sobre a Lei do Amor para que lhes seja permitido conhecer sua alma gêmea. Essa é a melhor recompensa que um ser humano pode esperar da vida. E podem estar certos de que isso vai acontecer com todos, mas em seu devido tempo. É isso que minha querida Azucena não entende. O momento de conhecer Rodrigo já tinha chegado para ela, mas não o de viver a seu lado, pois, antes, ela tem de adquirir maior domínio de suas emoções, e ele, de saldar dívidas pendentes. Deve pôr algumas coisas em seu lugar antes, se pretende unir-se para sempre com ela, e Azucena vai ter de ajudá-lo. Esperamos que tudo corra bem, para benefício de encarnados e desencarnados. Mas sei que vai ser dificílimo. Para triunfar em sua missão, Azucena precisa de muita ajuda. Eu, como seu Anjo da Guarda que sou, tenho a obrigação de socorrê-la. Ela, como minha protegida, tem de se deixar levar e seguir minhas instruções. E aí está o espeto. Ela não faz o menor caso de mim. Gasto cinco minutos dizendo-lhe que tem de desativar o campo áureo de proteção de sua casa para que Rodrigo possa entrar, e parece que estou falando com uma parede. Está tão emocionada com a idéia de conhecê-lo que não tem ouvido para minhas sugestões. Vamos ver se o pobre namorado não se estropia muito ao querer cruzar a porta. Nem pensar! Mas não terá sido por minha culpa. Sussurrei-lhe mil e uma vezes o que tem de fazer. E nada! O que mais me preocupa é que, se não é capaz de ouvir e executar esta ordem tão simples, o que vai ser quando depender mesmo da minha cooperação para salvar sua vida? Enfim, seja o que Deus quiser!

Enquanto o alarme do seu apartamento não começou a soar, Azucena não compreendeu o que Anacreonte estivera tentando dizer. Tinha se esquecido completamente de desligá-lo! Isso sim era grave! A aura de Rodrigo não estava registrada no sistema eletromagnético de proteção de sua casa, portanto, se não desativasse de imediato o alarme, o aparelho ia detectar Rodrigo como um corpo estranho e, em conseqüência, ia impedir que as células de seu corpo se integrassem corretamente dentro da cabine aerofônica. Tanto tempo de espera para vir com aquela burrice! Não podia ser! Rodrigo, no melhor dos casos, corria o perigo de ficar desintegrado no espaço por um lapso de vinte e quatro horas! Tinha de agir rapidamente, e só dispunha de dez segundos para fazê-lo! Por sorte, a força do amor é invencível e o que o corpo humano é capaz de executar em casos de emergência é realmente notável. Num instante Azucena atravessou a sala, desativou o alarme, voltou antes que a porta do aerofone se abrisse e ainda teve tempo de arrumar o cabelo e compor seu melhor sorriso para com ele receber Rodrigo.

Sorriso que Rodrigo nunca viu, pois quando pôs seus olhos nos dela iniciou-se o mais maravilhoso dos encontros: o das almas gêmeas, no qual as questões do corpo físico passam a ocupar um nível inferior. O calor dos olhos dos apaixonados derrete a barreira que a carne impõe e os deixa passar direto à contemplação da alma. Alma que, por ser idêntica, reconhece a energia do companheiro como sua. O reconhecimento começa nos centros receptores de energia do corpo humano: os chacras. Existem sete chacras. A cada um corresponde um som da escala musical e uma cor do arco-íris. Quando são ativados pela energia proveniente da alma gêmea, vibram com todo o seu potencial e produzem um som. Obviamente, no caso das almas gêmeas, cada chacra ressoa e é, ao mesmo tempo, o ressoador do chacra de seu companheiro. Esses dois sons idênticos, harmonizados, geram uma sutil energia que circula pela espinha dorsal, sobe até o centro do cérebro e daí é lançada mais acima, de onde cai imediatamente depois, convertida numa cortina de cor que banha a aura de cima a baixo.

Durante o acoplamento de almas, Azucena e Rodrigo repetiram esse mecanismo com cada um de seus chacras, até que chegou o momento em que seu campo áurico passou a formar um arco-íris completo e seus chacras a entoar uma melodia maravilhosa, parecida com a que os planetas do sistema solar emitem em sua trajetória.

Existe uma diferença abissal entre os acoplamentos de corpos de almas diferentes e os de corpos de almas gêmeas. No primeiro caso, há uma urgência de posse física e, por mais intensa que chegue a ser a relação, sempre vai estar condicionada pela matéria. Nunca se conseguirá a comunhão perfeita de almas, por mais afinidade que haja entre elas. O máximo que se pode é obter um enorme prazer físico, mas daí não passa. No caso das almas gêmeas, a coisa fica mais interessante, pois a fusão entre elas é total e em todos os níveis. Assim como há um lugar dentro do corpo da mulher para ser ocupado pelo membro viril, entre um átomo e outro de cada corpo há um espaço livre para ser ocupado pela energia da alma gêmea, ou seja, estamos falando de uma penetração recíproca, pois cada espaço se transforma ao mesmo tempo no continente e no conteúdo do outro: na fonte e na água, na espada e no ferimento, no sol e na lua, no mar e na areia, no pênis e na vagina. A sensação de penetrar um espaço só é equiparável à de sentir-se penetrado. A de molhar, à de sentir-se molhado. A de amamentar, à de ser amamentado. A de receber o cálido esperma no ventre, à de ejaculá-lo. Ambos são motivo de orgasmo. E quando todos e cada um dos espaços existentes entre um e outro átomo das células do corpo foram cobertos ou cobriram, o que no caso é a mesma coisa, vem um orgasmo profundo, intenso, prolongado. A fusão das duas almas é total e já não há nada que uma não saiba da outra, pois constituem um único ser. A recuperação de seu estado original as torna conhecedoras da verdade. Cada um vê no rosto de seu par os rostos que o outro teve nas catorze mil vidas anteriores a seu encontro.

Chegado esse momento, Azucena já não soube quem nem que parte do corpo lhe pertencia e que parte não. Sentia uma mão, mas não sabia se era a sua ou a de Rodrigo. Era uma mão, e ponto final. Também já não soube quem estava dentro e quem estava fora. Quem estava em cima e quem embaixo. Quem estava de frente e quem de costas. A única coisa que sabia era que formava com Rodrigo um só corpo que, adormecido de orgasmos, dançava no espaço ao ritmo da música das esferas.

* * *

Azucena aterrissou novamente em sua cama quando sentiu uma perna entre as suas. De imediato soube que essa perna não lhe pertencia, ou seja, não era nem de Rodrigo nem dela. Rodrigo deve ter sentido a mesma coisa, pois gritou em uníssono com ela quando descobriu o corpo de um homem morto a seu lado. A volta à realidade não podia ter sido mais bestial. O quarto da lua-de-mel estava cheio de policiais, repórteres e curiosos. Abel Zabludowsky, microfone na mão, sentado à cabeceira da cama de Azucena, entrevistava naquele momento o chefe da campanha do candidato americano à Presidência Mundial do Planeta, que acabava de ser assassinado.

– O senhor tem alguma idéia de quem disparou contra o senhor Bush?

– Não.

– Crê que esse assassinato faça parte de um complô para desestabilizar os Estados Unidos da América do Norte?

– Não sei, mas definitivamente esse covarde assassinato abalou nossa consciência e não posso deixar de condenar, como todos os habitantes do Planeta, o fato de a violência ter voltado a nos obscurecer. E quero aproveitar a oportunidade que me dá para manifestar publicamente meu repúdio absoluto a esse tipo de atos e para exigir que a Procuradoria Geral do Planeta tome providências imediatas para saber de onde provém esse ataque e quem são seus autores intelectuais. Penso que hoje é um dia de luto para todos.

O chefe da campanha presidencial, como todo o mundo, estava mais que consternado. Fazia mais de um século que se havia erradicado o crime do planeta Terra e esse feito tão inexplicável os fazia voltar a uma época de obscurantismo que parecia superada. Azucena e Rodrigo levaram um tempo para se recuperar da impressão. Rodrigo não sabia o que estava acontecendo, mas Azucena sim. Tinha se esquecido de desligar o despertador conectado à televirtual. Pegou o controle remoto em sua mesinha de cabeceira e desligou o aparelho. As imagens de todos os presentes no lugar do assassinato de imediato se esfumaram, mas o sabor amargo que lhes ficou na boca, não. Azucena tinha náuseas. Não estava acostumada a enfrentar a violência. Muito menos de uma maneira tão brutal, tão direta. É que a televirtual transporta a pessoa verdadeiramente ao lugar dos fatos. Instala-a no centro da ação. Curiosamente, por isso a tinha adquirido. Porque era agradável acordar com o boletim meteorológico. Podia-se amanhecer em qualquer lugar do mundo ou da galáxia. Apreciar das mais exóticas às mais simples paisagens. Abrir os olhos vendo o amanhecer em Saturno, ouvir o som do mar netuniano, desfrutar o calor de um entardecer jupiteriano ou o frescor de um bosque recém-banhado pela chuva. Não havia melhor maneira de se levantar antes de ir para o trabalho. Nunca esperou ter um despetar tão violento depois da noite maravilhosa que passara. Que horror! Não podia tirar da mente a imagem do homem com uma bala na cabeça no meio da sua cama. Sua cama! A cama de Rodrigo e dela manchada de morte! Mas, ao fitar novamente os olhos de Rodrigo, recuperou a alma, e os horrores se esfumaram. E, ao sentir seu abraço, recuperou novamente o Paraíso. Ela teria ficado assim para sempre, se Rodrigo não a afastasse. Queria ir ao seu apartamento pegar suas coisas. Pensava mudarse de imediato e nunca mais separar-se dela. Antes de sair, Azucena prometeu-lhe que, ao voltar, não encontraria mais surpresas desagradáveis. Ia desconectar todos os aparelhos eletrônicos de sua casa e deixaria o alarme do aerofone desativado, para que Rodrigo não tivesse problemas para entrar novamente no apartamento. Rodrigo festejou a medida com um sorriso largo, e esta foi a última imagem que Azucena teve dele.

* * *

A primeira coisa de que Azucena sentiu falta ao despertar foi a sensação de bem-estar ao contemplar a luz do sol. A angústia abria suas asas negras sobre ela, enegrecendo-a, emudecendo-a, adormecendo-lhe o gozo, esfriando-lhe os lençóis, silenciando a música das estrelas. A festa havia terminado sem que se esgotassem os boleros de outrora. Havia ficado sem dançar tango à margem do rio, sem ter brindado com vinho, sem ter feito o nascer do dia chorar de prazer, sem dizer a Rodrigo que a deixava louca enchendo-a de sussurros. Sentia as palavras feitas nó na garganta e não tinha voz para soltá-las nem ouvidos que as escutassem. Grande parte dela tinha se ido entre uma célula e outra do corpo de Rodrigo e ela tinha ficado literalmente vazia. De sua noite de amor só lhe restava uma doce dor nas partes íntimas e um ou outro hematoma, produto da paixão. Isso era tudo. Mas os hematomas empalideciam sem remédio, deixando de ser violetas nos prados do êxtase para se transformar em testemunhas do abandono, da solidão. E a dor ia desaparecendo conforme os músculos internos, que com tanto gosto tinham recebido, alojado, apertado, vestido, molhado e saboreado Rodrigo, voltavam ao lugar deixando seu corpo sem nenhuma recordação palpável da breve lua-de-mel.

Não há dúvida de que a distância é um dos maiores tormentos dos amantes. E, no caso das almas gêmeas, pode chegar a ter conseqüências fatais, pois age sobre os corpos com a mesma força que os tentáculos de um polvo. Maior a distância, maior a capacidade de sucção. Azucena sentia um vazio enorme, profundo, total. Perder sua alma gêmea significava perder a si mesma. Azucena o sabia e, por isso mesmo, tentava desesperadamente recuperar a alma de Rodrigo, caminhando pelos lugares que ele percorrera. Penetrando nos espaços que ele deixara marcados no ar. Este popular remédio caseiro funcionou por um tempo, já que a princípio a alma de Rodrigo estava muito presente, mas conforme passava o tempo deixou de surtir efeito, pois a energia da aura ficava dia a dia menos perceptível. Azucena já quase não a sentia, já não se lembrava de Rodrigo, já não se lembrava de seu cheiro, de seu sabor, de seu calor. Sua memória estava se empanando por causa do sofrimento. Os espaços vazios entre as células de seu corpo encolhiam-se de tristeza e a alma do amado inevitavelmente lhe escapava. A única coisa que sentia à flor da pele era a solidão que a rodeava.

O desaparecimento injustificado de Rodrigo a deixara completamente arrasada, sem respostas nem argumentos. Que explicação dava a seu corpo, que aos gritos lhe pedia uma carícia? E, sobretudo, o que ia dizer à palerma da Cuquita, a zeladora? Azucena tinha ido lhe dizer que, quando Rodrigo voltasse, precisavam registrar sua aura no controle-mestre do edifício, e agora fazia papel de boba. Cada vez que cruzava com ela, Cuquita perguntava com todo o veneno do mundo quando sua alma gêmea ia voltar. Odiava-a. Sempre tinham se dado mal, pois Cuquita era uma ressentida social que pertencia ao PRI (Partido de Reivindicação dos Involuídos). Sempre a espionara, procurara encontrar-lhe um defeito, um só, para não se sentir tão inferior a ela. Nunca o encontrara, mas agora ela mesma se colocara numa situação de desvantagem diante de Cuquita e chocava-a ser objeto de suas chacotas. Que lhe podia dizer? Não tinha nenhuma resposta. A única pessoa que as tinha e que com certeza sabia onde estava Rodrigo era Anacreonte, mas Azucena tinha rompido comunicação com ele. Nenhuma informação que viesse do Anjo lhe interessava. Estava furiosa. Ele sabia perfeitamente que a única coisa que interessara a ela na vida fora localizar Rodrigo. Como era possível então que não lhe tivesse avisado que Rodrigo podia desaparecer? De que diabo lhe servia ter um Anjo da Guarda se ele não era capaz de lhe evitar esse tipo de desgraça? Não pretendia ouvi-lo nunca mais. Era um imprestável a quem tinha de demonstrar não precisar dele para cuidar da sua vida.

O ruim era que não sabia por onde começar. Além do mais, sair à rua a deprimia. O ambiente era pesado demais. Todo o mundo estava amedrontado depois do assassinato. Se alguém tinha se atrevido a matar, o que viria em seguida? O assassinato! Mas como não tinha pensado nisso! Claro! O mais provável era que, em conseqüência do assassinato, alguma coisa tivesse acontecido com Rodrigo! Quem sabe não ocorreram novas desordens que teriam impedido Rodrigo de voltar, e ela qual uma boboca catatônica, esperando que o namorado caísse do céu. Rapidamente ligou a televirtual. Fazia uma semana que não se informava do que acontecia lá fora.

No mesmo instante, seu quarto transformou-se numa plantação de cacau que estava sendo destruída pelo pessoal do exército. A voz de Abel Zabludowsky narrava a ação.

– Hoje o exército americano aplicou um forte golpe ao narcotráfico do cacau. Foram destruídos vários hectares da droga e conseguiu-se capturar um dos mais poderosos chefes do chocolate, há tempos procurado pela polícia. Esta é toda a informação de que dispomos até o momento. Os nomes do chefe e de seus cúmplices não serão divulgados para não comprometer a investigação, que pode culminar com a prisão do cartel venusiano.

Em seguida o quarto de Azucena se transformou num laboratório cheio de computadores, pois naquele momento estavam passando um documentário sobre como se tinha erradicado a criminalidade no Planeta. Foi quando se inventou um computador que, com uma simples gota de sangue ou saliva, ou com um pedaço de unha ou de cabelo, era capaz de reconstruir o corpo inteiro de uma pessoa e indicar seu paradeiro. Os delinqüentes podiam ser detidos e castigados poucos minutos depois de terem cometido seus delitos, mesmo que tivessem se escondido em Tombuctu.

Mas, é claro, o assassino do candidato tinha tomado o cuidado de não deixar pistas. Já tinham analisado todas as cusparadas que havia na calçada, e nada, nem sinal do criminoso.

De repente desaparecem as imagens do laboratório e aparecem Abel Zabludowsky e o doutor Díez. Cada qual sentado na cama ao lado de Azucena. Azucena se surpreende. O doutor Díez é seu vizinho de consultório. Abel Zabludowsky entrevista o doutor.

– Bem-vindo, doutor Díez. Obrigado por participar de nosso programa.

– Ao contrário, eu é que agradeço o convite.

– Diga-nos, doutor, em que consiste o aparelho que o senhor acaba de inventar?

– É um aparelho muito simples, que fotografa a aura das pessoas e detecta nelas as marcas áuricas de outras pessoas que tenham se aproximado dela. Por esse meio, vai ser muito fácil determinar quem foi a última pessoa que entrou em contato com o senhor Bush.

– Espere um pouco, não entendi direito: quer dizer que o aparelho que o senhor inventou capta numa fotografia a aura de todas as pessoas que se aproximaram de alguém?
– Isso mesmo. A aura é uma energia que desde há muito vem sendo fotografada. Todos sabemos que, quando uma pessoa penetra em nosso campo magnético, contamina-o. Há uma infinidade de auriografias que mostram o momento em que a aura se viu afetada, mas até agora ninguém tinha podido analisar e determinar a quem pertencia a aura da pessoa contaminadora. É isso que meu aparelho pode fazer. Por meio da auriografia do contaminante ele é capaz de reproduzir o corpo da pessoa que a possui.
– Mas espere um pouco. O senhor Bush foi assassinado quando ia andando entre as pessoas. Uma infinidade de gente deve ter se aproximado dele e contaminado sua aura. Como vai saber qual é a aura do assassino?
– Pela cor. Lembre-se de que todas as emoções negativas têm uma cor específica...
Azucena não quer ouvir mais. O doutor Díez, além de ser seu vizinho de consultório, é seu amigo íntimo: só precisa ir vê-lo e deixar que tire uma auriografia sua para localizar Rodrigo. Bendito seja Deus! Pega a bolsa e sai imediatamente, sem pôr os sapatos, sem se pentear e sem desligar a televirtual. Se tivesse esperado mais um minuto, só mais um minuto, teria visto Rodrigo pulando que nem louco por todo o quarto. Abel Zabludowsky tinha passado à informação interplanetária. Em Korma, um planeta penal, um vulcão entrara em erupção. Pedia-se a colaboração dos televirtualenses para mandar ajuda aos flagelados, já que os habitantes daquele planeta, membros do Terceiro Mundo, viviam na idade das cavernas. Um deles era ninguém menos que Rodrigo, que corria desesperado, tentando evitar ser alcançado pela lava.

Rodrigo é o último a entrar numa pequena gruta no alto da montanha. Até o menor dos seres primitivos que habitam o planeta Korma corre mais depressa que ele. Sua lentidão se deve não apenas ao fato de não ter nos pés calos que o protejam das pedras ou do calor, como também a que seus músculos não estão treinados para essa classe de esforço físico. O máximo a que havia chegado na vida era caminhar até a cabine aerofônica mais próxima para se transportar de um lugar a outro do Planeta. Não sabia em que momento se metera na cabine que o levara até ali. Não se lembrava de o ter feito. Bem, não se lembrava de nada. Uma sensação de angústia o acompanhava o tempo todo. Sentia que deixara de fazer algo importante, que tinha uma pendência a concluir. Seu corpo ansiava por algo que não sabia o que era, seus pés tinham vontade de dançar tango, sua boca sentia a urgência do beijo, sua voz queria pronunciar um nome apagado na memória. Tinha-o na ponta da língua, mas sua mente estava completamente em branco. Sua única certeza era de que a lua lhe fazia falta... e de que aquela gruta fedia à beça.

 O humor concentrado de uns trinta seres primitivos, entre homens, mulheres e crianças, era realmente insuportável. A combinação de suor, urina, excremento, sêmen, restos de comida decompondo-se na boca, sangue, cera de ouvido, muco e demais secreções acumuladas por anos nos corpos daqueles selvagens nauseabundos era para enjoar qualquer um. No entanto, maior do que o desagrado pelo fedor era a necessidade de oxigênio para regularizar sua respiração depois da maratônica corrida que acabava de efetuar, de modo que Rodrigo aspirou o ar, ofegante, e em seguida deixou-se cair numa pedra. Procurou fazê-lo o mais longe possível de todos. Tinha cãibra nas pernas por causa do esforço, mas não lhe restava energia para fazer uma massagem. Estava completamente extenuado. Não tinha forças nem sequer para chorar, o que dizer para gritar de desespero, igual a uma mulher que estava na sua frente. A mulher acabava de perder o filho. Caminhava em círculo, carregando os restos calcinados de um corpo de criança. A mulher tinha as mãos chamuscadas. Rodrigo imagina-a enfiando-as na lava para salvar o filho. O cheiro de carne queimada se disseminava em espiral conforme ela dava voltas e voltas diante da entrada da gruta. Lá fora, tudo estava banhado de lava incandescente. O calor era insuportável.

Rodrigo fecha os olhos. Não quer ver nada. Arrepende-se de ter fugido da lava. O que importa manter-se vivo nesse lugar que não lhe pertence? Não lembra quem é nem de onde vem, mas tem uma profunda sensação de ter estado num lugar privilegiado. Não é preciso ser muito observador para perceber que ele é estranho a essa civilização. Sente-se abandonado, dolorido, machucado interiormente. Sente um vazio enorme. Como se lhe tivessem arrancado de repente a metade do corpo. Não sabe o que fazer. Não existe a menor possibilidade de fuga. Além disso, aonde poderia ir? Teria família? Haveria alguém que chorasse por ele? Quanto tempo poderia sobreviver nesse planeta? Sozinho, nem um dia, e como membro dessa tribo tem muito poucas possibilidades. Constantemente percebe os olhares receosos desses selvagens sobre sua pessoa. Não os culpa. Sua aparência de macho sem pêlo, sem força bruta, a quem não falta um só dente – o que só acontece com as crianças de três anos –, sem cicatrizes, sem agressividade, que em vez de defecar na gruta o faz atrás de uma árvore, que em vez de atacar dinossauros utiliza as pontas das lanças para tirar a sujeira das unhas, que em vez de comer o muco assoa-se com os dedos de uma mão enquanto se cobre com a outra para ninguém ver e que, para cúmulo, não fornica com as mulheres da tribo, é altamente suspeita. Todos o rejeitam. Só há uma mulher que se sente atraída por ele e ninguém entende por quê. A razão é que ela foi a única que presenciou a aterrissagem da nave espacial que trouxe Rodrigo a Korma. Viu-a descer dos céus entre fogo e trovoadas. Rodrigo desceu do estranho aparelho nu e confuso. Para ela, a nave era como um ventre flutuante que deu à luz aquele homem. Considera Rodrigo como um Deus nascido das estrelas. Mais de uma vez salvou-lhe a vida, lutando como fera contra os outros homens do clã para defendê-lo. Não encontra maneira de mostrar-lhe seu agrado. Às vezes deita-se diante dele e abre suas pernas peludas, esperando que ele lhe salte em cima, como fazem os demais primitivos diante da mesma provocação. Mas Rodrigo fingiu cegueira, e a coisa não passou disso. Mas a primitiva não perdeu a fé e pensa que agora que seu Deus está ferido tem sua grande oportunidade. Deita-se a seus pés e com ternura começa a lamber as feridas que Rodrigo sofreu durante a fuga. Rodrigo abre os olhos e tenta retirar os pés, mas seus músculos não obedecem. Em poucos segundos percebe que é muito refrescante a sensação que proporciona a língua úmida ao entrar em contato com as ardentes feridas de seus pés. Sente-se tão reconfortado que, deixando de lado a resistência, fecha os olhos e se entrega. Pouco a pouco a primitiva vai subindo pelas pernas com grande intensidade. Agora está lambendo as panturrilhas. Às vezes tem de suspender o trabalho para retirar os espinhos que Rodrigo traz cravados. Depois continua até os joelhos, detém-se um bom tempo nas coxas – onde, por certo, não tem ferida nenhuma – e finalmente chega a seu objetivo principal: a entreperna. A selvagem passa com luxúria a língua pelos lábios antes de continuar seu labor samaritano. Rodrigo se preocupa. Sabe muito bem o que quer aquela horrorosa mulher com pêlos no peito, que fede terrivelmente, que tem mau hálito e que meneia lascivamente as cadeiras. O que ela pensa obter é a mesma coisa que Rodrigo vem evitando desde o princípio. Por sorte, outro primitivo não havia perdido um só detalhe do que acontecia entre eles. Seus olhos não tinham desgrudado um segundo do traseiro erguido da mulher. A posição quadrúpede em que se encontrava tornava-o altamente apetitoso. E, sem pensar duas vezes, agarra-a pelas cadeiras e começa a fornicar com ela. Ela protesta com um grunhido. Como resposta, recebe na cabeça uma maçada que a submete. Rodrigo está grato por ter o macho entrado na dança, mas seus modos o incomodam. Além do mais, como ela lhe salvou a vida em muitas ocasiões, sente-se obrigado a retribuir. Sem saber onde, obtém forças para se levantar e puxar o macho. Este, enfurecido, acerta-lhe um golpe primitivo que o deixa pior do que se tivesse mastigado um dinossauro. Era só o que lhe faltava! Rodrigo não pode mais e chora de impotência. O que fez para merecer aquele castigo? Que crime estava pagando? Todos o fitam com estranheza. Sua atitude desiludiu até a primitiva que tanto o admirava. E a partir daquele momento foi unanimemente repudiado como maricas.

O aerofone do doutor Díez não permitiu a entrada de Azucena. Era um indício de que o doutor estava ocupado com algum paciente e tinha deixado o aerofone bloqueado. Azucena então não teve outro jeito senão passar antes em sua sala, para de lá ligar para seu vizinho de consultório e marcar uma hora, como se deve. Realmente não foi nada correto ter digitado diretamente o número aerofônico do doutor. Era uma tremenda falta de educação apresentar-se numa casa ou num escritório sem ter se anunciado previamente, mas Azucena estava tão desesperada que passava por cima daquelas regras mínimas de cortesia. Claro que para isso servia a tecnologia, para impedir que os bons costumes fossem esquecidos. Azucena, portanto, viu-se forçada a se comportar de maneira civilizada. Enquanto esperava que se abrisse a porta de sua sala, pensou que não havia mal que não viesse para o bem, pois fazia uma semana que não passava por seu consultório e com certeza teria uma infinidade de chamadas de todos os pacientes que tinha abandonado.

A primeira coisa que ouviu quando a porta do aerofone se abriu foi um "Que sacana!" coletivo. Azucena surpreendeu-se de início, mas depois teve muito dó. Suas plantas tinham ficado sete dias sem água e tinham todo o direito de recebê-la daquela maneira. Azucena costumava deixá-las conectadas ao plantofalante, um computador que traduzia em palavras as emissões elétricas delas, pois adorava chegar ao trabalho e suas plantas lhe darem boas-vindas.

Geralmente, suas plantas eram muito educadas e carinhosas. Mais ainda, nunca a tinham insultado antes. Agora, Azucena não as recriminava; se alguém sabia a raiva que dava ser deixado para trás, era ela. Pôs água nelas de imediato. Enquanto o fazia, pediu-lhes mil desculpas, cantou para elas e acariciou-as, como se ela mesma estivesse se consolando. As plantas se acalmaram e começaram a ronronar de gosto.

Azucena passou então a ouvir suas mensagens aerofônicas. A mais desesperada era a de um rapaz que era a reencarnação de Hugo Sánchez, um famoso jogador de futebol do século XX. A partir de 2200 o rapaz, que era novamente jogador de futebol, fazia parte da seleção terrena. Brevemente ia ser realizado o campeonato interplanetário e esperava-se que ele tivesse muito boa atuação. Acontece que suas experiências como Hugo Sánchez o deixaram muito traumatizado; seus compatriotas tinham-no invejado demais e até feito sua vida em quadrinhos. Apesar de Azucena ter trabalhado com ele em várias sessões de astroanálise, não tinha conseguido apagar totalmente a amarga experiência que teve quando não o deixaram jogar no campeonato mundial de 1994. A chamada seguinte era da esposa do rapaz; na vida passada ela fora o doutor Mejía Barón, o treinador que não deixou Hugo Sánchez jogar. Tinham-nos posto juntos nesta vida para que aprendessem a se amar, mas Hugo não a perdoava e sempre que podia dava-lhe uma boa surra. A mulher não agüentava mais; suplicava a Azucena que a ajudasse, caso contrário estava decidida a suicidar-se. Também havia várias chamadas do treinador do rapaz. A partida Terra-Vênus estava próxima, e ele queria escalar seu jogador estrela. Azucena pensou que o melhor era dar ao treinador o nome de outro de seus pacientes, que era a reencarnação de Pelé. Ela não estava em condições de atender a ninguém, naquele momento. Sentia pena, mas não tinha jeito, era assim. Para poder trabalhar como astroanalista a pessoa deve estar muito limpa de emoções negativas, e Azucena não estava.

Não pôde ouvir os outros recados, pois suas plantas começaram a armar o maior escândalo. Gritavam histéricas. Através da parede estavam escutando uma tremenda discussão proveniente da sala do doutor Díez, e elas não gostavam nem um pouco das más vibrações. Azucena de imediato abriu a porta que dava para o corredor e bateu na porta do doutor Díez. O doutor era a pessoa mais pacífica que ela conhecia. Algo grave devia estar sucedendo para que explodisse daquela maneira.

Suas batidas fortes silenciaram a briga. Não recebendo resposta, Azucena tentou bater de novo, mas não foi necessário. A porta do doutor Díez abriu-se subitamente. Um homem corpulento empurrou-a contra a porta de seu consultório. Azucena chocou-se contra o vidro. O letreiro de Azucena Martínez, Astroanalista, caiu em pedacinhos. Atrás do homem corpulento saiu outro ainda mais furioso e, atrás dele, o doutor Díez; mas ao ver Azucena no chão deteve sua corrida e aproximou-se para ajudá-la.

– Azucena! Não imaginei que fosse você. Eles a machucaram?

– Não, acho que não.
O doutor ajudou Azucena a se levantar e examinou-a brevemente.
– É, parece que não lhe aconteceu nada mesmo.
– E você, eles o machucaram?
– Não, só estávamos discutindo. Mas felizmente você chegou.
– Quem eram?
– Ninguém, ninguém... Escute, o que foi que fizeram com você?
– Já disse que nada, foi só o encontrão.
– Não estou falando deles. O que foi que houve? Está doente? Sua cara está péssima.
Azucena não pôde conter o choro por mais tempo. O doutor abraçou-a paternalmente. Com a voz entrecortada pelos soluços, Azucena desabafou com ele. Contou-lhe como tinha se encontrado com sua alma gêmea e o quanto a felicidade durou pouco. Como passou num mesmo dia do abraço ao desamparo, da paz ao desassossego, da embriaguez à cordura, da plenitude ao vazio. Disse-lhe que já o tinha procurado em toda parte e que não havia rastro dele. A única esperança que lhe restava era localizá-lo por meio do aparelho que ele acabava de descobrir. Quando Azucena mencionou o invento, o doutor Díez virou-se para ver se alguém os ouvia e, tomando Azucena pelo braço, introduziu-a em seu consultório.
– Venha comigo. Aqui dentro falaremos melhor.
Azucena sentou-se numa das cômodas cadeiras de couro, diante da mesa do doutor. Díez lhe falou em voz baixa, como se alguém estivesse escutando.
– Olhe, Azucena, você é uma amiga muito querida e gostaria muito de poder ajudá-la, mas não posso.
A desilusão emudeceu Azucena. Um véu de tristeza cobriu-lhe os olhos.

– Só fabriquei dois aparelhos. Um está com a polícia, e não me emprestariam de maneira nenhuma, pois está ocupado dia e noite para localizar o assassino do senhor Bush. O outro também não posso utilizar, porque não estou autorizado a entrar no CUVA (Controle Universal de Vidas Anteriores), onde ele está... Mas deixe-me pensar... Neste momento há uma vaga... Talvez se você for trabalhar lá consiga usá-lo...
– Está louco? Lá só aceitam burocratas de nascença. Até parece que vão me deixar entrar...
– Posso ajudá-la a se transformar numa burocrata de nascença.
– Você? Como?

O doutor Díez tirou um aparelho minúsculo da gaveta de sua mesa e mostrou-o a Azucena.
– Com isto.

\*
\*   \*

A senhorita burocrata guardou numa gaveta a deliciosa torta de frango que estava comendo e limpou cuidadosamente as mãos na saia antes de cumprimentar Azucena Martínez, a última das candidatas ao cargo de "averiguadora oficial" que tinha de entrevistar.
– Sente-se, por favor.
– Obrigada.
– Estou vendo que é astroanalista.
– Pois é.
– É um trabalho muito bem pago. O que a levou a se candidatar a um trabalho de escritório?

Azucena sentia-se muito nervosa, sabia que uma câmara fotomental estava fotografando cada um de seus pensamentos. Esperava que o microcomputador que o doutor Díez tinha lhe instalado na cabeça estivesse enviando pensamentos de amor e paz. Senão, estava per-

dida, pois o que na verdade passava por sua cabeça naquele momento era que esses interrogatórios eram uma chatice e que as repartições públicas eram uma merda.
– Acontece que estou esgotada emocionalmente. Meu médico me recomendou umas férias. Minha aura se carregou de energia negativa e precisa se repor. Você compreende, trabalho muitas horas ouvindo todo tipo de problemas.
– Sim, entendo. E creio que você, por sua vez, entende a importância que tem o conhecimento de vidas anteriores para compreender o comportamento de qualquer pessoa.
– Claro que sim.
– Então, acho que não se oporá a que a examinemos trabalhando diretamente no campo de seu subconsciente, para dessa maneira tirar nossas conclusões finais sobre se você é a pessoa capacitada para o cargo em nossa repartição ou não.
Azucena sentiu um suor frio percorrer-lhe as costas. Tinha medo, muito medo. A prova de fogo a esperava. Ninguém pode entrar no subconsciente de outra pessoa sem prévia autorização. Ela tinha de permitir que o fizessem se quisesse mesmo trabalhar no CUVA. Claro que de maneira nenhuma ia lhes permitir o acesso a seu verdadeiro subconsciente, pois os dados que os analistas esperavam colher eram os relativos a seu crédito moral e social. Queriam saber se em alguma vida tinha torturado ou matado alguém. Qual era seu grau de honestidade no presente. Qual seu nível de tolerância à frustração e qual sua capacidade para organizar movimentos revolucionários. Azucena era muito honesta e já tinha pago os carmas por todos os crimes que cometera. Mas seu nível de tolerância à frustração era mínimo. Era uma agitadora nata e uma rebelde por natureza, de modo que era bom que o aparelho do doutor Díez continuasse funcionando corretamente, senão, além de ficar

sem o cargo de "averiguadora oficial", receberia um castigo terrível: apagariam a memória de suas vidas passadas e... aí sim, adeus Rodrigo!
— Qual é o código de acesso?
— Batatas enterradas.
A senhorita burocrata escreveu a frase no teclado do computador e estendeu um capacete para Azucena pôr na cabeça. A câmara fotomental instalada dentro do capacete fotografava os pensamentos do inconsciente. Traduzia-os em imagens de realidade virtual que eram computadorizadas no centro de Controle de Dados. Aí eram amplamente analisadas por um grupo de especialistas e por um computador.
Azucena instalou o capacete, fechou os olhos e começou a ouvir uma música muito agradável.
Na sala contígua começou a se reproduzir em realidade virtual a Cidade do México de 1985. Então, os cientistas puderam caminhar pela avenida Samuel Ruiz tal como era duzentos e quinze anos atrás, quando era conhecida como Eje Lázaro Cárdenas. Chegaram até a Catedral Metropolitana quando ainda estava inteira. Continuaram o percurso pelo Eje Central até chegar à Plaza de Garibaldi. Ali se instalaram junto de um grupo de músicos que tocavam a pedido de uns turistas.
Os cientistas burocratas começaram a discutir calorosamente entre si. Era de chamar a atenção a clareza das imagens que estavam observando. Em geral a mente recorda de maneira confusa e desorganizada. Azucena era a primeira pessoa que conheciam que tinha o passado bem claro. As imagens que projetava observavam perfeita ordem cronológica. Não estavam fragmentadas, o que significava que a moça era um gênio ou que havia introduzido ilegalmente um microcomputador. Houve quem sugerisse a presença da polícia. Outros só pediram uma investigação a fundo. E alguns, abalados com o som dos pistões, se comoveram até as lágrimas.

Felizmente, nesses casos só o computador tinha uma opinião de peso e dava o veredicto final e inapelável. E o computador aceitava a informação proporcionada por Azucena sem estranhar nada. A opinião dos cientistas era levada em conta apenas se o computador deixasse de funcionar, o que só tinha ocorrido uma vez em cento e cinqüenta anos. Foi durante o grande terremoto. No dia em que a terra deu à luz a nova lua. E daquela vez não interessou a ninguém saber a opinião dos cientistas, pois o importante era salvar a pele. De modo que podiam discutir entre si o que quisessem, que ninguém ia se interessar por suas conclusões.

Azucena, completamente isolada de todos, ouvia a música que saía dos fones do capacete. Sentia-se flutuar no tempo. A melodia transportava-a suavemente para uma de suas vidas passadas. Seu verdadeiro subconsciente tinha começado a trabalhar de maneira automática e trazia uma imagem que Azucena já tinha visto numa de suas sessões de astroanálise. Nunca pudera ver além dela, porque tinha um bloqueio naquela vida passada, mas evidentemente a melodia que agora estava ouvindo tinha o poder de superá-lo.

CD-1

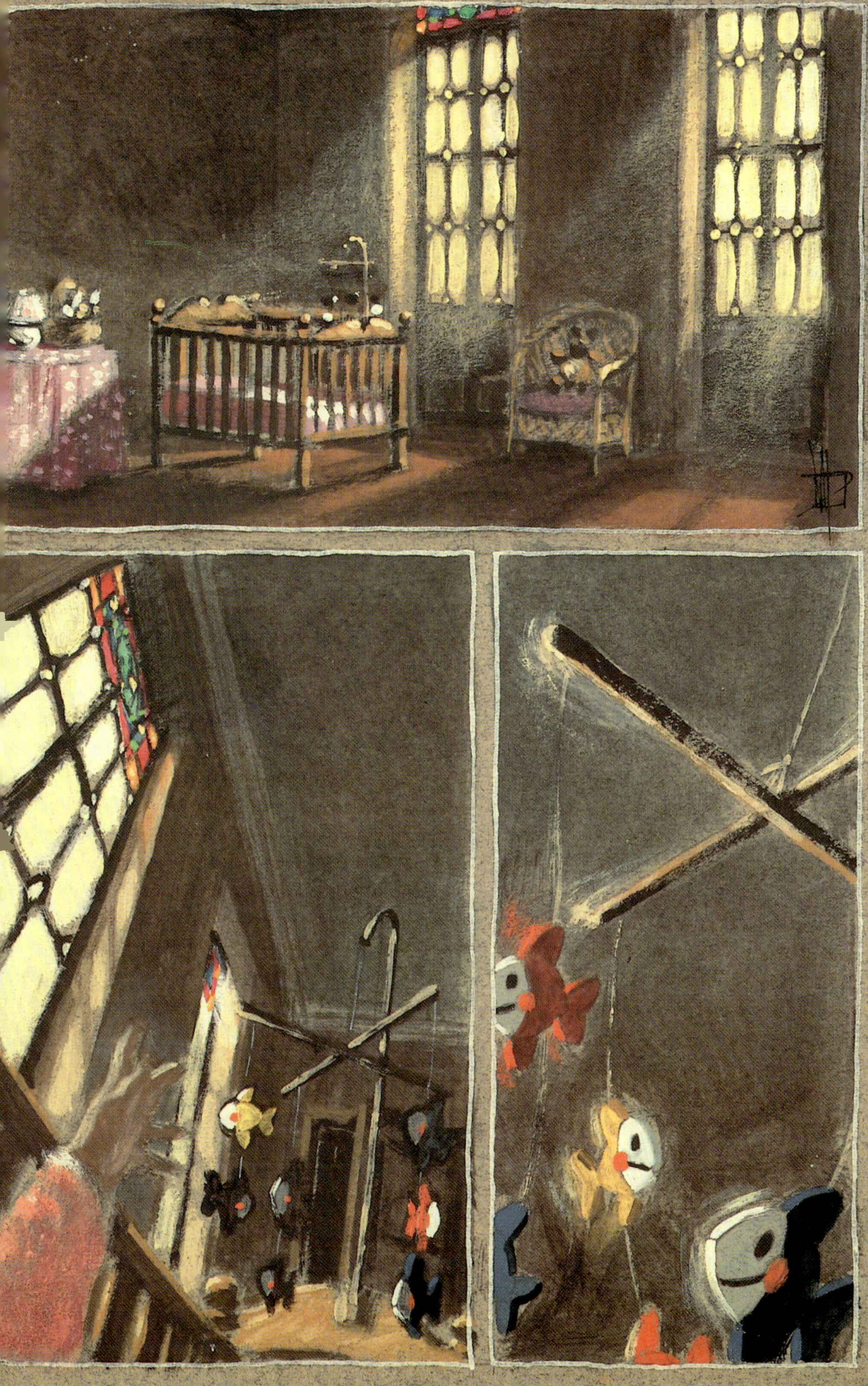

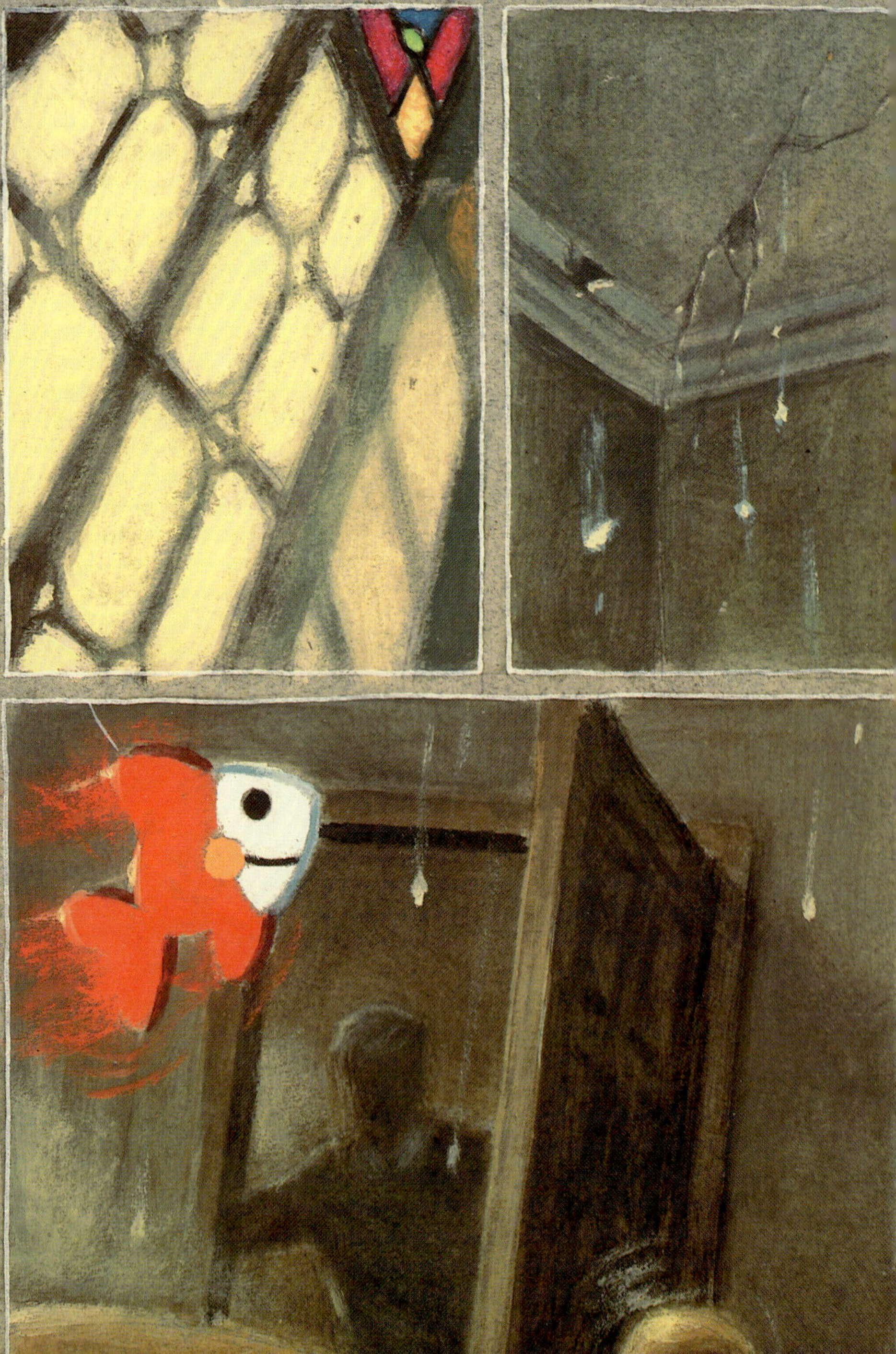

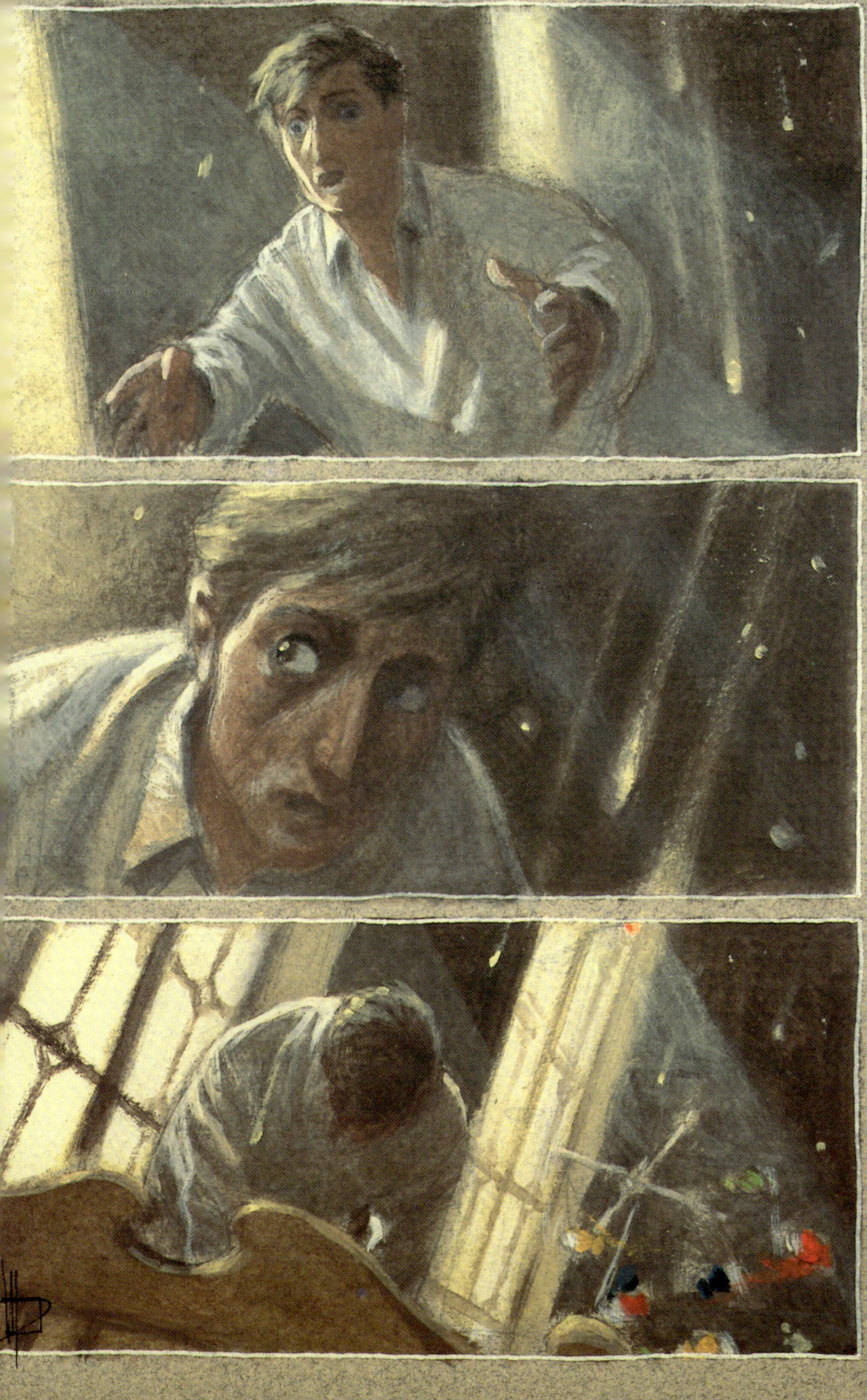

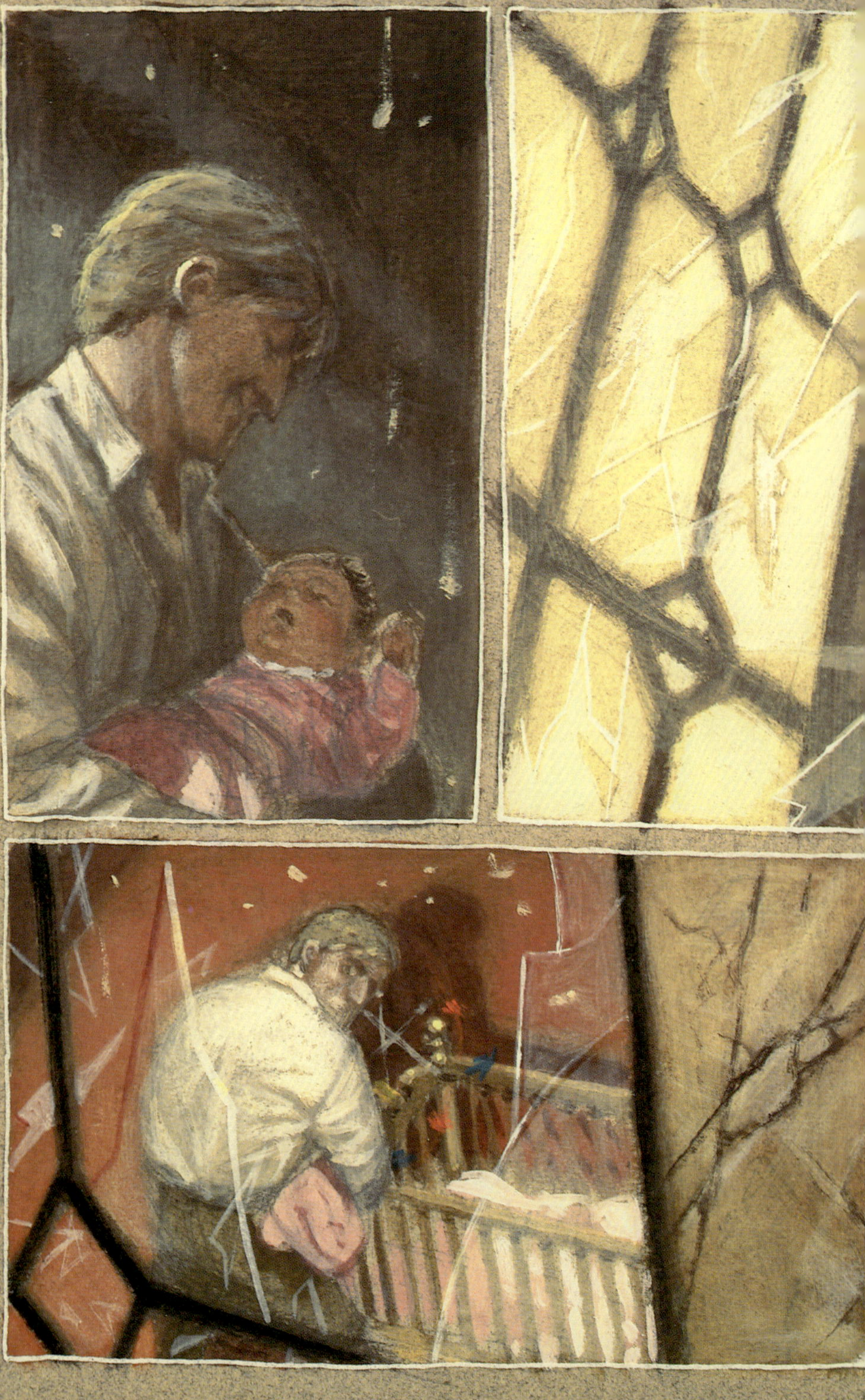

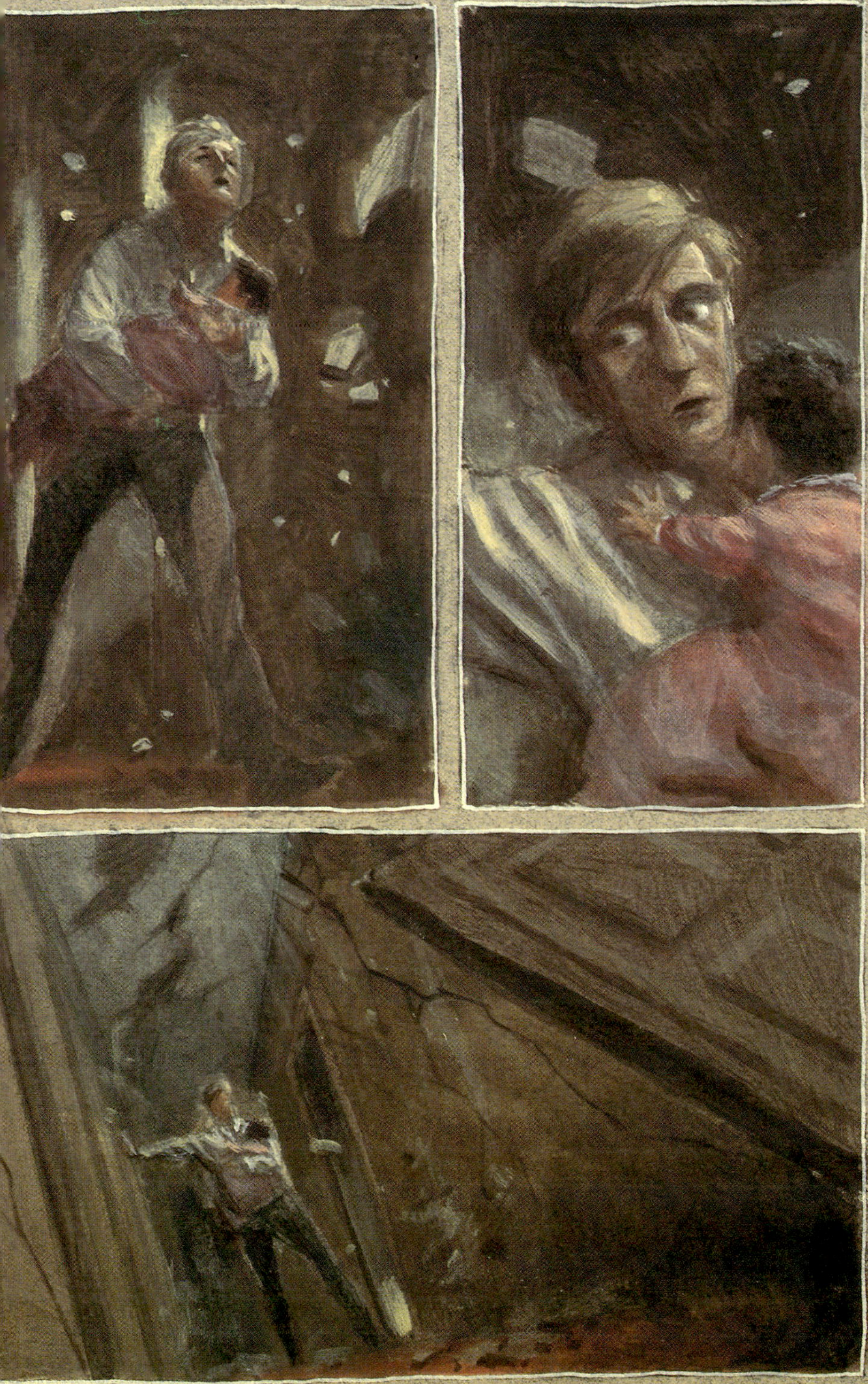

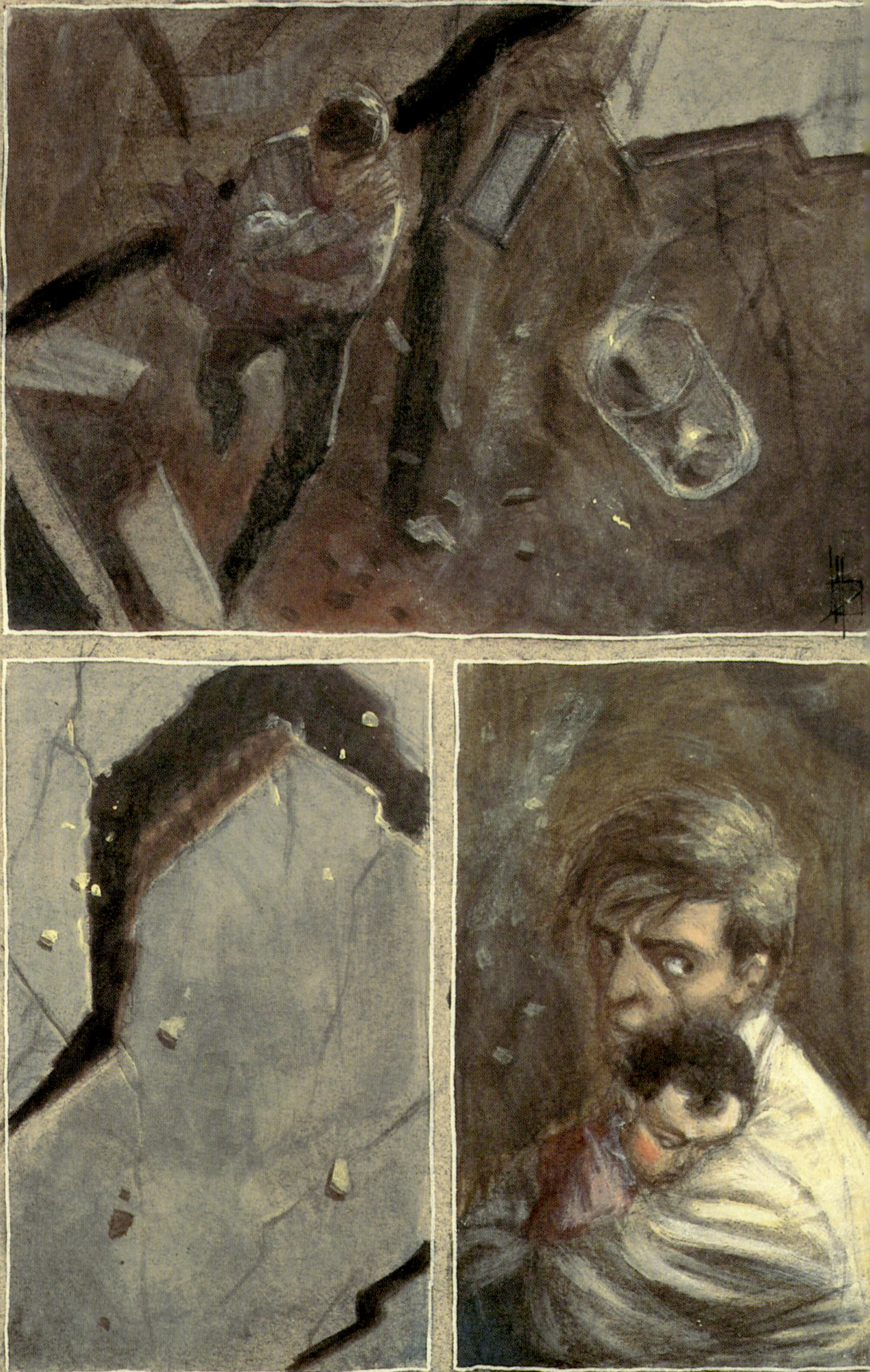

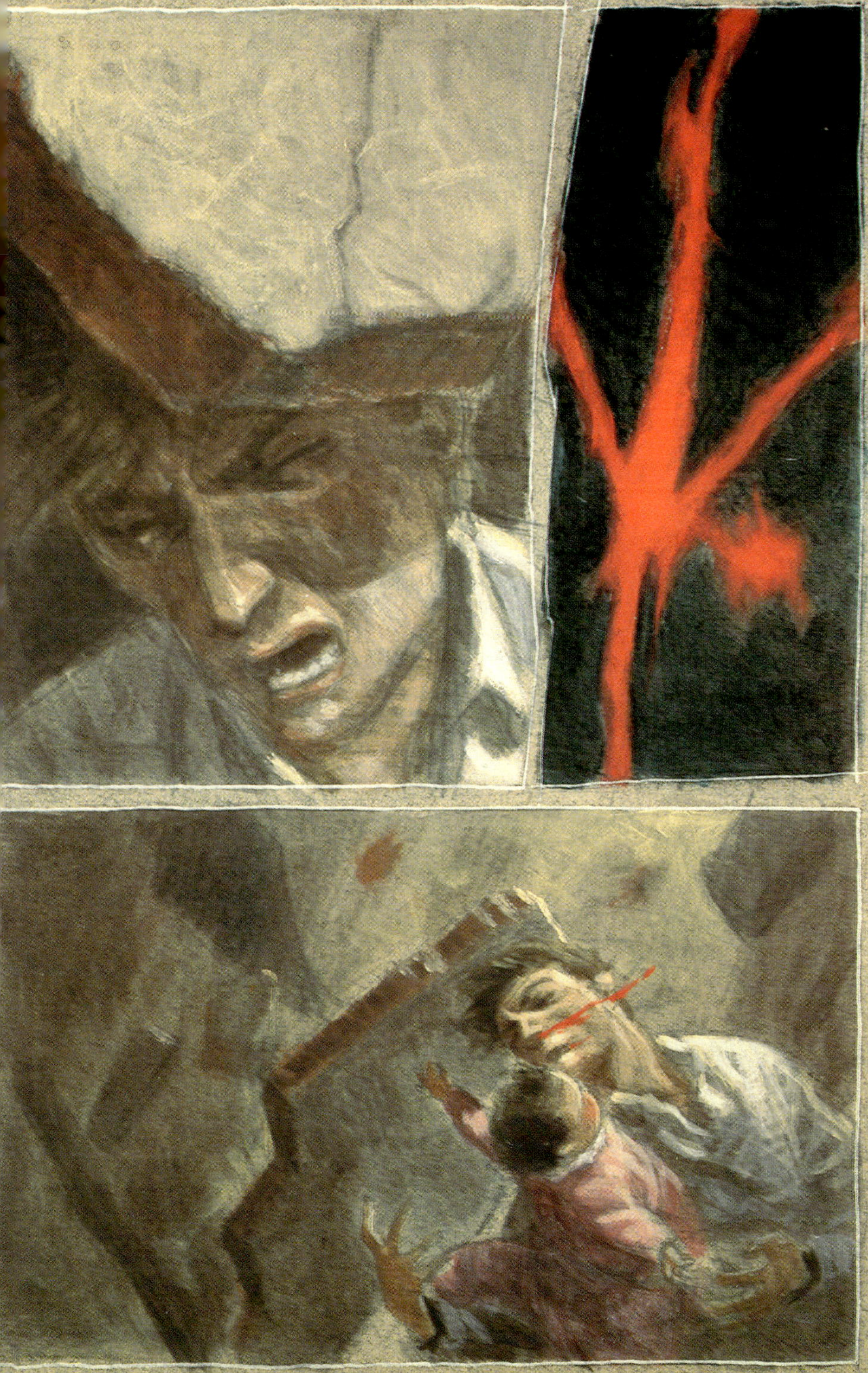

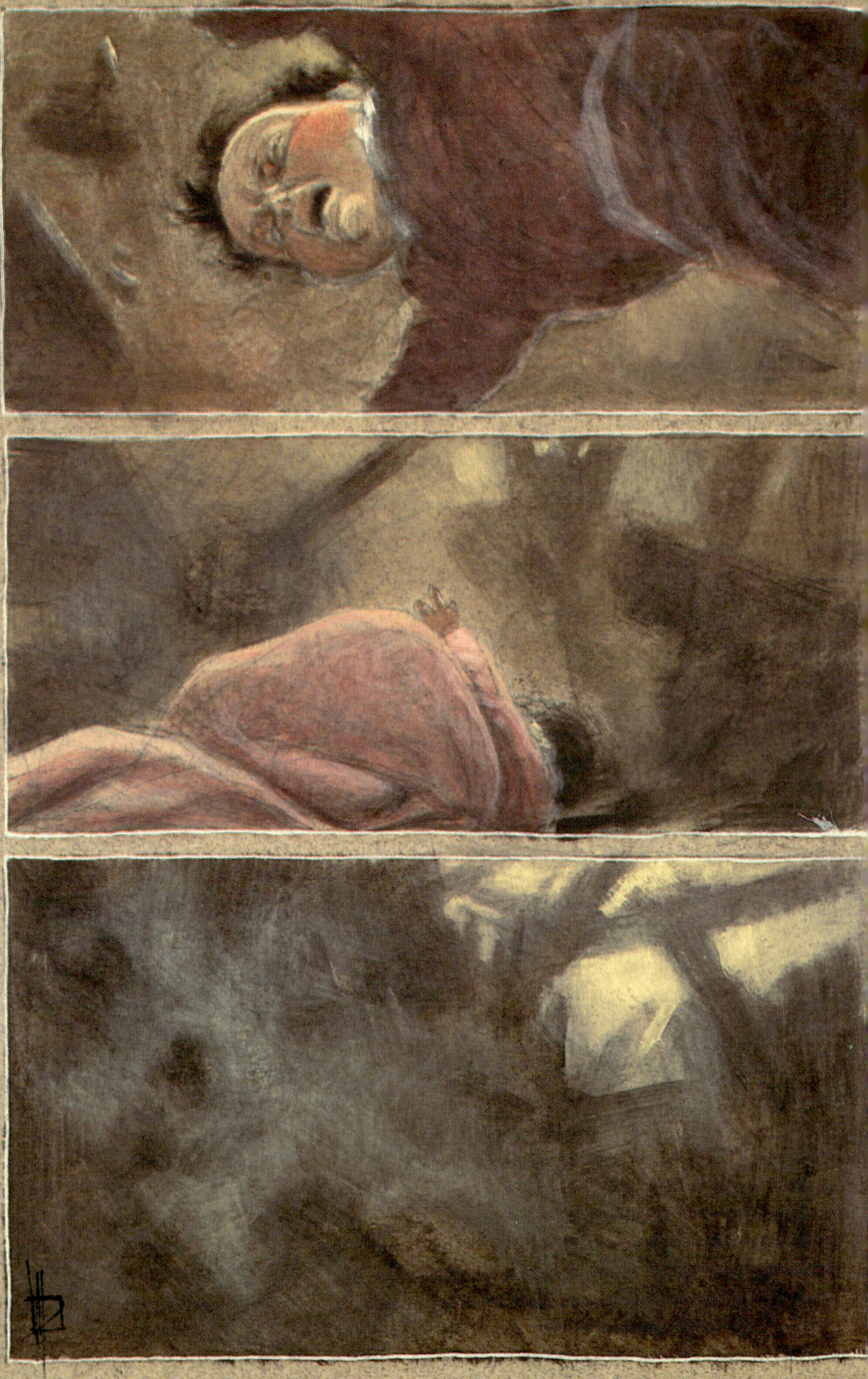

Subitamente a música desapareceu, deixando a mente de Azucena em branco. Acabavam de desligar o capacete. Não era possível que a senhorita burocrata a despertasse bem na hora em que estava vendo Rodrigo! Azucena tinha certeza absoluta de que o homem que a tomava nos braços para lhe salvar a vida era ele. Reconheceu seu rosto entre um dos catorze mil que viu no dia do encontro deles. Não podia haver a menor dúvida. Era ele! Urgia saber que música era aquela, que a levara a Rodrigo.
– É só, obrigada. Vamos esperar o veredicto final.
– A música que ouvi, o que era?
– Música clássica.
– Sim, isso eu sei, mas de quem?
– Hum, isso é que não sei. Acho que é de uma ópera, mas não tenho certeza...
– Não pode perguntar?
– Por que está interessada em saber?
– Bem, não é que me interesse pessoalmente. Acontece que, em meu trabalho de astroanalista, é muito bom

utilizar uma música que provoque estados de consciência alterados...
– Sim, imagino. Mas como por um bom tempo não vai trabalhar como astroanalista, não há por que saber...
Por uma abertura da escrivaninha, o computador cuspiu um papel. A senhorita burocrata leu-o e depois entregou-o para Azucena.
– Hum, meus parabéns, passou no exame. Leve este papel ao segundo andar. Vão lhe fazer uma auriografia para o seu crachá. Quando o receber, pode se apresentar para trabalhar.
Azucena não cabia em si de contente. Não era possível tanta sorte. Tratou de ser prudente e não demonstrar suas emoções, mas não podia dissimular um sorriso triunfal. Tudo estava saindo às mil maravilhas. Ia mostrar a Anacreonte o que era solucionar problemas!
No segundo andar havia umas quinhentas pessoas esperando para fazer a auriografia. Não era nada em comparação com as enormes filas que Azucena tivera de fazer antes. De modo que com grande resignação ocupou o lugar que lhe cabia na fila. Uma câmara fotomental fotografava todos constantemente. Era a última prova por que tinham de passar. Nela se detectava a capacidade de tolerância à frustração que os futuros burocratas tinham. Acontece que seus companheiros de fila tinham realmente estofo de burocratas e podiam passar no exame com facilidade, e ela não. Cada minuto que transcorria minava sua paciência. A batidinha nervosa de seu salto no chão foi a primeira coisa a chamar a atenção dos juízes qualificadores. Era completamente contraditório com os pensamentos que Azucena emitia. A câmara fotomental focalizou seu rosto e captou o ricto de impaciência de seus lábios. A total incongruência entre pensamento e gesto era muito suspeita. Talvez tenha sido essa a causa pela qual, quando Azucena chegou ao guichê para ser atendi-

da, puseram um letreiro de "fechado". Azucena quase tem um enfarte de raiva. Não podia ser. Não podia ter tanto azar. Teve de morder os lábios para que não lhe escapassem alusões à mãe de ninguém. Teve de fechar os olhos para que não fossem disparados os punhais com que desejava atravessar a garganta da senhorita. Teve de atar os pés para que suas pernas não quebrassem a chutes a janela do guichê. Teve de amarrar os dedos para que não destroçassem os papéis que lhe entregaram quando disseram que voltasse na segunda-feira seguinte. Até segunda! Era quinta de manhã. Não acreditava que fosse possível esperar até segunda de braços cruzados. Que podia fazer? Adoraria continuar a regressão à vida passada em que viu Rodrigo, mas não tinha à mão o *compact disc* que a tinha provocado, nem sabia que ópera tinham posto e, mesmo que soubesse, não seria fácil consegui-la. As últimas descobertas em musicoterapia tinham complicado a compra e venda de *compact discs*. Fazia tempo que se sabia que os sons musicais exerciam poderosa influência sobre o organismo e alteravam o comportamento psicológico das pessoas: podiam torná-las esquizofrênicas, psicopatas, neuróticas e, em casos graves, até assassinas.

Mas haviam descoberto recentemente que todas as melodias tinham o poder de ativar nossa memória de vidas anteriores. Eram utilizadas na área da astroanálise para induzir regressões a vidas passadas. Como se poderá supor, não era conveniente que qualquer pessoa utilizasse a música para esses fins, pois nem todas tinham o mesmo grau de evolução. Em certas ocasiões, não é bom descobrir o passado. Se alguém tem um conhecimento bloqueado, é porque não pode lidar com ele. Já tinha acontecido uma infinidade de vezes que, de repente, um ex-rei se propusesse recuperar as jóias da coroa que lhe haviam pertencido, ou coisas parecidas. Portanto, o governo havia decretado que todos os discos, toca-discos, toca-cassetes, *compact discs* e demais aparelhos de som passassem ao poder da Direção Geral de Saúde Pública. Para alguém adquirir um *compact disc* era necessário demonstrar seu equilíbrio moral e seu grau de evolução espiritual. A maneira de fazê-lo era apresentar um atestado de um astroanalista em que se garantisse que aquela pessoa não corria risco algum ao ouvir determinada música. Em sua qualidade de astroanalista, Azucena podia realizar todos esses trâmites sem o menor problema, mas levaria aproximadamente um mês. Seria uma eternidade! Tinha de pensar em outra coisa, pois se voltasse para casa sem ter conseguido nenhum avanço na localização de Rodrigo ia enlouquecer. Queria vê-lo frente a frente o quanto antes para cobrar-lhe uma explicação. Por que a tinha abandonado? Tinha cometido algum erro? Ela não era bastante atraente? Ou será que tinha uma amante que não podia abandonar? Azucena estava disposta a aceitar a explicação que fosse, mas queria que lhe fosse dada. O que lhe era insuportável era a incerteza. Despertava nela todas as inseguranças que com tanto trabalho tinha conseguido superar com a ajuda da astroanálise. Sua falta de confiança em si mesma havia impedido que ela tivesse um parceiro estável. Quando encontrava alguém que valia a pena e que a tratava bem, inevitavelmente terminava rompendo com ele. Lá no fundo sentia que não merecia a felicidade. Mas, por outro lado, tinha uma enorme necessidade de sentir-se amada. Assim, pois, tentando dar remédio a seus problemas, tinha decidido encontrar sua alma gêmea, pensando que com ela não havia margem de erro, pois se tratava da comunhão perfeita. Tanto tempo para encontrá-la! E tão depressa a tinha perdido! Não era possível! Era a coisa mais injusta que lhe sucedera em suas catorze mil vidas.

Definitivamente, tinha de fazer alguma coisa para acalmar sua angústia e seu desespero, e talvez o mais adequado fosse ir fazer fila na Procuradoria de Defesa do Consumidor. Lá pelo menos poderia brigar com alguém, reclamar, gritar, exigir seus direitos. As burocratas que atendiam nesses lugares eram das mais pacientes. Eram postas ali para que as pessoas desafogassem suas frustrações. Sim, era isso que ia fazer.

* * *

A Procuradoria de Defesa do Consumidor parecia a ante-sala do inferno. Lamentos, queixas, lágrimas, arrependimentos, dores e misérias ouviam-se por toda parte. A aglomeração a que estavam condenadas as milhares de pessoas que faziam fila diante dos guichês em que se atendia o público causava um calor verdadeiramente endemoninhado. Azucena suava em bicas, assim como Cuquita. Cuquita estava aguardando na fila de Plano de Carreira Astral, e Azucena na de Almas Gêmeas. As duas fingiam alheamento. Não tinham a menor vontade de se cumprimentar. Mas o destino parecia empenhado em juntá-las, pois, no momento em que Cuquita estava sendo atendida, Azucena avançou na fila e ficou praticamente junto dela. Da posição em que se encontrava podia ouvir perfeitamente a conversa entre Cuquita e a burocrata que a atendia. A comunicação entre ambas se tornava um pouco difícil porque Cuquita tinha o vício de tentar impressionar as outras pessoas com a utilização de palavras finas e elegantes. O problema estava em que, como não sabia seu significado, empregava uma palavra por outra e acabava dizendo uma barbaridade e meia, que só servia para confundir seus interlocutores.

— Olhe, senhorita. Sabe quanto é horrível ter posto tanto *desempeno* à toa?

— Tanto o quê?

– *Desempeno*, pus muito *desempeno* para me superar e acho que já *levei* bastante minha alma e mereço melhor tratamento.
– Sim, senhora, não duvido, mas o problema é que nesta vida tudo se paga, em prestações ou à vista, mas se paga.
– Eu sei, senhorita, mas não faz muito que paguei todos os meus carmas. E quero o divórcio.
– Sinto muito, senhora, mas meus relatórios dizem que a senhora ainda tem dívidas com seu marido de outras vidas.
– Que dívidas?
– Quer que lhe recorde sua vida como crítica de cinema?
– Bem, reconheço que agi muito mal, mas, escute, não é para tanto! Estou há muitas vidas pagando os carmas que ganhei com os comentários de minha língua *vespertina* para que agora me ponham ao lado deste *negrúmeno*! Olhe só como está meu olho. Se não deixarem eu me divorciar, juro que vou matá-lo.
– Faça o que quiser, terá de pagar por isso também. O seguinte, por favor.
– Escute, senhorita, será que não tem um jeito de arranjarmos isso entre nós duas, para que me deixem conhecer minha alma gêmea?
– Não, senhora, não tem! E olhe, há muita gente no mesmo caso seu. Todos querem ter beleza, dinheiro, saúde e fama sem ter méritos. Agora, se a senhora quer mesmo sua alma gêmea sem a ter ganho, podemos requerer um crédito, contanto que se comprometa a pagar os juros.
– De quanto seria?
– Se a senhora assinar este papel, nós a colocamos em contato com sua alma gêmea em menos de um mês, mas tem de se comprometer a passar mais dez vidas ao lado de seu atual marido, sofrendo surras, humilhações

ou o que for. Se está disposta a agüentar, fazemos o papel agorinha mesmo.
— Não. Claro que não estou disposta.
— É sempre assim, são ótimos para pedir, mas não para pagar. Por isso é preciso pensar muito bem o que se quer.

Azucena ficou penalizada por ter ouvido as reclamações de Cuquita. Embora não gostasse dela, não era nada agradável vê-la sofrer. O pior era que Azucena sabia muito bem que Cuquita não tinha a menor chance de obter uma autorização para conhecer sua alma gêmea. Coitada. Quem sabe quantas vidas ainda ia ter de esperar. Bem, àquela altura Azucena estava chegando à conclusão de que o amor e a espera eram a mesma coisa. Um não existia sem o outro. Amar era esperar, mas paradoxalmente era a única coisa que a impelia a agir. Ou seja, a espera a tinha mantido ativa. Graças ao amor que tinha por Rodrigo, Azucena fizera uma infinidade de filas, emagrecera, purificara seu corpo e sua alma. Mas por causa de seu desaparecimento não podia pensar em outra coisa que não fosse saber seu paradeiro. Seu aspecto pessoal era deplorável. Já não se preocupava em se pentear. Já não se preocupava em escovar os dentes. Já não se preocupava em ter uma aura luminosa. Já não se preocupava com nada do que acontecesse no mundo, a não ser que estivesse relacionado com Rodrigo.

O companheiro de fila que estava atrás de Azucena já lhe tinha contado setenta e cinco vidas passadas e ela não havia prestado a menor atenção. Sua conversa era-lhe soporífera, mas seu amigo fortuito não o havia notado, pois Azucena mantinha uma expressão neutra no rosto. Ninguém, ao vê-la, poderia imaginar que estava começando a ficar com sono. Aquele homem parecia ser a cura perfeita para a insônia galopante que a atormentava desde o desaparecimento de Rodrigo. Tentara tudo para remediá-la, desde chá de tília e leite com mel até seu método infalível, que consistia em recordar todas as coisas que fizera na vida. A brincadeira consistia em fazer a contagem regressiva de uma por uma das pessoas que tinham sido atendidas antes dela no guichê. Até antes de perder Rodrigo esse método nunca tinha falhado. Mas já não funcionava. Cada vez que pensava numa fila lembrava-se da ilusão com que a fizera, esperando ser beijada, acariciada, apertada... E então o sono ia embora, saía fugindo pela janela e não havia jeito de pegá-lo. Agora, talvez por causa da combinação do calor com a conversa de seu companheiro de fila, a verdade era que estava a ponto de fechar os olhos. Aquele homem facilmente poderia fazer dormir um batalhão inteiro com suas histórias. Ouvi-lo era de uma chatice infinita.

– Já lhe falei da minha vida de bailarina?
– Não.
– Nãããããão? Bem, naquela vida... Veja como são as coisas! Eu não queria ser bailarina, queria ser músico, mas como na outra vida tinha sido roqueiro e tinha deixado muita gente surda com minha barulheira, não me permitiram ter bom ouvido para a música, de modo que só me restou ser bailarina... Ah, não me arrependo, sabe? Adorei! A única coisa horrível mesmo eram os joanetes que as sapatilhas me causaram, mas fora isso adorava fazer pontas! Era como flutuar e flutuar no ar... como... Ai, nem sei como explicar...! O ruim foi que me mataram aos vinte anos, acredita? Ai, foi horrível! Eu ia saindo do teatro e uns homens quiseram me estuprar, e, como resisti, um deles me matou...

Azucena se enterneceu ao ver chorar aquele homem tão grande, balofo e horroroso. Tirou um lenço e ofereceu-lhe. Enquanto o homem enxugava as lágrimas, Azu-

cena tentou imaginá-lo dançando na ponta dos pés, mas não conseguiu.
— Foi muito injusto, porque eu estava grávida... e nunca pude ver meu filhinho...

O homem pronunciara as palavras-chave para chamar a atenção de Azucena: "Nunca pude ver meu filhinho." Se havia uma coisa de que Azucena sabia, era a dor da ausência. De imediato se identificou com a dor do pobre homem que nunca pôde ver aquela pessoa tão amada e esperada. No entanto, não soube como consolá-lo e se limitou, pois, a olhá-lo com comiseração.

— Por isso vim reclamar. Nesta vida cabia-me um corpo de mulher para terminar meu aprendizado da outra vida e, por engano, nasci dentro deste corpo tão horroroso. Não é mesmo feio?

Azucena tentou animá-lo, mas não lhe ocorreu um só elogio. O homem realmente era feio de dar dó.

— Ai! Você não sabe o que eu daria para ter um corpo como o seu. Odeio ter corpo de homem... Como não gosto de mulher, tenho de manter relações homossexuais, mas a maioria dos homens são uns brutos! Não sabem como ser ternos comigo... e eu preciso é de ternura... Ai, se eu tivesse um corpo fino e delicado, me tratariam delicadamente...

— E não pediu um transplante de alma?

— Ora, se não pedi! Estou há dez anos fazendo fila, mas, cada vez que há um corpo disponível, dão para outro. Estou desesperado...

— Bom, espero que logo lhe dêem um.

— Eu também.

O homem devolveu a Azucena o lenço que ela lhe emprestara. Azucena pegou-o por uma pontinha, porque estava cheio de muco, e finalmente decidiu dá-lo ao homem, em vez de guardá-lo na bolsa. Ele agrade-

ceu muito e se despediram apressadamente, pois já era a vez de Azucena ser atendida.
— É sua vez, obrigado e até logo. Boa sorte.
— Para você também.
— O próximo.
Azucena aproximou-se do guichê.
— Pois não?
— Olhe, senhorita, deixei meus dados na seção de plano de carreira astral já faz tempo.
— Os problemas de plano de carreira são na outra fila. Próximo!
— Ouça, deixe-me terminar!... Lá me disseram que eu já estava em condições de conhecer minha alma gêmea, puseram-me em contato com ele e nos vimos.
— Se já o encontrou, por que veio aqui? Seu problema já está resolvido. O próximo...
— Espere! Ainda não acabei. O problema é que ele desapareceu de um dia para o outro e não consigo encontrá-lo. Poderia me dar seu endereço?
— Como? Encontrou-se com ele e não sabe o endereço?
— Não, porque só me deram seu número aerofônico. Deixei um recado e ele foi à minha casa.
— Pois ligue de novo. O próximo...
— Escute aqui, está achando que sou uma imbecil, é? Liguei dia e noite e ninguém atende. E não posso ir à casa dele porque não estou registrada em seu aerofone. Pode fazer o favor de me dar seu endereço ou quer que faça um escândalo? Porque, escute bem, não vou sair daqui sem o endereço! Diga se vai me dar por bem ou por mal!

Os gritos de Azucena eram acompanhados de um olhar tão feroz, que conseguiu aterrorizar a senhorita burocrata. Com grande docilidade pegou o papel que Azucena lhe estendeu com os dados de Rodrigo e diligentemente procurou a informação no computador.

– Este senhor não existe.
– Como não existe?
– Não existe. Já procurei nos encarnados e nos desencarnados e não aparece em nenhum registro.
– Não é possível, tem de estar, senhorita.
– Estou lhe dizendo que não existe.
– Olhe, senhorita, por favor, não me venha com essa besteira! A prova de que existe sou eu mesma, pois sou sua alma gêmea. Rodrigo Sánchez existe porque eu existo, e ponto final.

Não houve um ser vivo dentro da Procuradoria de Defesa do Consumidor que não ouvisse os gritos destemperados de Azucena, mas ninguém se surpreendeu tanto ao ouvi-los quanto seu companheiro de fila. Parou de imediato de passar o rímel nas pestanas. Estava retocando os olhos depois do copioso pranto que derramara. Suas mãos tremiam com a impressão que sentiu e foi difícil pôr o rímel no lugar, dentro da bolsa. Quando Azucena, furibunda, pegou seus papéis e deu meia-volta para ir embora, não soube o que fazer. Era a sua vez de ser atendido, mas ficou hesitando entre dar um passo à frente e seguir Azucena.

Ao sair à rua, Azucena sentiu uma batida no ombro que a fez sobressaltar-se. A seu lado estava um homem de aspecto muito desagradável, sussurrando-lhe uma coisa no ouvido.
– Precisa de um corpo?
– O quê?
– Estou dizendo que posso conseguir um corpo em muito bom estado e preço módico.

Só lhe faltava essa para terminar uma bela e inesquecível manhã na burocracia! Cometera o erro de prestar atenção naquele "coiote" e isso ia ser suficiente para não poder se livrar dele por mais uns três quarteirões.

Em todas as repartições do governo abundava aquele tipo de personagem, mas era preciso ignorá-los por completo se se quisesse andar com tranqüilidade pela rua, pois, se eles viam que alguém os observava com o canto dos olhos, ainda que só por um segundo, insistiam em vender seus serviços de qualquer jeito.
— Não, obrigada.
— Ora! Anime-se! Não vai encontrar melhor preço.
— Já disse que não! Não estou precisando de corpo nenhum.
— Não é por nada, mas vejo que está meio maltratada.
— E o que você tem a ver com isso?
— Nada, só estou dizendo. Vamos, temos uns que acabam de chegar, bem bonitos, com olhos azuis e tudo...
— Já disse que não quero!
— Não perde nada indo vê-los.
— Já disse que não! Será que não entende?
— Se está preocupada com a polícia, deixe-me dizer que trabalhamos com corpos sem registro áurico.
— A polícia é o que vou chamar, se não parar de me encher!
— Ui, que gênio!

Não se saiu mal, só demorou um quarteirão e meio a passo veloz para se livrar do "coiote". Na esquina, Azucena virou para trás para ver se ele não a estava seguindo e viu-o abordar seu ex-companheiro de fila. Tomara que o desespero daquela ex-"bailarina" frustrada por não ter um corpo de mulher não a levasse a cair nas garras daquele pilantra! Bom, não tinha por que ficar se preocupando, seus problemas já eram mais que suficientes. O mundo podia cair, que ela não se incomodava. Caminhava tão absorta em seus pensamentos que nem percebeu que uma nave espacial percorria a cidade anunciando a nomeação do novo candidato à Presidência Mundial: Isabel González.

# CD-2
# INTERVALO PARA DANÇAR

*Ruim porque não me queres*
*ruim porque não me tocas*
*ruim porque tens boca*
*ruim quando te convém*

*ruim como a mentira*
*o mau hálito e a prisão de ventre*
*ruim como a censura*
*como rato peludo no lixo*
*ruim como a miséria*
*como foto de identificação*
*ruim como a assinatura do Santa Anna*[*]
*como bater na babá*

*ruim como a triquina*
*ruim, ruim e argentina*
*ruim como as aranhas*
*ruim e com todas as manhas*

---

[*] Santa Anna foi um general mexicano que dominou a cena política do país entre 1829 e 1855. Sua última façanha, alguns anos depois do seu desastre militar que fez o México perder quase metade do território para os americanos, foi a venda de outra porção deste aos EUA, para os americanos atingirem o Pacífico. (N. do T.)

> *ruim como a ordem, a decência, como a boa consciência*
> *ruim por onde a olhares*
> *ruim como um tratamento de canal*
> *ruim como prego chato*
> *ruim como filme tcheco*
> *ruim como sopa fria*
> *ruim como fim de século*
>
> *ruim por natureza*
> *ruim dos pés à cabeça*
> *ruim, ruim, ruim*
> *ruim, mas que bela zona!*
>
> LILIANA FELIPE

Ser demônio é uma enorme responsabilidade, mas ser Mammon, o demônio de Israel, é realmente uma bênção. Isabel González é a melhor aluna que já tive em milhões de anos. É a mais bela flor de mansuetude que já deram os campos do poder e da ambição. Sua alma entregou-se a meus conselhos sem receios, com profunda inocência. Toma minhas sugestões por ordens ineludíveis e as leva a cabo no mesmo instante. Não se detém diante de nada nem de ninguém. Elimina quem tem de eliminar sem o menor remorso. Põe tanto empenho em alcançar suas pretensões que logo vai fazer parte de nosso colegiado, e nesse dia vou ser o demônio mais orgulhoso dos infernos.

Considero uma sorte ter sido escolhido como seu mestre. Poderiam ter escolhido qualquer outro de nós, anjos caídos que habitamos as trevas, muitos com melhores antecedentes no campo do ensino. Mas, bendito seja Deus, o favorecido fui eu. Graças à aplicação de Isabel vou merecer a promoção que por tantos séculos esperei. Por fim vão me dar o reconhecimento que mereço, pois até agora não recebi mais que ingratidões. Meu trabalho é tão mal pago! Os que sempre ficaram com os aplausos, as condecorações, a glória, foram os Anjos da Guarda. E me pergunto: o que fariam sem nós, os Demônios? Nada. Um espírito em evolução precisa passar por todos os horrores imagináveis das trevas antes de alcançar a iluminação. Não há outro caminho para chegar à luz, além do caminho da escuridão. A única maneira de temperar uma alma é pelo sofrimento e pela dor. Não há forma de evitar esse padecimento ao ser humano. Também não é possível lhe dar as lições por escrito. A alma humana é muito tola e não entende, até viver as experiências na própria carne. Só quando processa os conhecimentos dentro do corpo pode adquiri-los. Não há conhecimento que não tenha chegado ao cérebro sem passar pelos órgãos dos sentidos. Antes de saber que era ruim comer o fruto proibido, o homem teve de perceber o poder de seu aroma, sofrer o desejo, gozar o prazer da mordida, estremecer com o som da casca rasgada, receber o bocado dentro da boca, saber de suas redondezas, de seus sumos, da suave textura que lhe acariciava o esôfago, o estômago, o intestino. Quando Adão comeu a maçã, sua mente se abriu a novos conhecimentos. Quando seus intestinos a digeriram, seu cérebro alcançou a compreensão de que caminhava nu pelo Paraíso. E, quando sofreu as conseqüências de ter adquirido a sabedoria dos Deuses que o tinham criado, soube de seu erro. Nunca teria bastado que lhe dissessem que não podia comer da árvore do Bem e do Mal. Não há maneira de os seres humanos aceitarem um raciocínio *a priori*. Têm de vivê-lo com plenitude. E quem lhes proporciona essas experiências? Os Anjos da Guarda? Não senhor, nós, os Demônios. Graças ao nosso trabalho, o homem sofre. Graças às provações que os fazemos enfrentar, podem evoluir. E o que recebemos em troca? Rejeição, ingratidão, mal-agradecimento. Nem adianta falar, a vida é assim. Coube-nos fazer o papel dos maus.

Alguém tinha de fazê-lo. Alguém tinha de ser o mestre, o corretor, o guia do homem na escuridão. E garanto-lhes que não é fácil. Educar dói. Aplicar a pena, o castigo, a condenação é uma pontada constante. Ver o homem sofrer eternamente por nossa culpa é um penoso tormento. Nada o alivia. Nem mesmo saber que é para seu bem. Isso não afugenta o sofrimento. Seria tão prazeroso pertencer ao grupo dos que dão alívio, dos que consolam, dos que enxugam as lágrimas, dos que dão o abraço protetor. Mas, então, quem iria fazer o homem evoluir? A letra com sangue entra e alguém tem de vibrar o golpe. Que seria da corda de um piano se ninguém golpeasse a tecla? Nunca ficaríamos sabendo do belo som que pode produzir. Às vezes é necessário violentar a matéria para que mostre sua formosura. É a golpes de cinzel que um pedaço de mármore se transforma numa obra-prima. É preciso saber golpear sem piedade, sem remorsos, sem medo de pôr de lado os pedaços de pedra que impedem que a peça mostre seu esplendor. Saber produzir uma obra de arte é saber tirar o que estorva. A criação utiliza o mesmo procedimento. No ventre materno, as próprias células sabem pôr-se de lado, se suicidam para que outras existam. Para que o lábio superior pudesse separar-se do inferior tiveram de morrer as milhares de células que os uniam. Se não tivesse sido assim, como o homem poderia falar, cantar, comer, beijar, suspirar de amor? Infelizmente, a alma não tem a mesma sabedoria das células. É um diamante bruto que, para se ir polindo, necessita dos golpes que o sofrimento proporciona. Depois de tantos séculos, já era para ter aprendido e para deixar de resistir ao castigo. Nega-se a ser a célula que se suicida para que a boca se abra e fale por todos. A mesma coisa acontece com os seres humanos. Não gostam de ser a pedra que se descarta para que apareça uma escultura. Então não há outro remédio senão pô-los de lado para benefício da humanidade. Os indicados para fazer isso são os violentadores da matéria, esses seres que não respeitam nem o lugar nem a ordem das coisas. São aqueles que não se maravilham ante a vida, nem sentam para contemplar a beleza de um entardecer. Aqueles que sabem que o mundo pode ser transformado para seu benefício pessoal. Que não há limites que não possam ser superados. Que não há ordem que não possa ser desarrumada. Que não há lei que não possa ser reformada. Que não há virtude que não possa ser comprada. Que não há corpo que não possa ser possuído. Que não há códigos que não possam ser queimados. Que não há pirâmides que não possam ser destruídas. Que não há opositor que não possa ser assassinado. Esses seres são nossos melhores aliados, e de todos eles Isabel é a rainha. É a mais impiedosa, desumana, ambiciosa, cruel e sublimemente obediente de todos os violentadores. Seus golpes brutais, executados com virtuosismo, produziram os mais belos sons musicais. Por ter exercido a tortura, muita gente recebeu os beijos e as bênçãos de Luzbel. Graças às guerras que promoveu, produziram-se grandes avanços no campo da ciência e da tecnologia. Por ter praticado a corrupção, os homens puderam exercer a generosidade. Por usar e abusar dos privilégios que o poder proporciona, por sua falta de respeito, por impor suas idéias, por controlar cada um dos atos das pessoas a seu serviço, seus empregados alcançam a iluminação e o conhecimento.

    Para que uma pessoa aprenda o valor que têm as pernas, é necessário que as tenha cortadas por alguém. Para que alguém saiba o valor do consolo, tem de necessitá-lo. Para que alguém valorize o apoio e os beijos da mãe, precisa ficar doente. Para que alguém saiba o que é a humilhação, tem de ser humilhado. Para que alguém saiba o que é o abandono, tem de ser abandonado. Para que alguém valorize a solidariedade, precisa cair em desgraça. Para que alguém saiba que o fogo queima, tem de ser queimado. Para que alguém aprenda a valorizar a ordem, tem de sentir os efeitos do caos. Para que o homem valorize a vida no Universo, primeiro tem de aprender a destruí-la. Para que o homem recupere o Paraíso, primeiro tem de recuperar o Inferno e, sobretudo, amá-lo. Pois só amando o que se odeia se evolui. Só se chega a Deus por intermédio dos demônios. Azucena, pois, deveria estar mais que agradecida por encontrar-se no destino de minha querida Isabel, pois em breve, muito em breve, ela irá pô-la em contato com Deus.

*Gozemos, amigos,*
*que haja abraços aqui.*
*Agora andamos sobre a terra florida.*
*Ninguém haverá de terminar aqui*
*as flores e os cantos,*
*eles perduram na casa do Doador da vida.*

*Aqui na terra é a região de momento fugaz.*
*Também é assim no lugar*
*onde de algum modo se vive?*
*Lá a gente se alegra?*
*Há lá amizade?*
*Ou só aqui na terra*
*viemos conhecer nossos rostos?*

AYOCUAN CUETZPALTZIN. *Trece Poetas del Mundo Azteca*, MIGUEL LEÓN-PORTILLA

Na mesma medida em que sua casa se enchia de flores e fax de felicitações, o coração de Isabel se enchia de medo. A vida não podia ter lhe dado maior prêmio do que ser eleita candidata americana à Presidência do Planeta. Seu sonho feito realidade. Sempre quis estar no cimo do poder, sentir o respeito e a admiração de todos. E agora que tinha conseguido estava aterrorizada. Um temor inexplicável a impedia de gozar seu triunfo. Quanto mais gente lhe manifestava apoio, mais ameaçada se sentia, pois, como era lógico supor, qualquer um gostaria de estar em sua posição. Sabia-se invejada, observada e muito, mas muito vulnerável. Considerava todos os que a rodeavam seus possíveis inimigos. Sabia que o ser humano era corruptível por natureza e não confiava em ninguém. Qualquer um podia traí-la. Por isso começara a tomar precauções extremas. Dormia com a porta trancada. Detectava toda classe de cheiros estranhos que só ela percebia. Tornara-se hipersensível aos sabores. Enfim, sentia um perigo real e constante no mundo externo e estava convencida de que tinha o Universo inteiro contra ela. Enquanto nada teve a perder vivera mais tranqüila, mas agora, que estava a ponto de ter, tudo tremia como papoula ao vento. Como quando era menina e não podia andar na escuridão, pois sentia que a cuca podia atacá-la pelas costas. Essa sensação era a mesma que experimentava quando via cenas de amor nos filmes. Sabia que a maioria delas antecedia uma desgraça e, então, em vez de desfrutar os beijos que os amantes se davam, sua vista borboleteava por toda a tela, esperando o momento em que o punhal entraria em cena e se cravaria nas costas do namorado. O mesmo acontecia com a música. Como sabia que a música de medo era companheira inseparável de toda classe de horrores, em vez de gozar o tema de amor, estava sempre à espreita, para detectar a menor variação na melodia, fechar os olhos e evitar o sobressalto na alma. Todo o mundo sabia que esse tipo de angústia era muito ruim para a saúde. Tanto assim que a Secretaria de Saúde e Assistência acabava de proibir a inclusão da música de susto nos filmes, porque afetava tremendamente o fígado dos espectadores. Isabel aplaudira com entusiasmo a medida. Só lamentava que na vida real não existisse um órgão que regulasse a participação da tragédia na vida diária, que evitasse que de um momento para outro o som dos sinos festivos se transformasse no da sirene de uma ambulância avisando a população da chegada do horror, para que Isabel pudesse fechar os olhos a tempo. Porque, na situação em que a vida a colocara, vivia em permanente incerteza e morrendo de medo. Todo o mundo queria vê-la, cumprimentá-la, entrevistá-la, estar perto dela, ou seja, do poder. Isabel tinha de enfrentar a situação e com os olhos bem abertos. Tinha de ser muito cuidadosa. Não confiar em ninguém. Não deixar solto o menor fiozinho, no qual pudessem se agarrar seus inimigos para destruí-la. Tinha de estar alerta e não se deixar influenciar pelo coração, sempre que preciso. Claro que assim não havia problema. Se tinha sido capaz de eliminar a própria filha, podia eliminar qualquer um que atravessasse seu caminho.

Sua filha nascera na Cidade do México no dia 12 de janeiro de 2180, às 21 horas e 20 minutos. Era de Capricórnio, com ascendente em Virgem. Seu mapa astral indicava que ia ter muitos problemas com a autoridade, pois tinha uma quadratura entre Saturno e Urano. Saturno representava a autoridade e Urano a liberdade, a rebeldia. Além disso, a posição de Urano no signo de Áries é terrivelmente afirmativa, de maneira que, se decidisse ser do contra, ia ser a sério, às vezes de maneira impulsiva e irresponsável. A posição de Urano na casa VIII do crime indicava a possibilidade de que se envolvesse em atividades ocultas e ilegais, contanto que contra a autoridade.

Com todas as características subversivas que aquela menina tinha, era de esperar que, quando crescesse, seria uma verdadeira dor de cabeça, sobretudo para Isabel, que sempre teve em seus planos ocupar a Presidência Mundial. Bem, não era um simples sonho: seu mapa astral assim indicava e garantia, além disso, que quando tal coisa acontecesse por fim chegaria uma época de paz para a humanidade. De modo que não quis ter a filha como inimiga e, antes que viesse a sentir afeto por ela, mandara desintegrá-la por cem anos, a fim de evitar que o destino positivo da humanidade fosse alterado.

Às vezes pensava nela. Se tivesse vivido, como teria sido? Teria sido bonita? Teria se parecido com ela? Teria sido magra ou gorda, como Carmela, sua outra filha? Pensando bem, talvez tivesse sido conveniente desintegrar também Carmela. Não havia nada que a fizesse passar maiores vergonhas. Por exemplo, naquela manhã, a primeira coisa que Isabel fez ao acordar foi ligar a televirtual para ver se estavam transmitindo a entrevista que haviam feito com ela quando a nomearam candidata à Presidência do Planeta e, efetivamente, a estavam passando. Foi muito agradável ver-se em terceira dimensão em seu próprio quarto. Que satisfação pensar que tinha estado presente em todas as casas do mundo! Disseram-lhe que havia sido vista por milhões e milhões de pessoas. A única coisa errada foi que Abel Zabludowsky teve a idéia de entrevistar Carmela. Que vergonha! A porca da sua filha também tinha entrado em todos os lares. Só esperava que tivesse cabido nas salas e quartos sem deslocar a ela, Isabel. Isso sim era roubar a câmara! Que horror! O que as pessoas estariam pensando dela? Que era uma péssima mãe que não punha a filha de regime. Que droga! Não sabia o que iria fazer com ela daí em diante. Estava esperando uma infinidade de pessoas que viriam ao "beija-mão". No pátio, preparavam a recepção que ia oferecer à imprensa e não queria que sua filha aparecesse. Mas como escondê-la? Depois que tinha saído no noticiário, todos perguntariam por ela. Tinha de pensar em alguma coisa. A voz da filha interrompeu seus pensamentos.

— Mami, posso entrar?
— Pode.

A porta do quarto se abriu e apareceu Carmela. Estava toda arrumada para a recepção. Tinha posto um

belo vestido branco rendado. Queria estar o mais apresentável possível num dia tão especial para sua mãe.
– Tire esse vestido!
– Mas... é o melhor que tenho...
– Pois está parecendo uma empada. Fica horrível. Como é que passa pela sua cabeça vestir-se de branco, gorda desse jeito?
– É que a recepção é de dia e você me disse que preto é para a noite.
– Você se lembra muito bem do que digo quando lhe convém, não é? Mas e quando tem de me obedecer? Vá mudar de roupa! E quando voltar, traga a bolsa que vai usar para eu ver se combina com o vestido.
– Não tenho bolsa preta.
– Pois trate de arranjar uma. Não vá descer sem bolsa na mão. Só as prostitutas andam sem bolsa. É isso que você quer, parecer uma puta? O que está querendo? Me ridicularizar?
– Não.
Carmela não conseguiu conter as lágrimas por mais tempo. Tirou da bolsa um lenço descartável e limpou as lágrimas que corriam por seu rosto.
– O que é isso? Você não tem lenço de pano? Como é que pode andar sem um? Onde é que já se viu uma princesa assoar o nariz com lenço descartável? De hoje em diante você tem de aprender a se comportar à altura da situação em que me encontro. E suma, que você já me encheu!
Carmela deu meia-volta, e, antes de chegar à porta, Isabel a deteve.
– Lembre-se de se esconder das câmaras.
Isabel estava furiosa. A juventude acabava com ela. Sentia que os jovens sempre queriam fazer as coisas a seu modo, desobedecer, impor seus gostos, desafiar a autoridade, ou seja, ela. Não entendia por que todo o

mundo tinha esse tipo de problemas com sua pessoa. Não a podiam ver numa posição superior sem querer se rebelar de imediato. Sem dúvida, o mais indicado era ir ver se os empregados tinham arrumado o pátio e as mesas como ela mandara.

O pátio parecia uma colméia de abelhas histéricas. Uma infinidade de trabalhadores ia de um lado para o outro sob as ordens de Agapito, o homem de confiança de Isabel. Agapito tivera de se esforçar mais que nunca para agradar a chefa, pois contara com muito pouco tempo para coordenar uma recepção tão importante. Isabel realmente não tinha por que a ter oferecido. Só fazia vinte e quatro horas que fora nomeada candidata, e era lógico que não estivesse preparada para receber tanta gente em sua casa, mas ela tinha querido impressionar a todos por sua capacidade de organização. Agapito com grande eficiência tinha se encarregado de que tudo estivesse perfeito. As mesas, as toalhas, os arranjos florais, os vinhos, a comida, o serviço, os convites, a imprensa, a música, tudo, tudo mesmo, tinha sido coordenado por ele. Nenhum detalhe tinha lhe escapado. Trazia nas mãos todos os recortes de imprensa com a notícia da nomeação e a lista de todas as pessoas que haviam ligado para felicitar Isabel. Sabia perfeitamente que a primeira coisa que ela ia querer saber era quem estava do seu lado e quem ainda não tinha se manifestado a favor, para pôr em sua lista de inimigos. Quando viu Isabel vir a seu encontro, invadiu-o uma sensação de impaciência. Urgia-lhe uma felicitação de sua ama e patroa. Tinha se desdobrado até a exaustão para que tudo ficasse perfeito e em ordem. Isabel percorreu o pátio com o olhar. Tudo parecia estar como ela esperava, mas de repente sua vista topou com os restos de uma pirâmide que lutava para sair à superfície bem no meio do pátio. Não era a primeira vez que se apresentava

esse problema e não era a primeira vez que Isabel a tinha mandado tapar. Não lhe convinha de maneira nenhuma que o governo ficasse sabendo que sob a sua casa se encontrava uma pirâmide pré-hispânica. O que acontecia em tais casos era a nacionalização da propriedade pelo Estado. Se isso acontecesse, os arqueólogos se dedicariam a fazer escavações que trariam à luz parte do passado de Isabel, que ela desejava que ficasse bem, mas muito bem enterrado mesmo.
– Agapito! Por que não cobriram a pirâmide?
– É... porque... achamos que seria bom para a sua imagem que vissem sua preocupação com as coisas pré-hispânicas....
– Achamos? Quem?
– É... os rapazes e eu...
– Os rapazes! Os rapazes são uns bobalhões que não sabem pensar por si mesmos e estão sob suas ordens. Se eles têm mais poder do que você, para que preciso de você? Vou ter de contratar outro, capaz de mandar neles e a quem eles obedeçam!
– Bem, eles me obedecem, sim... Na verdade, a decisão foi minha...
– Pois está despedido do mesmo jeito.
– Mas... por quê?
– Como por quê? Porque já me cansei de brincar de escolinha com alunos babacas. Já lhe disse mil vezes que quem não faz o que eu digo se fode.
– Mas eu fiz o que a senhora disse, sim.
– Eu nunca disse para você deixar aquela pirâmide ali.
– Mas também não me disse para cobri-la. Não é justo que me despeça por esse erro, quando tudo o mais está perfeito, pode ver...
– A única coisa que vejo é que você não é um profissional e que quero que vá embora já. Diga a Rosalío que tome seu lugar.

– Rosalío não está.
– Como não está? Aonde ele foi?
– Ao centro...
Isabel se entusiasmou com a resposta e em segredo perguntou a Agapito.
– Para arranjar chocolate para mim?
– Não, a senhora lhe deu permissão para ir levar seus papéis à Procuradoria de Defesa do Consumidor.
– Pois despeça-o também! Já estou farta de vocês!
Isabel parou de gritar e armou seu ensaiado sorriso *charming* quando viu que Abel Zabludowsky entrava com sua equipe e as câmaras. O terror a invadiu. Será que ele a tinha ouvido gritar? Esperava que não. Não era nada adequado para a sua imagem. Passou um braço pelos ombros de Agapito e fingiu estar brincando com ele, por via das dúvidas. De repente seu coração teve um sobressalto. Carmela estava a caminho, com seus trezentos e tantos quilos. Tinha de impedir que a entrevistassem de novo e também que Abel Zabludowsky visse a ponta da pirâmide.
Agapito mostrou sua perspicácia e, adivinhando-lhe o pensamento, sugeriu uma idéia genial que o fez recuperar o cargo e a confiança que Isabel depositava nele.
– O que acha de sentarmos Carmela na ponta da pirâmide e de lhe dizermos que não pode se mexer de lá?
E foi assim que Carmela, a exuberante, bolsa preta na mão, salvou sua mãe de alguém ficar sabendo que o pátio da casa dela estava a ponto de parir uma pirâmide.

Azucena tinha voltado para casa a pé. Ao caminhar recuperava a tranqüilidade mental. Na esquina da rua em que morava viu Cuquita entrando no edifício. Achou esquisito que só agora ela estivesse chegando, pois tinha saído da repartição do Plano de Carreira Astral muito antes dela. Ao ver que estava carregando uma sacola de compras encontrou uma razão: com certeza tinha ido ao mercado antes de voltar para casa. Cuquita, de longe, também viu Azucena e não gostou nada. Procurou entrar o mais depressa possível para não topar com ela, mas o corpo sebento de seu marido beberrão, que estava estendido na porta, a impediu. Aquilo não era nada raro. Praticamente, seu marido fazia parte da cenografia do bairro, e ninguém estranhava vê-lo diariamente estirado no chão todo vomitado e cheio de moscas. Os vizinhos já haviam apresentado queixa à Saúde Pública, e Cuquita tinha sido avisada de que não podia deixar que o marido fizesse a rua de dormitório. "Pobre Cuquita!", pensou Azucena. Não era à toa que queria trocar de marido. Mas alguma coisa ela deve ter feito em outras vidas para carregar esse carma. De onde se encontrava, Azucena observou como Cuquita tentava arrastar o marido até o interior do edifício e como ele ficou bravo e começou encher Cuquita de pancada. Esse tipo de injustiça deixava Azucena furiosa. Não podia evitar que o sangue lhe subisse ao cérebro e se convertesse numa força desenfreada da natureza. Num piscar de olhos chegou ao lado do par díspar, pegou o marido de Cuquita pelos cabelos, lançou-o contra a parede e, ato contínuo, administrou-lhe um fenomenal chute nos ovos. Para rematar, deu-lhe um gancho no fígado e, já no chão, uma boa dose de pontapés nos quais descarregou toda a raiva que trazia contida. Azucena ficou esgotada, mas com uma grande sensação de alívio. Cuquita não sabia se beijava sua mão ou se corria para recolher o conteúdo da sacola, que caíra pela escada. Decidiu agradecer-lhe brevemente e pôs-se a catar suas coisas antes que alguém as visse. Azucena apressou-se em ajudá-la e ficou muitíssimo surpresa ao ver que na sacola não havia nem frutas nem verduras, mas uma quantidade impressionante de virtualivros.

Alguns meses atrás Cuquita tinha lhe pedido ajuda para comprá-los. Sua avozinha era cega e ficava desesperada por não poder ler nem ver a televirtual. Acabava de ser lançada uma invenção sensacional de filmes para cegos. Eram umas lentes muito sensíveis que enviavam os impulsos elétricos ao cérebro sem necessidade de passar pelos olhos e faziam com que os cegos "vissem" filmes virtualizados com a mesma clareza que as pessoas que gozavam do sentido da visão. A avozinha de Cuquita foi a primeira a apresentar seu pedido para adquirir o aparelho e a primeira a ser rejeitada. Não podia desfrutar daqueles prazeres, pois sua cegueira era carmática, já que, quando fora militar argentino, durante suas torturas deixara várias pessoas cegas. Ao vê-la chorar dia e noite, Cuquita tinha se atrevido a pedir a Azucena uma carta de recomendação em que dissesse que ela era astroanalista da velhinha e que atestava que ela tinha pagado seus carmas como "gorila", o que não era verdade. Azucena, é claro, tinha se negado a fazê-lo. Era contra a ética da sua profissão fazer uma coisa dessas. Mas, para seu assombro, Cuquita tinha se virado e conseguido. Azucena estava intrigada sobre como ela o teria feito. Quem teria subornado? Cuquita não lhe deu tempo de supor nada. Chegou a seu lado correndo, arrancou-lhe um dos virtualivros da mão e guardou-o rapidamente dentro da sacola. Ato contínuo, dirigiu-se a ela numa atitude desafiadora.

– Então vai me *enunciar*?
– *Enunciar* o quê?
– Não se faça de boba! Vou lhe avisando, se contar à polícia sou capaz de tudo! Eu, para defender minha família...
– Ah! Não, não se preocupe, não vou denunciá-la... Mas me diga, por favor, se onde os comprou também vendem *compact discs*.

Cuquita surpreendeu-se muito com o interesse de Azucena. Não parecia ter desejos de traí-la, mas antes de tirar proveito da informação. O brilho que havia em seus olhos assim indicava, e sem pensar mais resolveu confiar nela.

– Bom... sim... mas acontece que é muito perigoso comprá-los, porque são completamente *integrais*. Estou avisando!
– Não tem importância. Diga onde, por favor. Tenho de conseguir um urgentemente!
– No mercado negro de Tepito.

– E como eu chego lá?
– O quê! Você nunca foi?
– Não.
– Nossa! O mais *louvável* é que você se perca, porque é complicadíssimo chegar lá. Eu a acompanharia, mas minha avozinha está me esperando para eu lhe dar de comer... Se quiser, vamos amanhã.
– Não, obrigada, prefiro ir hoje mesmo.
– Bom, você é quem sabe. Pois vá até Tepito e lá pergunte.
– Obrigada.

Azucena endireitou-se como uma mola e sem se despedir de Cuquita correu à cabine aerofônica da esquina para deslocar-se até Tepito. Em apenas alguns segundos, Azucena já estava no coração da Lagunilla. A porta do aerofone se abriu e surgiu diante dela uma multidão que se batia a cotoveladas para utilizar a cabine que ia desocupar. Com dificuldade abriu passagem em meio a todos e iniciou seu trajeto por Tepito. Entre um mundo de gente, dirigiu-se antes de mais nada às barracas onde vendiam antiguidades. Cada objeto exercia um feitiço sobre sua pessoa. Perguntou-se logo a quem teriam pertencido, em que lugar e em que época. Passou por várias barracas entupidas de pára-lamas, carros, aspiradores, computadores e outros objetos fora de uso, mas em lugar nenhum via *compact discs*. Por fim, viu numa delas um aparelho modular de som. Com certeza ali poderia encontrá-los. Aproximou-se, mas naquele momento o vendedor não a podia atender. Estava discutindo com um freguês que queria comprar uma cadeira de dentista completa e um jogo de pinças, seringas e moldes para tirar mostras dentais. Azucena não entendia como era possível alguém se interessar por comprar um aparelho de tortura como aquele, mas, enfim, neste mundo tem gosto para tudo. Esperou um instante que terminasse a operação de pechincha, mas os dois homens pareciam bobos e nenhum queria ceder. Houve um momento em que o vendedor, aborrecido com a discussão, virou-se e perguntou a Azucena o que queria, mas ela não pôde dizer uma palavra. Não se atreveu a perguntar em voz alta pelo mercado negro de *compact discs*. Para não cair no ridículo logo de início, indagou o preço de uma bonita colher de prata para servir. Às suas costas ouviu a voz de uma mulher dizendo: "Esta colher é minha. Eu tinha reservado." Azucena virou-se e deparou com uma morena atraente, que reclamava a colher que ela segurava. Azucena entregou-a e se desculpou, dizendo que não sabia que já tinha dona. Deu meia-volta e se retirou, frustrada. Existia um enorme abismo entre a certeza de que havia um mercado negro e a possibilidade de entrar em contato com as pessoas que o controlavam. Não tinha a menor idéia de como agir, o que perguntar, aonde ir. Aquela história de ser evoluída e não se meter em negócios duvidosos tinha grandes inconvenientes. O melhor seria voltar outro dia, com Cuquita.

Azucena começou a procurar o caminho de saída entre a imensidade de barracas, quando de repente ouviu uma melodia proveniente de um lugar especializado em aparelhos de som, rádios e televisores. Sem tardar dirigiu-se até lá. Ao chegar, a primeira coisa que chamou sua atenção foi o letreiro "Música Para Chorar" e, embaixo, em letras minúsculas: "Autorizada pela Direção Geral de Saúde Pública". Apesar de tudo ali parecer legal, Azucena pressentia que naquele lugar encontraria o que procurava. A música, efetivamente, fazia chorar. Mexia com a saudade da gente, trazia recordações. Ao ouvi-la, Azucena lembrou-se do que sentiu ao se transformar em um só ser com Rodrigo, o que significava traspassar as barreiras da pele e ter quatro braços, quatro pernas, quatro olhos, vinte dedos e vinte unhas

para rasgar com elas o Hímen de entrada no Paraíso. Azucena chorou diante do antiquário desconsoladamente. O antiquário observou-a com ternura. Azucena, penalizada, enxugou as lágrimas. O antiquário, sem lhe dizer uma palavra, tirou o *compact disc* do aparelho e lhe deu.
– Quanto é?
– Nada.
– Como nada? Eu compro...
O antiquário sorriu amavelmente. Azucena sentiu que uma corrente de simpatia se estabelecia entre eles.
– Ninguém pode vender o que não é seu. Nem receber o que não mereceu. Leve, ele lhe pertence.
– Obrigada.
Azucena pegou o *compact disc* e guardou-o na bolsa. Teve dó de dizer ao antiquário que também precisava de um aparelho eletrônico para poder ouvi-lo, porque com certeza aquele homem, tão conhecido e desconhecido ao mesmo tempo, teria lhe dado o aparelho e isso, na verdade, já seria demais. Antes de se retirar, a morena da colher de prata se aproximou do antiquário, para cumprimentá-lo. "Oi, Teo!" O antiquário recebeu-a com um abraço. "Minha querida Citlali, que prazer ver você!" Sem dizer nada, Azucena se afastou e deixou os dois conversando animadamente. Algumas barracas adiante comprou um *discman* para ouvir seu *compact disc*, depois dirigiu-se à cabine aerofônica mais próxima. Precisava chegar logo em casa para poder ouvir a música. Sentia-se como uma menininha com um brinquedo novo. Ao chegar ao lugar onde estavam as cabines aerofônicas quase desmaiou. Diante de todas havia uma multidão embolada tentando entrar. Azucena conseguiu abrir passagem a cotoveladas e alcançar sua meta em tempo recorde: meia hora. Mas sua boa sorte se viu embaçada pelo empurrão que lhe deu um homem de bigode proeminente que tentou entrar na cabine antes dela. Azuce-

na se enfureceu novamente ante mais aquela injustiça. Com o rosto transformado pela raiva, alcançou o homem e tirou-o para fora com um puxão. O homem estava desesperado. Suava com a mesma intensidade com que pedia clemência.

– Senhorita, deixe-me utilizar a cabine aerofônica, por favor!

– De jeito nenhum! É minha vez. Levei tanto tempo quanto o senhor para chegar...

– O que lhe custa deixar? Que são trinta segundos mais ou trinta segundos menos? É o que vou demorar para lhe deixar a cabine livre...

A multidão começou a vaiar e a tentar ocupar a cabine que os dois estavam deixando miseravelmente inutilizada. Nesse preciso momento o bigodudo viu que a cabine ao lado acabava de vagar e, sem perder tempo, enfiou-se dentro dela. Azucena, antes que a comessem viva, meteu-se dentro da sua e assunto encerrado.

Que horror! Era surpreendente ver o ser humano reagir de uma maneira tão animal em pleno século XXIII. Principalmente levando-se em conta os grandes progressos que tinham sido alcançados no campo da ciência. Enquanto Azucena digitava seu número aerofônico, pensou o quanto era agradável desfrutar os avanços da tecnologia. Desintegrar-se, viajar no espaço e integrar-se novamente num abrir e fechar de olhos. Que maravilha!

A porta do aerofone se abriu e Azucena se dispôs a entrar na sala de seu apartamento, mas não pôde, uma barreira eletromagnética a impediu. O alarme começou a tocar e Azucena percebeu que não estava em seu domicílio mas na sala de uma casa alheia, onde um casal fazia amor desenfreadamente. Pois é, pensando bem, os avanços da tecnologia no México não eram muito confiáveis, digamos. Com freqüência ocorria esse tipo de acidentes, porque as linhas aerofônicas se cruzavam ou apresentavam algum defeito. Por sorte, nesses casos não existia o perigo de morte. Mas de qualquer maneira esses erros não deixavam de ser incômodos e constrangedores.

O par de amantes, ao ouvir o alarme, parou abruptamente o ato amoroso. A mulher tratou de arrumar a saia ao mesmo tempo que gritava: "Meu marido!" Azucena não sabia o que fazer nem para onde dirigir seu olhar. Moveu-o por todo o quarto e finalmente deteve-se num quadro pendurado na parede. A voz sufocou-se em sua garganta. O homem de bigodão que estava na fotografia não era outro senão o mesmíssimo bigodudo com quem acabava de brigar! Com razão o coitado queria chegar rápido em casa.

Azucena pensou que com certeza o bigodudo devia ter digitado seu número aerofônico antes que ela o tirasse fora da cabine, e por isso tinha ido dar na casa dele. Azucena digitou com desespero seu número aerofônico. Nunca estivera numa situação tão embaraçosa. Tentou se desculpar antes de sair.

– Desculpem, errei o número.
– Veja se presta atenção! Imbeciiil!

A porta do aerofone se fechou e se abriu de novo poucos segundos depois. Azucena respirou aliviada ao ver que estava dentro de seu apartamento. Ou, antes, do que sobrava dele. A sala estava em completa desordem. Havia móveis e roupas jogados por todos os lados e, no meio do caos... o bigodudo morto! Um fio de sangue escorria de seus ouvidos. Isso acontecia quando um corpo, ignorando o som do alarme, cruzava bruscamente o campo magnético de proteção de uma casa que não era a sua. As células de seu corpo não se integravam corretamente e um excesso de pressão rebentava as artérias... Coitado! Então, o que na realidade sucedeu foi que as linhas aerofônicas se cruzaram e, desesperado como aquele homem estava para encontrar a mulher com a mão na massa, deve ter saído desabalado da cabine sem notar o alarme... Mas... um momento! Azucena não tinha deixado o alarme ligado! Continuava com a esperança de que um dia Rodrigo regressasse e não queria que tivesse problema para entrar. Então, o que teria acontecido? Além do mais, por que havia tal desordem em seu apartamento? Azucena foi imediatamente verificar a caixa de registro do sistema de proteção da casa e descobriu que alguém tinha mexido ali. Os fios estavam cruzados e mal conectados. Isso queria dizer que alguém tinha tentado matá-la! Mas a ineficiência da Companhia Aerofônica tinha salvado a sua vida. O cruzamento acidental das linhas entre as cabines aerofônicas tinha feito aquele homem morrer em seu lugar. O que era o destino! Devia sua vida à ineficiência! Agora tinha novas perguntas. Por que tinham querido matá-la? Quem? Não sabia. Sua única certeza era de que quem o fizera tinha uma permissão para alterar o controle-mestre do registro do edifício, e Cuquita era a única pessoa que tinha poderes para permiti-lo.

\* \* \*

Azucena bateu na porta de Cuquita. Teve de esperar um momento antes que ela abrisse, com os olhos cheios de lágrimas. Azucena ficou aborrecida por ter chegado num momento inadequado. Contanto que o beberrão de seu marido não a tivesse surrado de novo...!
– Boa tarde, Cuquita.
– Boa tarde.
– Aconteceu alguma coisa?
– Não, é que estou vendo minha novela.

Azucena tinha esquecido por completo que Cuquita não atendia ninguém na hora da novela preferida: a versão moderna de *O direito de nascer*.

— Desculpe! Esqueci completamente... Acontece que preciso saber com urgência quem veio consertar meu aerofone...

— Pois quem podia ser, os da companhia *agrofônica*!

— E traziam uma ordem de serviço?

— Claro que sim! Eu não vou deixar ninguém entrar sem mais nem menos.

— E disseram se iam voltar?

— Sim, disseram que amanhã viriam terminar o trabalho... e se não tem mais perguntas adoraria que me deixasse ver minha novela...

— Está bem, Cuquita, desculpe. Obrigada e até amanhã.

— Hum!

A portada que Cuquita deu em sua cara atingiu-a com a mesma força que a palavra "perigo!" vibrou em seu cérebro. Os supostos aerofonistas supunham que ela supostamente estava morta. E pressuposto está que esperavam pegar seu cadáver no dia seguinte e, supostamente, sem nenhum problema. Filhos de suposta mãe! No dia seguinte voltariam, mas a que horas? Cuquita não disse, mas, se batesse de novo em sua porta, ela a mataria. O mais provável é que aqueles homens viessem em horas úteis, pois estavam se fazendo passar por trabalhadores da Companhia Aerofônica. Bem, tinha a noite inteira para organizar a mente e planejar uma estratégia de defesa. Por enquanto, precisava se desfazer do bigodudo.

Azucena voltou rapidamente a seu apartamento e procurou no bolso da calça do corno sua identificação pessoal. Depois digitou o número aerofônico que ali estava, meteu o bigodudo na cabine e mandou-o de volta para casa. Não havia dúvida de que, se aquele não tinha sido o dia de sorte do pobre homem, tinha sido, sim, o das surpresas desagradáveis de sua mulher! Que cara ela ia fazer quando o visse? E Azucena nem queria saber da culpa que a iria atacar depois. Ora, lá estava ela de novo se metendo com o que não era da sua conta! Era por deformação profissional que sempre se preocupava com os efeitos traumáticos que as tragédias tinham nos seres humanos. Sentia muita pena daquele homem que tinha trocado seu destino pelo dela. Ficar-lhe-ia agradecida para sempre. Ele a tinha salvo da morte. Mas agora quem a ia salvar do perigo em que se encontrava? Se pelo menos aquele homem também tivesse trocado seu corpo com ela, teria feito o favor completo, pois os aerofonistas chegariam, encontrariam seu corpo inerte, iriam dá-la por morta e ela poderia continuar procurando Rodrigo, ainda que no corpo do bigodudo. Troca de corpos! O "coiote"! Bingo! Azucena só tinha de se apresentar bem cedinho na Procuradoria de Defesa do Consumidor e com certeza encontraria o "coiote" que oferecia o serviço de transplante de alma em corpos sem registro. Sabia que isso significava entrar de cheio no terreno da ilegalidade, que estava se arriscando a que na repartição de Plano de Carreira Astral se inteirassem de suas atividades ilícitas e cancelassem sua autorização para viver ao lado de sua alma gêmea. Mas àquela altura já não restava outra saída para Azucena. Estava disposta a tudo.

\* \* \*

Enquanto estava à espreita do "coiote", infiltrada na fila de gente que esperava a abertura dos escritórios da Procuradoria de Defesa do Consumidor, Azucena não podia deixar de pensar em quem queria matá-la e por quê. Já havia pago todos os seus carmas. Não tinha inimigos nem devia nenhum crime. A única pessoa que a detestava era Cuquita, mas não acreditava que fosse tão inteligente para preparar uma morte tão sofisticada. Se tivesse tido a intenção de matá-la, há muito lhe teria enfiado uma faca de cozinha nas costas. Então quem? A desagradável imagem do "coiote" virando a esquina interrompeu suas meditações. Azucena foi ao encontro dele. Quando o "coiote" a viu se aproximar, sorriu maliciosamente.

– O que foi, mudou de opinião?
– Mudei, sim.
– Siga-me.

Azucena seguiu o "coiote" por vários quarteirões e pouco a pouco foram entrando no bairro mais antigo e deteriorado da cidade. Penetraram no que aparentemente era uma fábrica de roupas e desceram ao porão por uma escada falsa. Azucena, horrorizada, entrou em contato com o que era o mercado negro de corpos.

Aquele negócio tinha sido iniciado sem querer por um grupo de cientistas em fins do século XX ao experimentar a inseminação artificial em mulheres estéreis. Era praticada da seguinte maneira: primeiro se extraía um óvulo da mulher, por meio de uma operação. Esse óvulo era fecundado em proveta utilizando-se o esperma do marido. E quando o feto de proveta tinha várias semanas, era implantado no ventre da mulher. Algumas vezes ela não conseguia reter o produto e abortava. Então tinha de repetir todo o procedimento. Como a operação cirúrgica era incômoda, os cientistas decidiram que, em vez de extrair um óvulo, extrairiam vários ao mesmo tempo. Fecundariam todos igualmente, de maneira que, se por um motivo qualquer fracassasse a primeira tentativa de implante, contavam com um feto sobressalente, da mesma mãe e do mesmo pai, pronto para ser introduzido no útero. Como nem todas as vezes era necessário utilizar um segundo e muito menos um terceiro feto, os restantes eram congelados, dando início assim ao banco de fetos. Com eles se realizaram todo tipo de experimentos desumanos, até o momento do grande terremoto. Desde esse tempo o laboratório e o banco de fetos ficaram durante muitos anos debaixo da terra. Neste século, ao reformarem uma loja tinham descoberto os fetos congelados. Um cientista sem escrúpulos os tinha comprado e com técnicas modernas tinha conseguido desenvolver cada feto, transformando-o num corpo adulto. O negócio revelou-se ideal para ele. A única pessoa capaz de implantar a alma dentro de um corpo humano é a mãe. Estes corpos não tinham mãe, portanto não tinham alma. Tampouco tinham registro, pois não tinham nascido em nenhum lugar controlado pelo governo. Em outras palavras, só esperavam que alguém lhes transplantasse uma alma para poderem existir! E o "coiote" adorava realizar esse tipo de "boa ação".

Azucena seguiu-o pelos tétricos corredores. Não sabia que corpo escolher. Havia de todos os tamanhos, cores e sabores. Azucena parou diante do corpo de uma mulher com belas pernas. Sempre sonhara ter umas pernaças. As suas eram magras demais e, embora tivesse uma infinidade de virtudes intelectuais e espirituais para compensar esse defeito, sempre tivera o desejo de possuir umas pernas esculturais. Azucena hesitou um minuto, mas como não tinha tempo para gastar em suas indecisões, pois os aerofonistas estavam para chegar em sua casa, rapidamente apontou para o corpo ao mesmo tempo que dizia "Este!". Escolhido o corpo, pediu que lhe fizessem o transplante de imediato. Isso aumentou o preço, mas não tinha importância. Na vida há coisas que não importam.

Num abrir e fechar de olhos, Azucena estava dentro do corpo de uma mulher loura, de olhos azuis e belas pernas. Sentia-se estranhíssima, mas não podia parar para refletir sobre sua nova condição. Pagou pelo serviço e levaram-na a uma cabine aerofônica secreta, da qual mandou seu antigo corpo para seu apartamento. Nem mesmo pôde se despedir dele. Imediatamente depois, deslocou-se até a cabine aerofônica mais próxima de seu domicílio. Queria chegar mais ou menos ao mesmo tempo que seu corpo, pois precisava estar presente quando os aerofonistas fossem pegar seu cadáver, para ver a cara de seus inimigos. Tivera o cuidado de deixar os fios conectados tal como os encontrara. Dessa maneira, quando seu velho corpo entrasse em casa "morreria" tal como os assassinos esperavam, e, assim, deixariam de incomodá-la.

*  *
\*

Azucena estava de pé na esquina da sua rua. Dali podia observar perfeitamente o movimento em seu edifício. Embora ela também fosse objeto de observação e não parasse de receber lisonjas dirigidas a suas pernaças. Como era possível que a humanidade não tivesse evoluído em tantos milênios? Como era possível que um par de belas pernas continuasse transtornando os homens? Ela era a mesma do dia anterior, não mudara nada, sentia do mesmo modo, pensava do mesmo modo, e no entanto no dia anterior ninguém lhe dava atenção. Quanto tempo mais teria de se passar para que os homens se extasiassem contemplando o brilho da aura de uma mulher iluminada e santa? Quem sabe! Mas se passasse mais tempo naquele lugar ia se expor a outra classe de propostas. Decidiu entrar na casa de tortas que ficava na outra esquina da rua, pois, além de poder continuar observando dali quem entrava e saía de seu edifício, poderia comer uma deliciosa torta cubana. Repentinamente lhe batera uma fome! Quem sabe se por causa da angústia ou porque seu novo corpo precisava nutrir-se sem demora, o fato era que estava morrendo de vontade de comer uma torta.

Sua entrada na casa de tortas chamou a atenção de todos os homens. Azucena sentiu-se incomodada. Cruzou rapidamente o local e sentou-se junto da janela, para não perder nenhum detalhe do que acontecia lá fora. Quando suas pernas se ocultaram da vista de todos, a casa de tortas voltou à sua rotina. A maioria dos fregueses habituais eram trabalhadores que viviam na Lua e tinham de viajar bem cedo, antes de o canal de notícias iniciar sua programação. Então, naquela casa de tortas, além de poderem tomar um delicioso café da manhã, ficavam sabendo o que acontecia no mundo. O mais agradável de tudo era que os donos da casa continuavam com uma televisão do tempo do onça, o que era sempre um enorme alívio, ainda mais naqueles momentos conturbados. Os noticiários não faziam outra coisa além de repetir sem parar o assassinato do senhor Bush, e era incrível ver-se forçada pela televirtual a estar dentro da cena do crime o tempo todo. Escutar a detonação no ouvido, ver como a bala entrava na cabeça e depois ver como saía do cérebro junto com parte da massa cerebral, ver o senhor Bush ir abaixo, ouvir os gritos, a correria, reviver o horror. A maioria dos restaurantes tinha televirtuais ligadas o dia inteiro, a pedido da população, que estava receosa e queria informar-se minuto a minuto do que acontecia. Azucena não sabia como suportavam aquilo, como podiam comer em meio ao cheiro de sangue, de pólvora, de dor. Pelo menos neste lugar, onde os donos se negavam a ter uma televirtual, cada um podia decidir se via ou não via o que aparecia na tela. Muitos motivos tinha Azucena para sentir-se triste e angustiada revivendo esse tipo de sofrimento.

Azucena decidiu concentrar-se em ver o que acontecia do outro lado da rua, enquanto os outros fregueses assistiam à televisão. As notícias não diziam nada de novo sobre as investigações em busca do assassino do senhor Bush.

– A polícia continua no lugar dos acontecimentos em busca de provas...

– Este assassinato covarde abalou a consciência do mundo...

– O Procurador Geral do Planeta deu instruções aos elementos da Polícia Judiciária para que se encarreguem das investigações que conduzirão à localização do assassino...

– O Presidente Mundial do Planeta condena este atentado contra a paz e a democracia e promete à população que se descobrirá, com a maior brevidade possível, de onde provêm e quem são os autores intelectuais deste condenável atentado...

Azucena ouvia os cochichos apagados e temerosos dos comedores de tortas. Todos pareciam estar muito alarmados, mas quando passaram às notícias esportivas reanimaram-se instantaneamente. O campeonato de futebol os fazia esquecer que houvera um assassinato, e a maior preocupação deles era saber se o rapaz que era a reencarnação de Hugo Sánchez ia ser escalado ou não. Na opinião de Azucena, o assassino ou os assassinos do candidato tinham planejado tudo de maneira que coincidisse com o campeonato interplanetário. Era incrível o poder de adormecimento das consciências que tinha o futebol! Nesse momento, o governador do Distrito Federal era entrevistado e estava avisando à população que não seriam permitidos os festejos no Anjo da Independência. No dia do jogo Terra-Vênus iam desintegrar o monumento por uma semana para evitar tumultos. As pessoas protestaram abertamente. Entre os assobios e uma vaia generalizada, quase ninguém conseguiu ouvir a entrevista que Abel Zabludowsky estava transmitindo da casa de Isabel González, a nova candidata à Presidência Mundial, que ostentava o título nobiliárquico de Ex Madre Teresa, o qual obtivera em sua vida passada no século XX. No fim da entrevista, apareceu a imagem de uma gorda que ocupou toda a tela. Todos se perguntaram quem era aquela gorda e ninguém sabia a resposta, pois tinham perdido o fio da entrevista. A única que não se distraía de seus problemas era Azucena. A nave espacial da Companhia Aerofônica acabava de aterrissar diante de seu edifício. Dois homens desceram. O mundo deixou de ter interesse para Azucena. Só existiam aqueles homens, dos quais não desgrudava os olhos. No momento em que estava a ponto de lhes ver a cara, aterrissou a nave do Mafuá Interplanetário de seu vizinho, o "compadre" Julito, e tapou por completo sua visão. Azucena ficou desesperada. Não podia ser! Um a um desceram da nave do Mafuá os integrantes de um grupo de *mariachis*. Azucena não podia ver nada porque os *sombreros* tapavam toda a visão. "Compadre" Julito não podia ser mais inoportuno. Apressadamente Azucena pagou a torta e saiu. Agora só lhe restava aproximar-se do edifício para observar os assassinos quando saíssem, correndo o risco de ser reconhecida. Mas que boba! Não a podiam reconhecer porque tinha outro corpo. Azucena riu. A mudança de corpo foi tão rápida que ainda não a tinha assimilado.

Azucena sentou-se na escada do edifício e esperou um momento. Poucos minutos depois, os aerofonistas saíram acompanhados de Cuquita, feita um mar de lágrimas. Na porta despediram-se dela e lhe disseram que sentiam muito. Azucena ficou petrificada, não tanto por ver que sua suposta morte afetara Cuquita até as lágrimas, mas porque um dos aerofonistas assassinos não era outro senão a ex-bailarina que fora sua ex-companheira de fila na Procuradoria de Defesa do Consumidor e que queria de qualquer maneira um corpo de mulher. Não podia ser! Ele a matara para pegar seu corpo! Mas por que não o tinha levado? Com certeza para prosseguir com a farsa. Mas então Azucena não entendia mais nada, pois agora o que ia acontecer é que a nave funerária de Gayosso recolheria seu corpo e o desintegraria no espaço. Se o pessoal de Gayosso levasse seu corpo, como a ex-bailarina ia se apoderar dele? Teria contatos na funerária?

Compadre Julito começou a ensaiar *Sabor a mí* com seu grupo de *mariachis*. A música fez Azucena suspender seus pensamentos e se pôr a chorar. Ultimamente estava sensível demais à música... A música! É, andava mesmo muito boba! Com tanta confusão tinha se esquecido de levar o *compact disc* do apartamento. E quem sabe dentro daquele CD não estava a ópera que tinham posto durante seu exame para entrar no CUVA. Agora sim estava lúcida! Tinha de entrar no apartamento e não podia mais. Seu novo corpo não estava registrado no controle-mestre. Urgia reaver seu CD! De modo que, sem pensar duas vezes, tocou a campainha da portaria. Cuquita respondeu pelo videofone.

– Quem é?
– Cuquita, sou eu. Abra para mim, por favor.
– Eu quem? Não a conheço.
– Cuquita... você não vai acreditar, mas sou eu... Azucena.
– Sim, claro!

Cuquita desligou. Sua imagem desapareceu da tela da entrada. Azucena tocou novamente.

– Você outra vez? Olhe, se não for embora vou chamar a polícia.

– Está bem, chame. Acho que a polícia vai gostar muito de saber onde você compra os virtualivros para sua avó.
Cuquita não respondeu. Ficara muda. Quem diabos era aquela mulher que sabia do caso dos virtualivros? De fato, a única que sabia era Azucena.
– Cuquita, por favor, deixe-me entrar que eu explico tudo. Sim?
Cuquita rapidamente permitiu que Azucena entrasse.

* * *

À medida que Azucena contava sua história, Cuquita sentia-se cada vez mais próxima dela. Já não a via como inimiga nem como o ser superior que tinha de invejar por definição. Pela primeira vez a via de igual para igual, apesar de pertencer a um partido político diferente: o dos evoluídos. A luta de classes entre elas sempre fora uma barreira. Recentemente tinha se aguçado por causa da nova norma decretada pelo governo, que indicava que os evoluídos deviam trazer uma marca visível na aura: uma estrela de Davi na altura da testa. A intenção era identificar de início o portador da estrela para que tivesse tratamento preferencial em toda parte. Os evoluídos tinham direito a uma infinidade de benefícios. Eram para eles os melhores lugares nas naves espaciais, nos hotéis, nos centros de férias e, o mais importante, só eles tinham acesso a cargos de confiança. Isso era lógico, não passava pela cabeça de ninguém pôr os cofres da Nação nas mãos de um não-evoluído. Caso contrário, o mais provável seria que, por causa de seus antecedentes criminais e sua falta de luz espiritual, acabasse saqueando os cofres. Mas para Cuquita essa situação não era nada justa. Como os não-evoluídos poderiam deixar sua baixa condição espiritual se ninguém lhes dava a oportunidade de demonstrar que estavam evoluindo? Não era justo que, por terem matado em outra vida um cachorro, nesta fossem catalogados como "mata-cachorros". Tinham de lutar por seu direito de exercer o livre-arbítrio, e para isso se criara o PRI. Cuquita era uma ativista entusiasta de seu partido, e sua aspiração máxima era obter o direito de conhecer sua alma gêmea tal como sua vizinha, a evoluída. Como a invejara no dia em que ficou sabendo que se encontrara com Rodrigo! Mas o que era o destino: naquele momento estavam na mesma situação de abandono, de angústia e de desespero. Seu olhar tinha se suavizado, e comoveu-se até as lágrimas quando Azucena compartilhou com ela sua história de amor. As duas, abraçadas como velhas amigas, prometeram guardar segredo. Nem Cuquita ia soltar a informação sobre a verdadeira identidade de Azucena, nem Azucena ia falar a ninguém dos virtualivros da avó de Cuquita. E, já confiando uma na outra, Cuquita atreveu-se a perguntar uma coisa: como ia fazer na segunda-feira, quando se apresentasse no CUVA com seus documentos para que a auriografia que tinham tirado batesse com seu novo corpo? Azucena ficou boquiaberta. Não tinha pensado nisso. Quando o importante é sobreviver, a gente perde a perspectiva geral dos problemas. Como ia fazer? De repente lembrou que tinham fechado o guichê antes de ela entregar seus documentos. Isso lhe dava a oportunidade de tirar uma auriografia com seu novo corpo em qualquer lugar e substituí-la pela do CUVA, e... e subitamente foi-se a cor de seu rosto. Tinha um novo corpo! Nunca pensou que, ao fazer a troca de almas, o microcomputador ia ficar dentro de seu antigo corpo. Este sim era um problema maior! Sem aquele microcomputador não podia nem chegar perto do edifício do CUVA. Fotografavam os pensamentos de todas as pessoas no raio de um quarteirão.

Tinha de ir ver o doutor Díez imediatamente. Tinha de instalar outro microcomputador na cabeça.

* *<br>*

Azucena respirou fundo antes de bater à porta do consultório do doutor Díez. Tinha subido a pé os quinze andares. O aerofone do doutor não parava de dar ocupado. Com certeza estava com defeito. E como ela não podia utilizar o aerofone de seu consultório, porque seu novo corpo não estava registrado no campo eletromagnético de proteção, teve de enfrentar a escada a pé. Quando mais ou menos recuperou o fôlego, bateu na porta de seu querido vizinho. A porta estava aberta. Azucena empurrou-a e descobriu por que a linha do doutor Díez dava ocupado: o corpo do doutor, ao morrer, caíra bem no meio da porta do aerofone, interferindo no mecanismo que a fechava. O doutor morrera da mesma forma que o bigodudo. Azucena perdeu a respiração. O que estava acontecendo? Outro crime em menos de uma semana. Começou a tremer. E foi então que ouviu a violeta africana do doutor chorar baixinho. O doutor Díez tinha o mesmo costume de Azucena, deixava suas plantas conectadas ao aparelho plantofalante. Azucena ficou nauseada. Entrou no banheiro e vomitou. Decidiu ir embora rapidamente. Não queria que a encontrassem ali. Saiu correndo, não sem antes pegar a violeta africana. Se a deixasse no consultório, ia morrer de tristeza.

* *<br>*

Azucena está deitada na cama. Sente-se só. Muito só. A tristeza não é boa companhia. Intumesce a alma. Azucena liga a televirtual mais para sentir alguém a seu lado do que para ver o que está acontecendo. Abel Zabludowsky aparece de imediato junto dela. Azucena se aninha a seu lado. Abel, como imagem televirtuada que é, não sente a presença de Azucena, pois na verdade ele não está ali mas dentro do estúdio da televirtual. O corpo que aparece no quarto de Azucena é uma ilusão, uma quimera. De qualquer modo, Azucena sente-se acompanhada. Abel fala da grande trajetória do ex-candidato à Presidência Mundial. O senhor Bush era um homem de cor, proveniente de uma das famílias mais eminentes do Bronx. Passara sua infância dentro daquela colônia residencial. Freqüentara as melhores escolas. Desde menino mostrara uma inclinação natural para o serviço público. Desempenhara uma infinidade de atividades de caráter humanista, etcétera, etcétera, etcétera. Mas Azucena não ouvia nada. Não lhe interessa o que Abel possa dizer nesses momentos. O que lhe interessa é saber quem matou o doutor Díez. A morte do doutor afeta-a muito. Não apenas porque era um bom amigo, mas porque sem sua ajuda nunca poderá trabalhar no CUVA, e isso significa o fim da esperança de encontrar Rodrigo. Rodrigo! Vai se tornando tão distante o dia em que compartilhou aquela mesma cama com ele. Agora tem de fazê-lo com Abel Zabludowsky, que não passa de um patético e ilusório substituto. Rodrigo era tão diferente. Tinha os olhos mais profundos que ela já conhecera, os braços mais protetores, o tato mais delicado, os músculos mais firmes e sensuais. Quando esteve nos braços de Rodrigo sentiu-se protegida, amada, viva! O desejo inundou cada uma das células de seu corpo, o sangue martelou suas têmporas com paixão, o calor invadiu-a exatamente... exatamente como o que estava sentindo agora nos braços de Abel Zabludowsky. Azucena abriu os olhos, alarmada. Não era possível que estivesse tão tarada! O que estava acontecendo com ela? O que estava acontecendo era que, efetivamente, estava aninhada no corpo de Rodrigo, e Abel Zabludowsky tinha desaparecido. Só se ouvia sua voz alertando a população.

– O homem que todos vocês estão vendo é o suposto cúmplice do assassino do senhor Bush e está sendo procurado pela polícia.

Apareceu na tela um número aerofônico para que todo aquele que o identificasse se comunicasse de imediato com a Procuradoria Geral do Planeta. Azucena deu um pulo. Não era possível! Era mentira, uma vil mentira! Rodrigo estava com ela no dia do assassinato. Não teve nada a ver com o crime. De qualquer maneira estava muito agradecida por o terem confundido com o criminoso em questão, pois dessa forma pôde desfrutar sua presença. Com muita delicadeza começou a acariciar seu corpo, mas o prazer durou pouco tempo, pois a querida imagem de Rodrigo sumiu lentamente e em seu lugar apareceu a do ex-companheiro de fila que teve na Procuradoria de Defesa do Consumidor. A ex-bailarina frustrada que a matara e que, ao que parecia, também havia assassinado o doutor Díez.

O que estava acontecendo? Quem era aquele homem? O que queria? Seria um psicopata? A voz de Abel Zabludowsky deu a informação que Azucena desejava ouvir. Aquele homem era nada mais nada menos que o assassino do senhor Bush. As provas auriográficas assim o indicavam. Tinham-no encontrado morto em seu domicílio. Tinha se suicidado com uma overdose de comprimidos. Por que teria se suicidado? E agora quem ia esclarecer que Rodrigo não teve nada a ver com o assassinato? Azucena tinha perguntas demais na cabeça. Perguntas demais para poder manter o bom senso. Precisava de algumas respostas urgentes. Só quem podia dá-las era Anacreonte. Azucena sentiu-se tentada a restabelecer a comunicação com ele, mas seu orgulho a impediu. Não queria dar o braço a torcer. Disse que ia lhe demonstrar que podia cuidar sozinha da sua vida e ia cumprir a palavra a qualquer preço.

# CD-3

## INTERVALO PARA DANÇAR

*Zongo deu em Borondongo*
*Borondongo deu em Bernabé*
*Bernabé bateu em Muchilanga*
*pôs pra correr Burundanga*
*lhe enche o saco.*

*Por que Zongo deu em Borondongo?*
*Porque Borondongo deu em Bernabé*
*Por que Borondongo deu em Bernabé?*
*Porque Bernabé bateu em Muchilanga*
*Por que Bernabé bateu em Muchilanga?*
*Porque Muchilanga pôs pra correr Burundanga*
*Por que Muchilanga pôs pra correr Burundanga?*
*Porque Burundanga lhe enche o saco.*

O. BOUFFORTIQUE

    Azucena é mesmo teimosa como uma mula. Desde que se negou a falar comigo, propôs-se agir por conta própria e só fez besteira. É desesperador vê-la fazer uma bobagem atrás da outra sem poder intervir. Como eu já dizia, essa menina cabeçuda está acostumada a só fazer o que manda sua santa vontade. Haja paciência! O pior de tudo é que, quando entra em depressão, não há quem a tire. Estou há um tempão vigiando sua insônia. Não pode dormir, entre outras coisas, porque seu novo corpo não se amolda à marca que o anterior deixou no colchão. Sentou-se na beira da cama por um bom momento. Depois chorou aproximadamente vinte minutos. Assoou-se quinze vezes nesse ínterim. Deixou o olhar perdido no teto trinta minutos. Observou-se por cinco minutos no espelho do armário antigo que tem diante da cama. Enfiou a mão sob a camisola e acariciou-se devagar, devagar. Depois, talvez para tomar completa posse de seu novo corpo, masturbou-se. Chorou novamente por uns vinte minutos. Comeu compulsivamente quatro *sopes*, três *tamales* e cinco *conchas con natas*. Dez minutos depois vomitou tudo o que comera. Manchou a camisola. Tirou-a. Lavou-a. Estendeu-a no cano do chuveiro. Tomou uma ducha. Ao lavar a cabeça sentiu tremenda falta de seus cabelos compridos anteriores. Voltou para a cama. Girou de um lado para o outro, como pião. Finalmente ficou como que catatônica por cinco horas. Mas em nenhum momento pensou em seguir meus conselhos. Se me permitisse falar com ela eu diria que a primeira coisa que tem de fazer é ouvir o *compact disc* para poder viajar até seu passado. Lá está a chave de tudo, e ela não fez isso porque sente que não está com disposição para chorar!!! Que desespero!

Não há dúvida, quem espera desespera. Azucena espera que Rodrigo volte. Eu espero que ela saia do estado de desespero em que se encontra. Pavana, a Anjo da Guarda de Rodrigo, espera que eu colabore com ela. Lilith, minha namorada, espera que eu conclua a educação de Azucena para sairmos de férias. E estamos todos imobilizados por causa da sua tolice.

Ela não entende que tudo o que acontece neste mundo tem sua razão, não acontece só por acaso. Um ato, por mínimo que seja, desencadeia uma série de reações no mundo. A criação tem um mecanismo perfeito de funcionamento e, para manter a harmonia, é necessário que cada um dos seres que a formam execute corretamente a ação que lhe cabe dentro dessa organização. Se não o fazemos, o ritmo de todo o Universo desanda. Portanto, não é possível que a esta altura Azucena ainda pense que pode agir por conta própria! Até a menor partícula do átomo sabe que tem de receber ordens superiores, que não pode se comandar sozinha. Se uma das células do corpo decidisse que é dona e senhora de seu destino e optasse por fazer o que lhe desse na telha, ela se transformaria num câncer que alteraria por completo o bom funcionamento do organismo. Quando alguém esquece que é parte de um todo e que em seu interior traz a Essência Divina, quando alguém ignora que está conectado com o Cosmos, queira ou não, pode cometer a bobagem de ficar jogado na cama pensando besteira. Azucena não está isolada como crê. Nem está desligada de tudo, como imagina. Nem pode ser tão tola, caralho! Ela pensa que não tem nada. Não percebe que esse nada que a rodeia a sustenta e sempre vai sustentá-la, onde quer que se encontre. Esse nada vai mantê-la em harmonia aonde quer que vá. E esse nada estará esperando sempre o momento adequado para entrar em comunicação com ela, para que escute sua mensagem. Cada célula do corpo humano é portadora de uma mensagem. De onde a tira? O cérebro envia. E o cérebro, de onde a tira? Do ser humano que comanda esse corpo. E esse ser humano, de onde tira a mensagem? Dita-a seu Anjo da Guarda e assim por diante. Há uma inteligência suprema que nos ordena o modo de propiciar o equilíbrio entre a criação e a destruição. A atividade e o descanso regulam a batalha entre essas duas forças. A força de criação põe ordem no caos. Depois, vem um período de descanso diante do esforço necessário para controlar a desordem. Se o descanso se prolonga mais que o necessário, a criação se põe em perigo, pois a destruição sente que a criação perdeu a força necessária e tem de entrar em ação. É como quando uma planta que cresceu à luz do sol de repente é colocada na sombra: já não tem a força que a sustentava, e então a força destrutiva se encarrega de fazê-la morrer. É precisamente este o perigo em que se encontra Azucena com sua paralisia.

Quando uma pessoa se paralisa, paralisa todo o mundo. O ritmo do universo se rompe. Se um dia a Lua parasse sua trajetória, provocaria uma catástrofe. Se um dia as nuvens fizessem greve e deixasse de chover, provocariam uma seca generalizada. A seca, a fome, e a fome, a morte do gênero humano. Quanto maior a paralisia, maior a depressão, e quanto maior a depressão, maiores as calamidades.

Às vezes alguém parece estar paralisado, mas não está, encontra-se arrumando dentro de si coisas que finalmente o vão harmonizar com o Cosmos. O problema é a paralisia total. Em todos os níveis. Exatamente como a que tem Azucena. E o ruim não é ela não fazer nada no mundo exterior, mas também não fazer nada para o mundo interior. Não só não quer me ouvir, como não quer ouvir a si mesma. E, como não se permite ouvir sua voz interior, não sabe qual é a ação que deve executar. A mensagem não chega até ela, pois sua mente não a deixa entrar. Mantém-na cheia de pensamentos negativos. É necessário que os deixe sair, porque eles distorcem a linha de comunicação. A Inteligência Suprema utiliza uma linha direta que, se encontra interferência em seu caminho, sai disparada para o outro lado e faz com que a dita Inteligência Suprema não seja entendida ou seja mal interpretada. A maneira de solucionar esse problema é engajar-se espiritualmente. Esse engajamento não tem nada a ver com o tipo de engajamento que se faz na Terra. Este último funciona como uma estrutura piramidal em que os de baixo fazem aquilo que o de cima ordena e não podem fazer outra coisa, e em que o ser humano perde a responsabilidade sobre seus atos e se submete ao que os outros dizem. Não, isso não é engajar-se, mas abobalhar-se. O engajamento de que estou falando consiste, ao contrário, em colocar-se em sintonia com a energia amorosa que circula no Cosmos. E se consegue relaxando e permitindo que a vida flua entre cada uma das células. Então, o Amor, esse ADN cósmico, recordará sua mensagem genética, originária, a missão que lhe cabe. Essa missão não é coletiva, como se pretende num tipo de engajamento terreno, mas única e pessoal. Quando Azucena conseguir se engajar assim, todo o seu ser respirará energia cósmica e recordará que não está sozinha, ainda menos sem Amor.

Dá trabalho entender o Amor. Geralmente estamos acostumados a obtê-lo por meio de um par. Mas o amor que experimentamos durante o ato amoroso é apenas um pálido reflexo do que é o verdadeiro Amor. Nosso companheiro é unicamente o intermediário, através do qual recebemos o Amor Divino. Graças ao beijo, ao abraço, obtemos na alma a paz necessária para podermos nos engajar e nos conectar com Ele. Mas, cuidado, isso não quer dizer que nosso par seja possuidor desse Amor, nem a única pessoa capaz de o proporcionar a nós, nem que, se essa pessoa se afasta, leva consigo o Amor, deixando-nos desamparados. O Amor Divino é infinito. Está em todas as partes e completamente ao alcance de nossa mão em todo momento. É muita tolice procurar diminuí-lo e limitá-lo ao pequeno espaço que os braços de Rodrigo abarcam. Se Azucena soubesse que a única coisa que tem de fazer é aprender a abrir sua consciência para a energia de outros planos para receber a mancheias o Amor de que tanto necessita! Se soubesse que neste preciso momento está rodeada de Amor, que anda circulando a seu lado apesar de ninguém a estar beijando, nem acariciando, nem abraçando. Se soubesse que é uma filha amada do Universo, deixaria de sentir-se perdida.

Azucena me culpa por tudo o que está acontecendo e não percebe que a perda de Rodrigo é algo que tinha de sofrer, pois no momento em que se lançar em sua busca vai encontrar no caminho a solução de um problema que vem afligindo a humanidade há milênios. Esta é a verdadeira razão de tudo. A explicação de todas as suas dúvidas. Há um problema de origem cósmica que está afetando todos os habitantes do planeta, e ela é a encarregada de solucioná-lo. É uma missão que envolve todos nós e que o ego de Azucena minimiza e transforma numa questão de caráter pessoal. Seu ego dolorido a faz pensar que o mundo está contra ela e que tudo o que acontece afeta unicamente a ela. Ela faz parte deste mundo, e, se afeta a ela, também afeta o mundo. O mundo tem interesses muito maiores que o de querer destruir Azucena. Seria um absurdo, além do mais, porque ao aniquilar um ser humano estaria aniquilando a si mesmo, e o Universo não tem esses problemas de autodestruição. Ah, se ela pudesse estar aqui a meu lado no espaço! Veria seu passado e seu futuro ao mesmo tempo e só assim entenderia por que permiti que Rodrigo desaparecesse. Ah, se pudesse ver que com o doutor Díez não morreram todas as suas possibilidades! Ah, se pudesse ver que tem à mão muitas possibilidades melhores do que aquelas que o doutor lhe oferecia! Ah, se exercesse corretamente seu livre-arbítrio! Não é tão difícil assim, caralho! A vida nunca nos vai colocar diante de uma encruzilhada onde haja um caminho que nos leve à perdição. Vai nos colocar dentro de circunstâncias que estejamos capacitados a manejar. O que acontece é que o homem geralmente se deixa vencer pelas circunstâncias. Ele as vê como obstáculos inamovíveis diante dos quais não pode fazer nada, e não há nada mais falso do que isso. O Universo sempre nos colocará dentro das situações que correspondam a nosso grau de evolução. Por isso, no caso específico de Azucena, sempre me opus a que apressasse seu encontro com Rodrigo. E não era porque faltasse a ela evoluir, nem pelas dívidas que ele ainda tinha pendentes, mas porque faltava a Azucena aprender a controlar um pouco mais seus impulsos e sua rebeldia antes de enfrentar a situação em que se encontra agora. Eu sabia muito bem que ela ia ficar brava e não me enganei. A confusão em que vive não a deixa ver a verdade. Na Terra existem uma série de verdades e uma série de confusões e mentiras. A confusão vem de que o homem toma por verdade coisas que não o são. A verdade nunca está fora. Cada qual tem a capacidade, se se comunicar consigo mesmo, de encontrar a verdade. É lógico que, neste momento, Azucena se veja confusa. Fora, só encontrou caos, mentira, assassinatos, medo, indecisão. Ela pensa que essa verdade é dura como uma pedra, mas não é. Diante desse desespero geral que reina lá fora, ela deveria dizer: "Não tenho por que participar deste caos, embora reconheça que o estou vendo, pois EU NÃO SOU O CAOS." No momento em que negar como verdade a realidade que a rodeia, encontrará sua própria verdade e obterá paz. Como o que é fora é dentro, essa paz individual produzirá a Paz Universal. Mas, como não espero que Azucena neste momento esteja em condições de chegar a isso, tenho de propiciar-lhe que dê sua ajuda a algum necessitado. Ao ajudar outra pessoa estará ajudando a si mesma.

Batidas fortes na porta tiraram Azucena da cama. Ao abrir, encontrou Cuquita, a avó de Cuquita, as malas de Cuquita e o periquito de Cuquita. Cuquita e sua avó vinham totalmente arrebentadas. O periquito, não. Azucena não soube o que dizer, a única coisa que lhe ocorreu foi convidá-las a entrar. Cuquita confiou-lhe seus problemas. Seu marido batia cada vez mais nela. Já não o suportava. Mas, agora, o cúmulo é que tinha arrebentado também sua avozinha, e isso ela não ia permitir. Pediu a Azucena que a deixasse passar uns dias em sua casa. Azucena disse-lhe que estava bem. Não tinha alternativa. Cuquita sabia da troca de corpos e ela não queria que a denunciasse. Claro que ela podia fazer o mesmo e soltar a informação sobre os virtualivros, mas não lhe convinha. O que ela tinha a perder não se comparava com o que Cuquita, nesse caso, perderia. De modo que decidiu deixar de lado suas penas e compartilhar a casa com elas. Afinal, seria só por uns dias.

Quando Cuquita tomou posse da cozinha, Azucena começou a sentir-se invadida. É verdade que sua avó precisava urgentemente de um chá de tília para o susto, mas o que incomodou Azucena foi Cuquita pendurar a gaiola do periquito bem sobre a mesa do café da manhã. Obstruía toda a visão e, além disso, significava que, daí em diante, iam comer com as penas do periquito no nariz. A sensação de invasão foi se aguçando, conforme Cuquita se instalava. Para começar, acomodou a avó no sofá-cama da sala. A avó era bastante adaptável e silenciosa, mas de qualquer maneira atrapalhava. Agora, cada vez que Azucena quisesse ir pegar um copo d'água na cozinha teria de pular por cima dela. Mas o cúmulo foi quando Cuquita, finalmente, tomou posse do quarto de Azucena. Começou a deixar suas coisas por todos os lados. Azucena ia atrás dela tentando pôr ordem. Amavelmente sugeriu-lhe que podiam guardar a maleta de demonstração da Avon no armário. Azucena não queria imaginar o que Rodrigo ia pensar dela no dia em que voltasse e encontrasse a droga da maleta no meio do quarto. Cuquita se negou terminantemente, pois disse que no dia seguinte tinha uma demonstração e só ia se lembrar vendo a maleta.

Azucena não acreditava no que seus olhos viam. Cuquita era dona de uma quantidade impressionante de objetos horrorosos e de mau gosto. O que mais chamou sua atenção foi um estranho aparelho, parecido com uma elementar máquina de escrever. Cuquita tratava-a com um cuidado especial. Azucena perguntou-lhe o que era e Cuquita respondeu com grande orgulho:

– Uma invenção minha.
– Ah, é...? E para que serve?
– É uma *Ouija\** cibernética.

---

\* Nome de um jogo mexicano, muito popular, em que um espírito supostamente responde às indagações dos participantes. (N. do T.)

Cuquita acomodou o aparelho na mesinha-de-cabeceira e mostrou-o a Azucena como se estivesse vendendo um produto da Avon. O aparelho era composto de um computador antiqüíssimo, um fax, um toca-discos da idade das cavernas, um telégrafo, uma balança, um balão de ensaio de laboratório de que saíam uns tubos estranhos, um *comal*\* delimitado por quartzos e uma matraca. No meio do *comal* estavam desenhadas mãos indicando o lugar em que se devia colocá-las.
– Puxa... que bonito! E para que serve?
– Como para quê! O quê, nunca usou uma *Ouija*?
– Não.
– Claro que não, já tinha esquecido que vocês, os evoluídos, são muito *esnoques* e não precisam desses aparelhos para se comunicar com seus Anjos da Guarda, mas nós, que não temos *complexamento de superioridate*, os pobres de espírito, os coitados, que temos de nos coçar com nossas próprias unhas, somos os que, se quisermos saber coisas de nosso passado, temos de inventar trambolhos como este...
Azucena comoveu-se com a queixa de Cuquita. Via-se a léguas que estava muito ressentida e cheia de dor. Como astroanalista, sabia que não podia deixar que ela continuasse vibrando com aquela emoção negativa sem o tratamento adequado, e tentou valorizá-la para levantar-lhe o moral.
– Não fique brava, Cuquita. Se lhe perguntei para que servia, não é porque nunca utilizei uma *Ouija*, mas porque nunca vi uma tão completa... tão diferente... tão inovadora. Como funciona, hem?
Cuquita, sentindo-se valorizada, acalmou-se de imediato e começou a suavizar o tom da voz.
– Ah! Pois veja, é muito simples. Se você quer se comunicar com seu Anjo da Guarda, põe as mãos aqui

---
\* Prato de barro para fazer tortilhas. (N. do T.)

no *comal*, pensa na pergunta e recebe loguinho a resposta pelo *fazzz*. Agora, se você quer falar com seus entes queridos que já morreram, é conveniente que ninguém fique sabendo do que estão falando, por causa dos tesouros escondidos e essas coisas todas, *intão* manda a pergunta pelo telégrafo e recebe a resposta também por ele...
— Mas que maravilha!
Cuquita sentiu-se admirada, seu rosto se iluminou e até ficou com umas corezinhas, à parte os hematomas roxos que já trazia.
— Ora, isso não é nada! Olhe, se por exemplo quiserem lhe vender um disco ou uma *antigaidade*, que era digamos de Pedro Infante ou alguém assim, e você quiser saber se é de verdade ou é tapeação, *intão* se for um disco você põe aqui (aponta o toca-discos). 'Gora se for qualquer outra *antigaidade* botamos aqui (aponta o balão de ensaio) e jogamos um líquido especial nele que vai moê-lo como se fosse gelo picado e depois o computador vai imprimir a história do *ojeto*, narrada pelo próprio *ojeto*, e no *fazzz* sairão as fotos em cor de todos os que tocaram esse *ojeto* na vida, ou seja, você mata dois passarinhos com um tiro, porque por um lado garante que não lhe dão gato por lebre e, por outro, obtém uma foto grátis de seu ídolo favorito. O que acha?
Azucena ficou verdadeiramente boquiaberta. Como era possível que aquela mulher, que nem tinha concluído o primário, fosse capaz de inventar um aparelho tão sofisticado? Bem, faltava ver se de fato funcionava, mas de qualquer forma sua iniciativa parecia admirável. Cuquita não cabia em si de contentamento vendo que Azucena estava de fato interessada em seu aparelho.
— Escute, Cuquita, só tenho uma dúvida. Se, por exemplo, o que quero saber é de quem foi uma cama, como faço?

– Tire uma lasca da cama e botamos ela no balão de ensaio.
– Mas e se a cama for de latão?
– Ah, *intão* não compre. Não dá para pensar em tudo. E sabe o que mais? É melhor pararmos por aqui, porque você está me deixando *nervótica*.

Cuquita estava a ponto de estourar e Azucena queria evitá-lo. Não seria um bom começo para o início da vida das duas juntas.

– Você não me disse para que serve a matraca.
– Ah! É *superimportantíssima*. Com suas voltas e seu som muda a energia do quarto em que vão ser recebidas as mensagens de onda curta e, assim, evita interferências dos diabos.
– Ahhhh!

Azucena não pôde evitar uma enorme curiosidade de se comunicar com o além. Desde que rompera comunicação com Anacreonte não tinha a menor idéia do que estava acontecendo ou ia acontecer. Talvez fosse essa a sua oportunidade de saber de Rodrigo, sem dar o braço a torcer para Anacreonte.

– Escute, eu poderia fazer uma pergunta?
– Claro!

Cuquita sentiu-se lisonjeadíssima com o pedido e imediatamente começou a soar a matraca por todo o quarto. Depois deu a Azucena instruções de como pôr as mãos no meio do *comal* e de como se concentrar para fazer a pergunta. Azucena seguiu as instruções ao pé da letra e em alguns segundos o fax começou a imprimir a resposta: "Querida menina, vai encontrá-lo mais depressa do que espera."

Os olhos de Azucena encheram-se de lágrimas. Cuquita abraçou-a, protetora.

– Está vendo? Tudo vai se arranjar.

Azucena assentiu com a cabeça. A felicidade não a deixava falar. Cuquita sentia-se plenamente realizada. Era a primeira vez que alguém usava seu aparelho e tinha comprovado que funcionava de verdade. O ambiente da casa mudou de imediato. Azucena notou isso e se deu conta de que a pequena ajuda que prestara a Cuquita estava lhe proporcionando grandes benefícios. Começou a ver o lado bom da situação em que se encontrava. Afinal de contas podia ser muito divertido e proveitoso ter Cuquita uns dias com ela.

A notícia de que logo encontraria Rodrigo tinha levantado tanto seu ânimo que as nuvens negras se foram de sua cabeça. Pela primeira vez em muitos dias sentiu alívio no coração. E pensou que aquele era o melhor momento para ouvir seu *compact disc*. Sentia-se tão relaxada que todo o cansaço acumulado apareceu. Sugeriu a Cuquita que já era hora de dormir. A sugestão caiu como uma luva para Cuquita. Eram três da manhã e tinha sido um longo dia. Azucena pôs os fones de ouvido, deitou-se num lado da cama e fechou os olhos. Cuquita fez o mesmo.

Mas Cuquita logo descobriu o controle da televirtual e enlouqueceu de prazer. Esqueceu o sono, o cansaço e a dor dos hematomas. A vida inteira quis ter uma televirtual mas nunca teve dinheiro para comprar. O máximo que conseguiu foi ter uma televisão de terceira dimensão, comum e ordinária. Ligou-a logo e começou a mudar os canais como uma garotinha. Azucena nem percebeu. Estava ouvindo tranqüilamente seu *compact disc*, de olhos fechados.

Cuquita, como digna representante do partido dos não-evoluídos, estava apreciando com prazer doentio o programa de Cristina. Naquela noite estavam transmitindo ao vivo da penitenciária de um planeta penal. Com a ajuda da câmara fotomental, os pensamentos dos piores criminosos que lá se encontravam eram transformados em imagens de realidade virtual. Dessa maneira, os televirtualenses podiam instalar-se no meio dos quartos em que haviam ocorrido os incestos, os estupros, os assassinatos. Cuquita estava encantada. Não tinha aquele tipo de emoções fortes desde a escola. O sistema de ensino utilizava o mesmo método para que os alunos aprendessem o quanto eram terríveis as guerras. Colocavam-nos no meio de uma batalha com cheiro de morte, para sentirem na própria carne a dor, o desespero, o horror. Sabiam que essa era a única maneira pela qual o ser humano aprendia, recebendo as experiências através dos órgãos dos sentidos. E esperava-se que depois desse aprendizado direto ninguém se atreveria a organizar uma guerra, torturar ou cometer qualquer tipo de infração da lei, pois já sabiam o que se sentia. Mas não era assim. Efetivamente, a criminalidade tinha sido controlada, mas não tanto porque o homem tivesse aprendido a lição, e sim por causa dos avanços da tecnologia. Até antes do assassinato do senhor Bush ninguém tinha se atrevido a matar, não por não ter desejado, mas por medo do castigo. Com os aparelhos inventados ninguém escapava de ser capturado. Aos seres humanos, então, só restara reprimir seus instintos criminosos, o que não queria dizer que não os tivessem. Não, absolutamente. A prova era a enorme audiência dos programas de Cristina, Oprah, Donahue, Sally, etcétera, em que os televirtualenses podiam experimentar todo tipo de emoções primitivas. O governo permitia sua transmissão, porque assim o povo canalizava seus instintos assassinos e era mais fácil mantê-los sob controle.

    Cuquita nem podia acreditar no quanto era maravilhoso encontrar-se no centro da ação. Estava deslumbrada por presenciar o assassinato de Sharon Tate. Gostava muito de sentir o medo instalado em todo o seu corpo, a pele arrepiada, os cabelos em pé, a voz embargada. A violência lhe dava náuseas, mas como boa masoquista, considerava-a parte da diversão. Estava nisso quando começaram os comerciais. Cuquita ficou furiosa, tinham chutado seu sofrimento para escanteio. Com desespero começou a mudar todos os canais, tentando encontrar outro programa similar, quando seus olhos foram capturados pela cor vermelha incandescente. A lava sempre tivera um poder hipnótico sobre ela.

Naquele momento estavam transmitindo ao vivo do planeta Korma. Isabel caminhava entre os sobreviventes da erupção. Encontrava-se em Korma com uma missão de salvamento. Quis que aquele fosse o primeiro ato de sua campanha para a Presidência Mundial. Cuquita, graças à televirtual, logo se encontrou no lugar ideal de toda enxerida: bem entre Isabel e Abel Zabludowsky, que não deixa de comentar como Isabel estava incrivelmente bem com seus cento e cinqüenta anos. "Grande coisa!", comentou Cuquita. Fazia anos que Isabel trabalhava como Embaixadora Interplanetária. Em cada viagem economizava um monte de anos, porque a diferença de horário entre um planeta e outro somava muitos meses. Ao voltar de uma viagem, que para ela tinha sido de uma semana, na Terra já tinham passado cinco anos. Mas nem mesmo estando tão jovem Cuquita gostaria de ser ela. Perguntava-se: "Quantos *sopes* alguém deixa de saborear nesses anos perdidos? A quantos bailes de quinze anos deixa de comparecer?" Isabel começou a repartir comida entre as vítimas da erupção; todos os primitivos se precipitaram ao mesmo tempo para conseguir sua porção. Os seguranças distribuíam golpes indiscriminadamente, procurando protegê-la.

Cuquita deu um pulo na cama e começou a gritar para Azucena.

– Azucena, Azucena, olhe!

Os seguranças de Isabel eram os supostos trabalhadores da companhia aerofônica, e Azucena, ou antes, Ex-Azucena, porque seu corpo era ocupado por outra pessoa, Azucena abriu os olhos meio aturdida e tentou ver o que estava acontecendo. Presenciou como os seguranças de Isabel a afastavam do grupo de famintos selvagens. Azucena se impressionou ao ver que um dos seguranças possuía seu ex-corpo e que, ao lado dele, estava o corpo do ex-aerofonista. Mas quase desmaiou quando viu Isabel se aproximar de um homem afastado de todos os demais: era Rodrigo em carne e osso! Azucena estava sonhando com ele quando Cuquita a acordou e agora não sabia se o que via era parte de sua fantasia ou se era verdade.

Rodrigo estava concentrado em talhar com uma pedra uma colher de madeira. Quando viu Isabel se aproximar, levantou-se. Isabel lhe deu uma torta de *tamal*, mas Rodrigo, em vez de pegá-la, aproximou-se da Ex-Azucena e acariciou-lhe o rosto, tentando reconhecê-la. Ex-Azucena ficou nervoso. Isabel ficou intrigada. Cuquita se escandalizou. E Azucena dedicou-se por breves minutos a acariciar Rodrigo com todo o seu amor. Não foi por muito tempo, mas o suficiente para que seu desespero ao vê-lo desaparecer no ar fosse imenso. As imagens de todos os presentes em Korma cederam lugar às dos jogadores de futebol no campo de treino. No noticiário, tinham passado ao bloco de esportes. Cuquita e Azucena se entreolharam. Azucena chorava desesperada.

— Era Rodrigo!
— Aquele?
Cuquita estava surpresa com o estado lamentável em que se encontrava.
— É.
— E aquela era você!
— Era.

– E o que seu namorado está fazendo em Korma? Azucena não sabia. A única coisa que sabia era que estava metida numa grande encrenca. Se os homens que tentaram assassiná-la e roubaram seu corpo eram os seguranças de Isabel, Isabel tinha alguma coisa a ver com aquilo tudo. Se Isabel tinha alguma coisa a ver com aquilo tudo, tinha o poder a seu lado. E, se tinha o poder a seu lado, não ia ser fácil enfrentá-la. Azucena começou rapidamente a imaginar quais seriam os motivos de Isabel para querer matá-la. Com certeza ela havia mandado matar o senhor Bush. Depois escolheu Rodrigo como candidato ideal para ser acusado do assassinato. Por que ele? Sabe-se lá! Depois ficara sabendo que Rodrigo estivera a noite toda do crime fazendo amor com ela, e o passo lógico foi mandar eliminar seu álibi, ou seja, ela. Bom, até ali tudo ia muito bem. Mas agora o que ia acontecer? Convinha a Isabel manter Rodrigo como o assassino. Mas agora como ia fazer para que Rodrigo não declarasse sua inocência diante das autoridades? Talvez não estivesse em seus planos que ele a declarasse. Talvez por isso o tivesse despachado para Korma. Talvez pensasse deixá-lo lá para sempre. Talvez... talvez. O que não entendia era a maneira pela qual Isabel arriscava que tudo fosse por água abaixo. E se um dos televirtualenses que naquele momento estavam vendo o noticiário reconhecesse Rodrigo e o denunciasse? O que aconteceria? Quem sabe? Azucena não via solução para o problema em que se encontravam, mas Cuquita, talvez por sua menor capacidade analítica, sim. Sem muito esforço tomou uma decisão.

– Temos de ir atrás do seu namorado e trazê-lo para junto de nós – ordenou.

– Não podemos. A polícia o está procurando. Dizem que é cúmplice do assassinato do senhor Bush, mas não é verdade, ele estava comigo naquela noite.

– Eu sei. Os rangidos do colchão não me deixaram dormir.

Azucena recordou sua noite de amor e aumentou a intensidade do choro.

– Não chore. Não tem importância que a polícia esteja procurando por ele, porque trocamos o corpo dele e pronto, acabou o problema! Já não estamos no tempo de minha vovozinha, quando diziam "Que horror! a casa desmoronada, os trastes espalhados, as crianças doentes, papai furioso. Ai, que problema!" Não, agora é preciso enfrentar o mau tempo de cara boa. Enxugue as lágrimas, e às armas!

Azucena parou de chorar e rendeu-se mansamente à vontade de Cuquita. Não agüentava mais. Recebera demasiadas feridas em muito pouco tempo. No transcurso de uma só semana perdera sua alma gêmea, estivera a ponto de ser assassinada, vira-se forçada a realizar um transplante de alma, descobrira o assassínio de um grande amigo, vira como seu querido corpo era ocupado por um assassino e, por último, encontrara Rodrigo em condições lamentáveis, correndo um grave perigo e num lugar praticamente inalcançável para ela. Que desespero! Sentia-se profundamente violentada, agredida, indefesa, frágil, esgotada, incapaz de tomar qualquer decisão.

– Temos de ir amanhã mesmo.
– Mas como? Não tenho dinheiro. Você muito menos! E sabe que as viagens interplanetárias são caríssimas.
– Sei, sim, não são o que se chama de uma *pechinha*, mas vamos dar um jeito...

De repente, Cuquita e Azucena fitaram-se nos olhos. Os olhos de Cuquita tiveram um lampejo de lucidez e transmitiram a Azucena a genial idéia que acabava de lhe ocorrer. Azucena captou-a logo e gritou ao mesmo tempo que ela:

– Compadre Julito!

*
* *

Azucena ia desesperada. A nave interplanetária do compadre Julito era uma vil nave jardineira que fazia paradas em todos os planetas que encontrava no caminho de Korma. Cada vez que a nave parava, Azucena sentia que o Universo inteiro suspendia seu ritmo. Já tinha falado com o compadre Julito para ver a possibilidade de fazer um vôo direto, mas o compadre Julito se negara terminantemente e lembrara sutilmente Azucena de que não estava em condições de exigir nada, pois viajava grátis. Por outro lado, o compadre era obrigado a fazer as paradas, pois, além de levar o Mafuá a planetas muito pouco evoluídos, tinha outros negócios que lhe proporcionavam grandes rendimentos econômicos: aluguel de netos em domicílio e esposos para entrega imediata. Nas colônias espaciais muito distantes havia homens ou mulheres de idade avançada que nunca tinham podido se casar ou ter netos e que entravam em estados de depressão muito profunda. Então ocorreu ao compadre Julito o negócio ideal: alugar netos. E precisamente agora estava em alta temporada, pois as crianças órfãs acabavam de entrar em férias. Outro negócio que tinha muita demanda era o de maridos e mulheres para entrega imediata. Quando homens ou mulheres jovens estavam em alguma missão espacial por períodos prolongados, seus hormônios ficavam perturbados. Como não era nada recomendável manterem relações sexuais com os aborígines, seus pares na Terra lhes mandavam um marido ou mulher substituto ou substituta, conforme o caso, para que assim pudessem satisfazer seus apetites sexuais adequadamente. Não só isso, o amante substituto aprendia de cor recados e poemas a pedido expresso do cônjuge e os recitava aos clientes no momento de fazer amor. Portanto, a nave, além dos galos de briga, dos *mariachis*, das vedetes e das cantoras do Mafuá, estava cheia de crianças, maridos e mulheres substitutos.

Azucena estava a ponto de enlouquecer. Ela que precisava de tanto silêncio para organizar seus pensamentos!

E a barulheira que reinava naquela nave não contribuía nem um pouco para isso! Crianças correndo por todos os lados, os *mariachis* ensaiando *Amorcito corazón* com um cantor que era a reencarnação de Pedro Infante, os maridos substitutos ensaiando seu número com as vedetes, a avó de Cuquita ensaiando hesitante um ponto de crochê, o beberrão do marido de Cuquita ensaiando suas vomitadas, os galos ensaiando seus cocoricós e o "coiote" traficante de corpos – o que tinha lhe vendido seu novo corpo – tentando sem bom resultado uma troca de almas entre uma vedete e um galo.

Ante essa situação, Azucena só tinha duas opções: enlouquecer de desespero por não conseguir obter a calma que necessitava, ou tentar fazer alguma coisa como os demais. Decidiu praticar o beijo que ia dar em Rodrigo quando o visse. E com grande entusiasmo experimentou uma porção de vezes quais seriam os melhores efeitos de um bom beijo chupado, pondo o indicador entre os lábios. Parou de fazê-lo quando um dos maridos substitutos se ofereceu para praticar com ela. Azucena ficou contrariada por a terem descoberto, e então decidiu que era melhor isolar-se daquele mundo de loucos. Como todos os amantes de todos os tempos, queria estar a sós para poder pensar em Rodrigo com mais serenidade. A presença dos outros a atrapalhava, a distraía, a incomodava. Como não era possível fazer todos os que estavam na nave desaparecerem, fechou os olhos para encerrar-se em seus pensamentos. Precisava reconstruir Rodrigo, dar-lhe forma, recordar o encanto de estar unida à alma gêmea, reviver aquela sensação de auto-suficiência, de plenitude, de imensidão. Só a presença de Rodrigo podia dar substância à realidade, só a luz que iluminava seu sorriso podia afastar a tristeza que apertava a alma de Azucena. A idéia de que logo o veria fazia tudo adquirir sentido novamente. Pôs os fones de ouvido e começou a ouvir seu *com-*

*pact disc*. A única coisa que queria era internar-se num mundo diferente daquele em que se encontrava. Já tinha perdido a esperança de que a música lhe provocasse uma regressão à vida passada na qual tinha vivido ao lado de Rodrigo. Na noite anterior tinha ouvido seu *compact disc* inteiro, com a ilusão de encontrar nele a música que tinham posto quando fez seu exame de admissão ao CUVA, mas não a encontrou. De modo que, como sabia de antemão que a música contida naquele *compact disc* não era a que procurava, relaxou e se perdeu na melodia. Curiosamente, ao afastar a obsessão de fazer uma regressão, deixou que a música entrasse livremente em seu subconsciente e a levasse de maneira natural à vida anterior que tanto lhe interessava.

CD-4

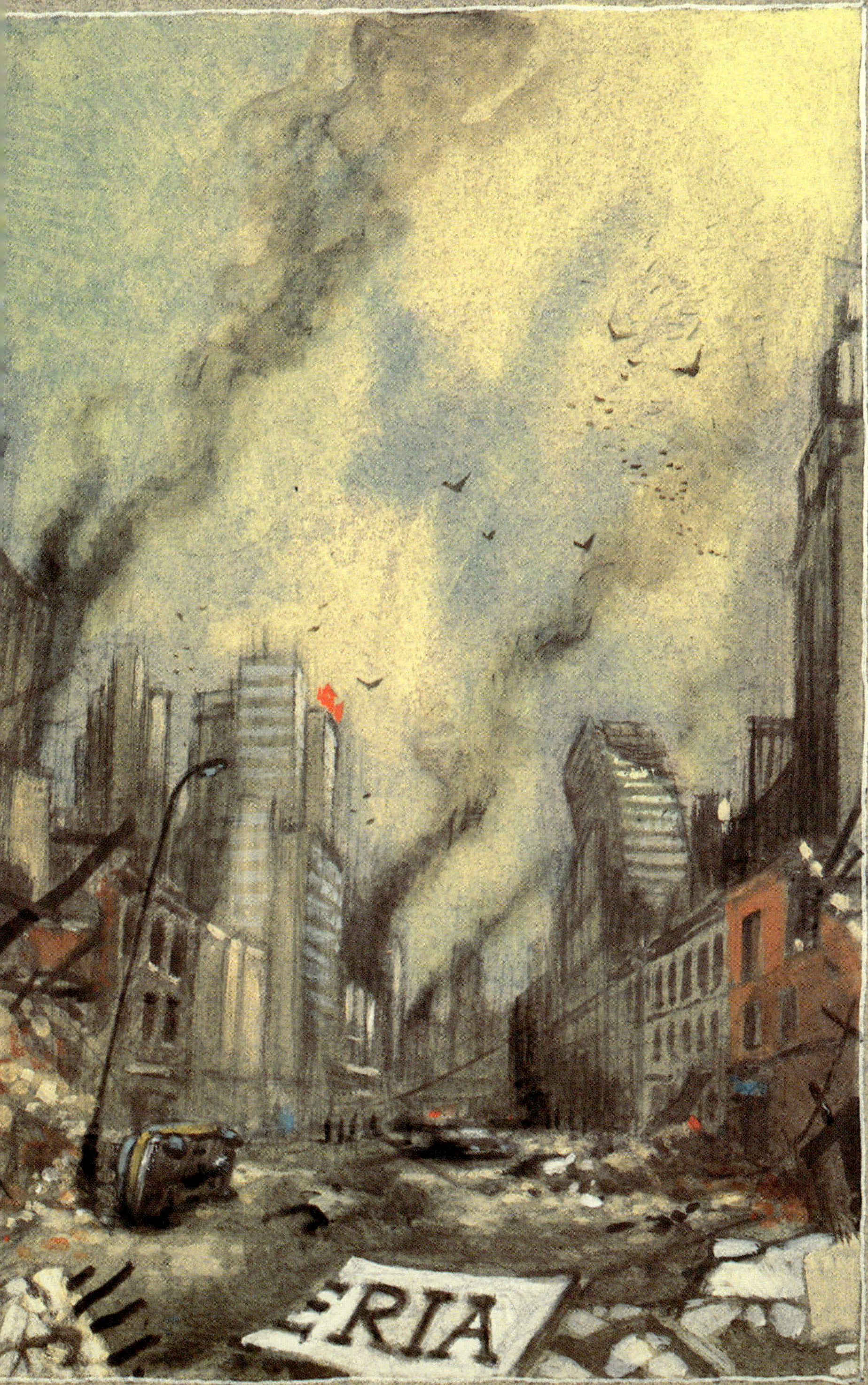
ERIA

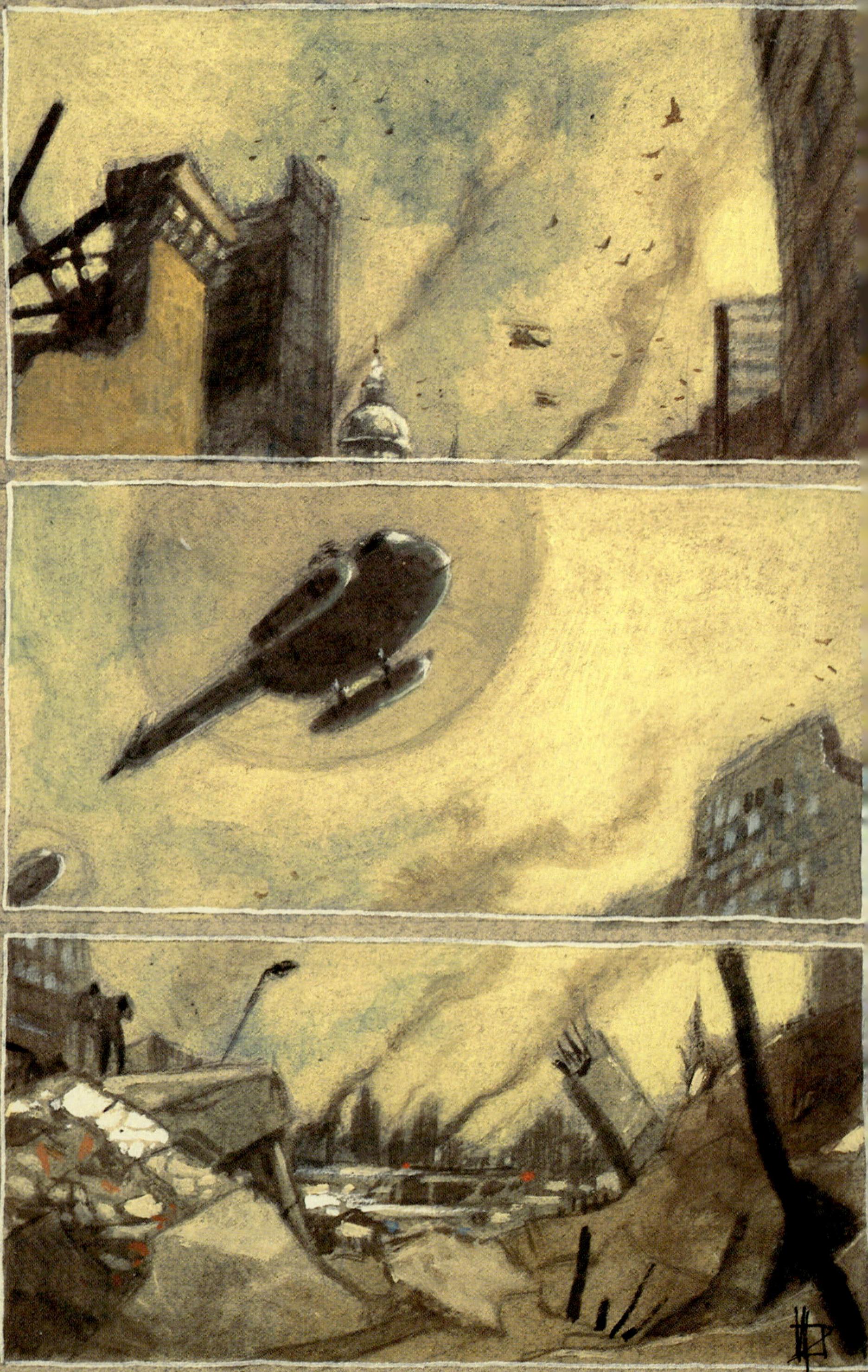

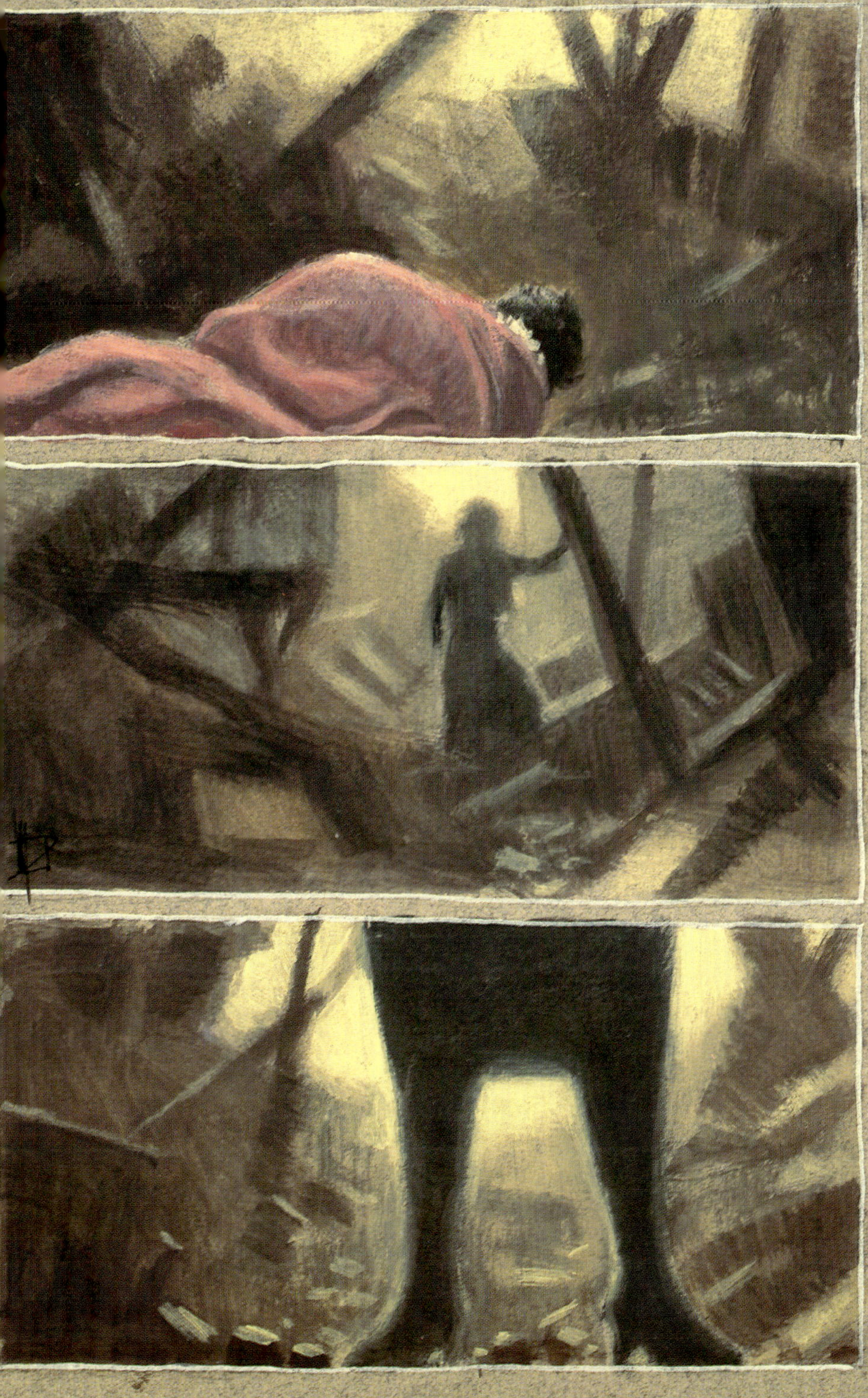

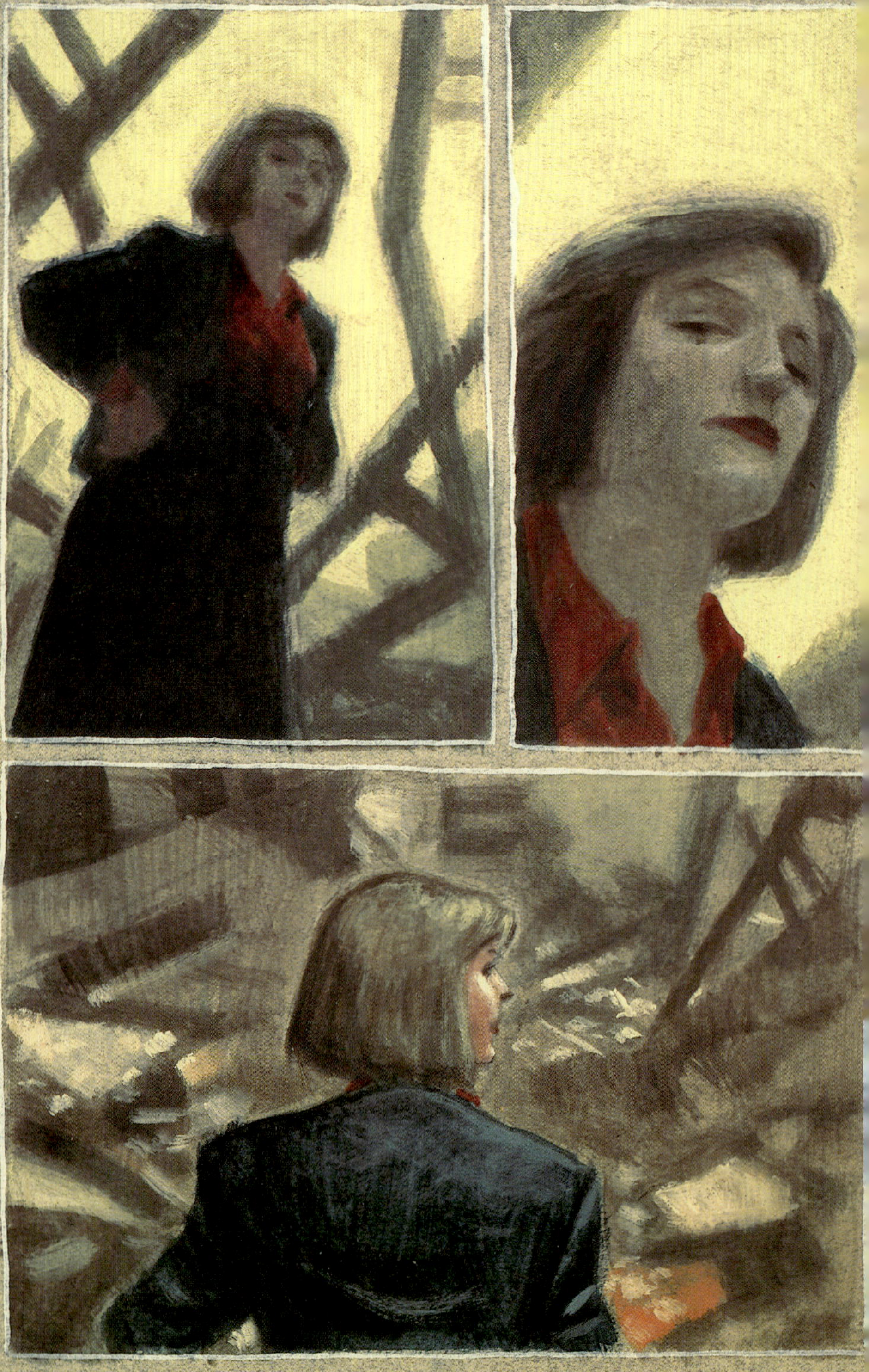

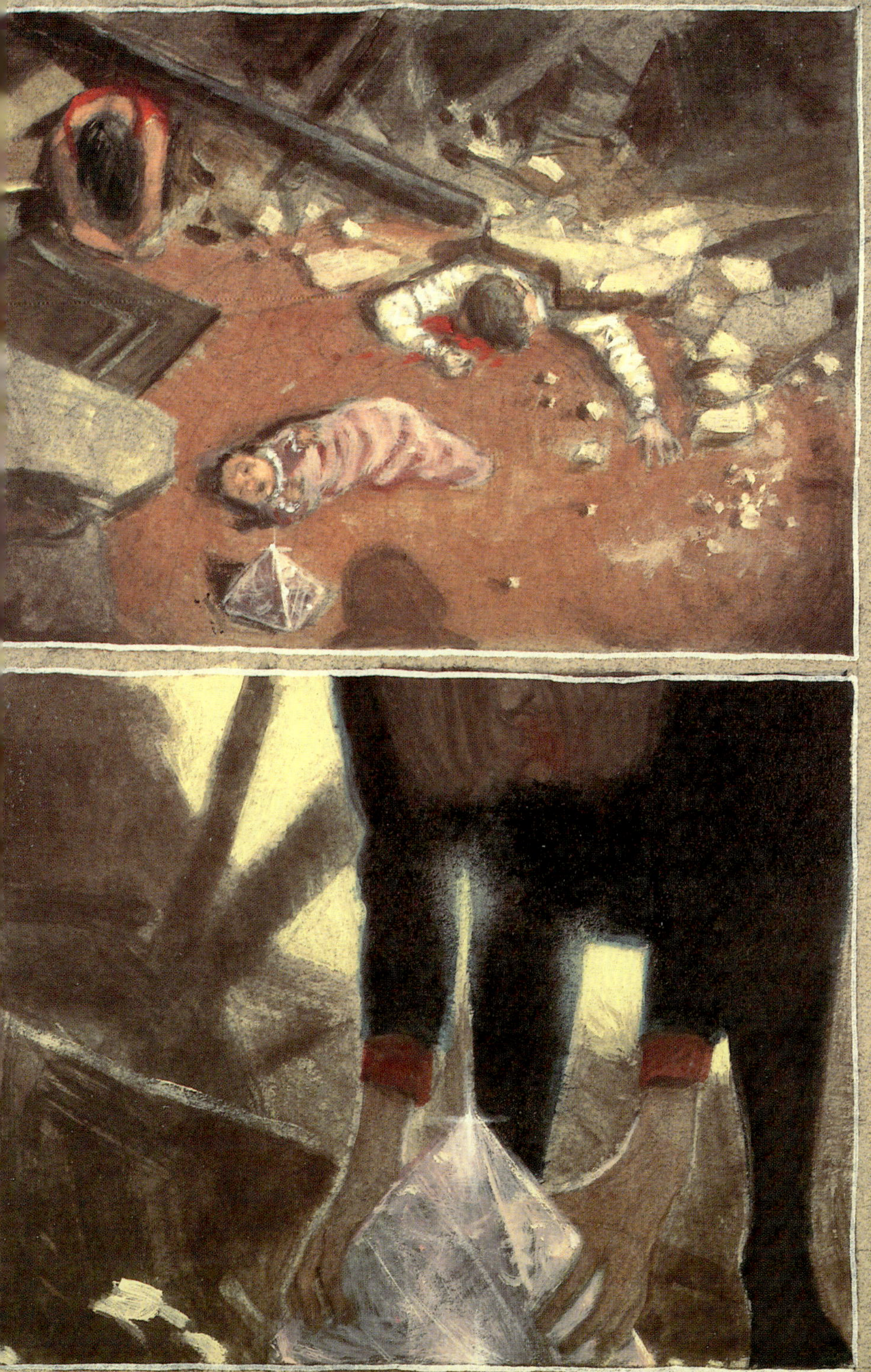

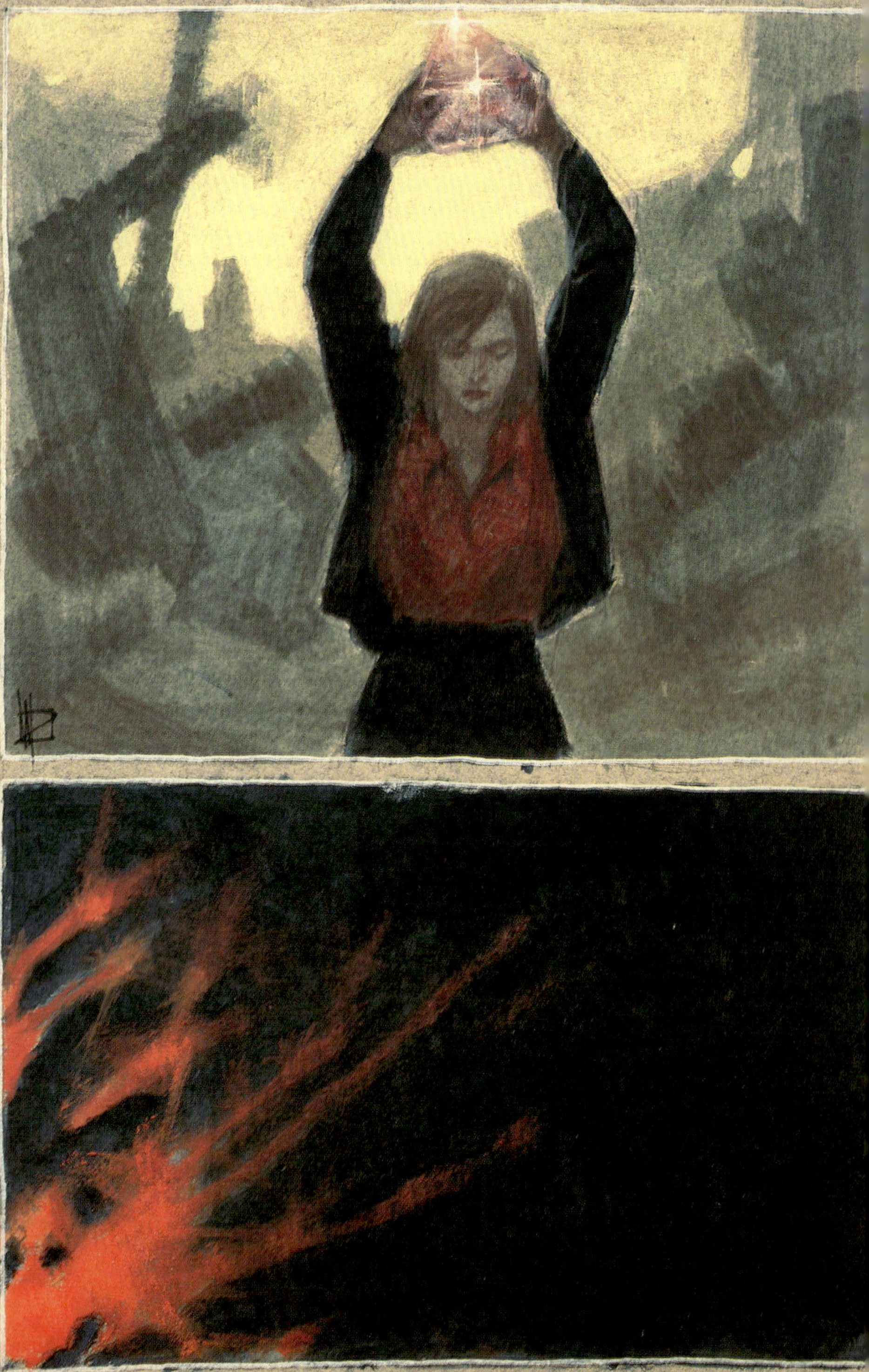

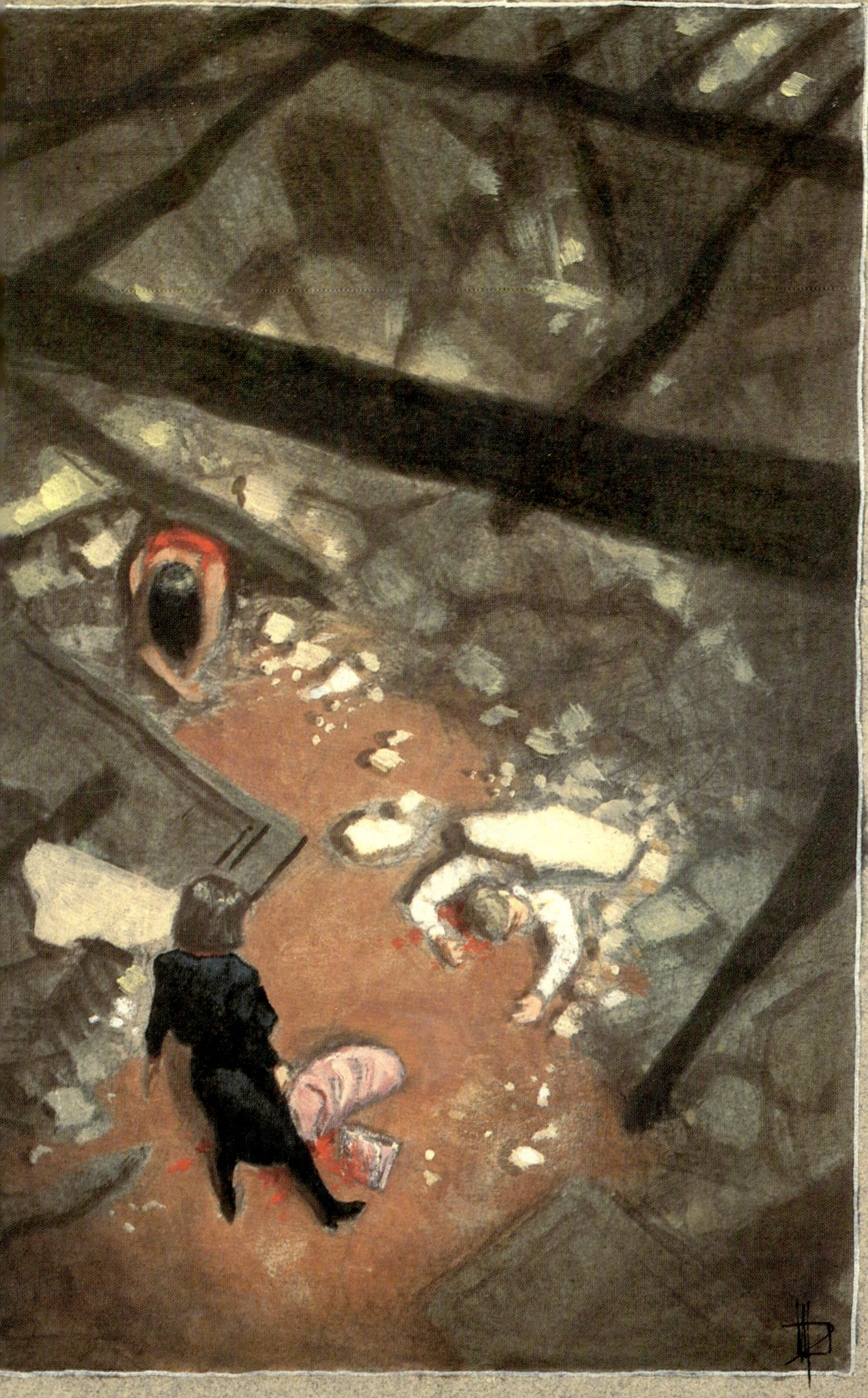

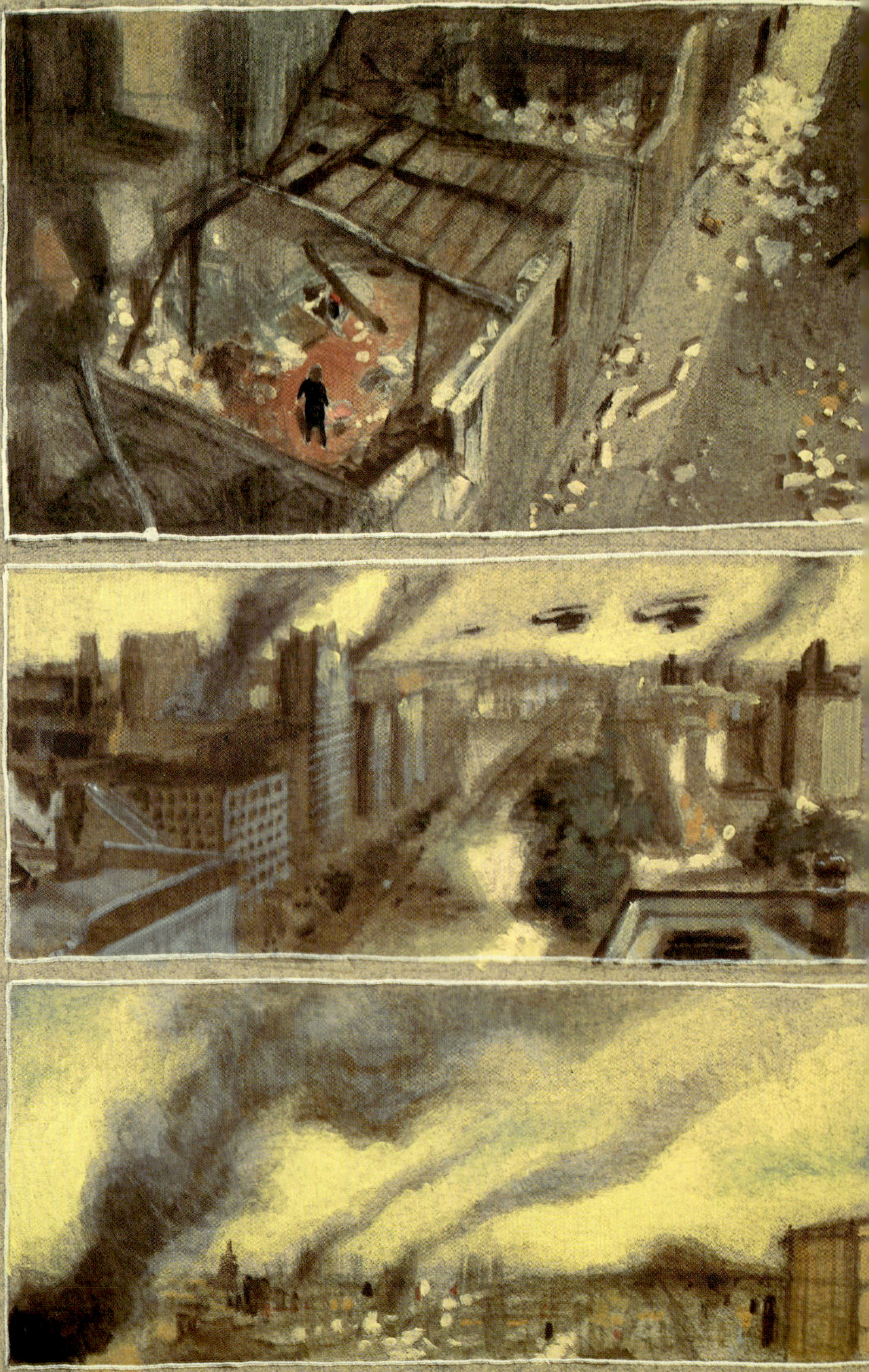

As sacudidas que Cuquita lhe deu interromperam bruscamente as visões de Azucena. Seu coração batia acelerado e sua respiração era agitada. Cuquita, ao ver sua cara, ficou chateada por a ter acordado. Não quis ser inoportuna. Acordou-a porque achou que era sua obrigação informar-lhe que estavam prestes a aterrissar em Korma. Como sentia pena! Azucena estava com a cara vermelha e suava em bicas. Cuquita achou que certamente era porque estava tendo um sonho passional e libidinoso com Rodrigo quando ela chegara para acordá-la. Imediatamente pediu desculpas, mas Azucena não a via nem ouvia. Estava completamente absorta. Isabel e ela tinham se conhecido naquela vida passada! Como era possível? Tantos anos tinham transcorrido e Isabel ainda conservava seu aspecto físico atual. Cada dia a coisa se complicava mais. Isabel naquela vida não tinha sido Madre Teresa? Como era possível que aquela "santa" tivesse sido capaz de matá-la, a ela, quando era bebê? Porque não era uma santa, ora. Era uma filha da puta, que tinha enganado todo o mundo fazendo crer que tinha sido Madre Teresa, quando a verdade era que a Isabel de 2200 era a mesma de 1985. Azucena fez as contas rapidamente. Se aquela mulher era a mesma que ela vira durante o terremoto em que tinham morrido seus pais na Cidade do México em 1985, em vez de cento e cinqüenta anos tinha duzentos e cinqüenta! Quem lhe teria fabricado a vida de Madre Teresa? Com certeza o doutor Díez! O mais provável era que ele lhe tivesse criado uma vida falsa e a tivesse posto num microcomputador, igual àquele que tinha instalado nela. As coisas começavam a se encaixar! Com certeza, quando o doutor terminou seu trabalho, Isabel o eliminou para que não a denunciasse. Talvez por isso mesmo também a tivesse mandado matar. Além de ser o álibi de Rodrigo, era uma testemunha de que Isabel vivera em 1985. Um momento! Não só isso. Azucena também era testemunha do crime que Isabel cometera contra sua pessoa, e um candidato à Presidência do Planeta de modo nenhum pode ter um crime em seu passado. Pelo menos nas dez últimas vidas anteriores à candidatura. Isabel ficaria automaticamente fora da cadeira presidencial se alguém viesse a saber que em 1985 tinha cometido um assassinato. Mas uma coisa não se encaixava: se Isabel a tinha matado quando era bebê, obviamente Isabel também conhecia Rodrigo, pois Rodrigo tinha sido pai de Azucena naquela vida. Se Isabel conhecia Rodrigo, por que não o tinha mandado eliminar? Talvez porque, quando Isabel cometeu o assassinato, Rodrigo já estivesse morto e não a vira. Quem sabe? E também quem sabe o quanto perigava a vida de Rodrigo agora que Isabel estava em Korma? A única coisa certa era que Isabel era extremamente perigosa e tinha de manter-se distante dela.

 Tomou um gole do *atole* quente que Cuquita estava lhe oferecendo e sentiu-se reconfortada. Azucena era uma menina órfã que nunca tivera ninguém que a mimasse. Era a primeira vez que alguém lhe preparava algo com o único propósito de fazê-la sentir-se melhor. Comoveu-lhe muito que Cuquita se tivesse dado a tal trabalho, e a partir daquele momento começou a gostar dela.

Exatamente como uma jarra de vidro quente estala ao receber um líquido gelado, o coração de Azucena soou ao ver Rodrigo. Sua alma não estava temperada para receber um olhar tão frio. Os punhais de gelo que a observaram como a uma estranha lhe congelaram a ilusão do encontro. Não tinha sido fácil achar a gruta onde ele se encontrava, porque Rodrigo procurava manter-se distante da tribo. Sua constante necessidade de pôr as coisas em ordem levava-o a aguardar os primitivos fazerem suas porcarias e irem caçar para ele entrar em ação. Naquele momento estava recolhendo todos os papéis em que vinham embrulhadas as tortas de *tamal* e os estava dobrando cuidadosamente um em cima do outro. A gruta, desde que ele chegara, tinha um aspecto muito diferente. Já não havia cocô por todos os lados nem restos de comida nos cantos, e a lenha para o fogo estava perfeitamente arrumada. Ao ver Azucena suspendeu seu trabalho. Chamou

muito sua atenção aquela mulher loura em pé diante dele com os braços abertos e um grande sorriso. Não sabia quem era nem de onde tinha saído. Mas, é claro, não tinha sido de uma gruta de Korma. Era óbvio que ela, como ele, não pertencia àquele lugar. A passividade de Rodrigo desconcertou Azucena. A única coisa a que podia atribuí-la era, com seu novo corpo, não a ter reconhecido. Azucena tranqüilizou-se e tentou explicar-lhe rapidamente que ela era Azucena. Rodrigo olhou-a com estranheza e repetiu: "Azucena?"
Aí sim Azucena não entendeu mais o que estava acontecendo. Tinha sonhado com um encontro de filme, em que Rodrigo a descobrisse ao longe e corresse para ela em câmara lenta. Ela com um vestido de gaze branca ondulando ao vento. Ele, vestido como um galã do século XX, com largas calças de linho e uma camisa de seda aberta, mostrando seu tórax largo e musculoso. O fundo musical só podia ser o de *E o vento levou...* Ao chegarem um perto do outro se dariam um abraço como o de Romeu e Julieta, como o de Tristão e Isolda, como o de Paolo e Francesca. E, então, a música de seus corpos se integraria à música das Esferas, tornando o encontro deles um momento inesquecível que passaria a fazer parte da história dos amantes famosos. Em vez disso estava de pé diante de um homem que não dava o menor sinal de vida, que não tinha a menor intenção de tocá-la, que não se animava a pronunciar uma palavra, que não lhe permitia entrar no fundo de seus olhos, que a estava matando com sua indiferença, que a fazia sentir-se um anacronismo vivo. Sentia-se mais ridícula do que as lantejoulas da saia de dançarina típica com que tivera de se disfarçar para viajar na nave do Mafuá, mais forçada do que palavra de ordem de passeata, mais fora de lugar que barata num bem-casado.

O que estava acontecendo? Era por causa daquele encontro tão decepcionante que tinha passado tantas noites sem dormir? Agora, como controlar aqueles beijos que queriam escapar-lhe da boca? A quem dar o abraço tão esperado? O que fazer com aqueles sussurros que ficavam entalados em sua garganta? Azucena deu meia-volta e saiu correndo. Na entrada da gruta topou com Cuquita, o marido de Cuquita e o "coiote" traficante de corpos. Deu-lhes um empurrão e pôs-se a correr. Cuquita deixou os homens na gruta e saiu atrás de Azucena. Encontrou-a chorando junto do tronco de uma árvore calcinada.
– O que houve? Está se sentindo mal? Eu também, sabe? Já *voumitei*. O compadre não maneira as viradas que dá na nave... Mas o que você tem? Está chorando?

Azucena chorava amargamente. Cuquita abraçou-a. Seus braços eram amplos e acolchoados. Seus peitos, redondos, volumosos e esponjosos, esponjosos. Azucena afundou-se neles e sentiu pela primeira vez o que era ser estreitada em braços maternais. Sem nem sequer perceber, voltou a seus primeiros anos e com voz infantil se lamentou com Cuquita. Cuquita a mimou e aconselhou como faria uma boa mãe.

– Brigou com o namorado? – Azucena negou com a cabeça. – *Intão* por que está chorando?
– Ai, Cuquita...! – Azucena chorou com maior intensidade e Cuquita enxugou suas lágrimas.
– Sim, são todos iguais, mas já, já, todo o sal das nossas lágrimas vai cair em cima deles! Malditos, infelizes! Tinha outra, não é?
– Não, Cuquita! O que acontece é que Rodrigo não se lembra mais de mim.
– Como não se lembra?
– Não, não sabe quem eu sou, não me reconheceu.
– Mas como! Será que doparam ele?
– Que doparam, que nada! O que acontece é que

Deus não gosta de mim, me odeia, me engana, me fez acreditar no amor só para eu me ferrar, mas o amor não existe.
— Não, não diga isso. Deusinho vai ficar zangado se ouvir você.
— Pois que fique, quem sabe assim me deixa em paz. Já estou farta dele e de toda a sua corte de Anjos da Guarda, que só servem para pôr pedras no meu caminho.
— E não pensou que talvez tudo o que está acontecendo com você tivesse que acontecer?
— Como vai acreditar numa coisa dessas, Cuquita! Eu nunca fiz mal a ninguém.
— Nesta vida, mas e nas outras? Nunca se sabe!
— Eu sei, sim! E juro que já paguei tudo o que fiz nas outras. Isso é uma injustiça!
— Não acredito. Nesta vida não há nada injusto.
— Há, sim!
— Em vez de ficarmos brigando, por que não pergunta ao seu Anjo da Guarda o que ele acha?
— Não quero saber dele, estou assim porque não me ajudou e deixou que me ferrassem. Ele me abandonou quando eu mais precisava dele. Nunca mais vou falar com ele, e é bom que nem apareça na minha frente, que eu lhe quebro a cara!
— Hum, então vai ser duro sair dessa encrenca.
— Não, não vai ser duro, porque não sou nenhuma boboca.
— Não, não estou querendo dizer isso, e para mim é completamente *inverossímil* o que você faça com sua vida, mas eu sei que tudo o que acontece nesta vida tem uma razão... ou será que você acha que minha avozinha tem *asiática* por acaso?
— O quê? Qual *asiática*?

– A *asiática* que lhe dá nas cadeiras! É um carma que ganhou quando foi general de Pinochet, e se eu fosse você já estaria andando p'atrás, pra saber por que estão acontecendo com você estas *horrendidades*.
– Mas eu não posso! Quando estou deprimida não consigo fazer regressões a vidas passadas...
– Então trate de se *desdeprimir*, senão...
Cuquita tinha tamanha vontade de ajudar Azucena que se transformou no médium ideal para que Anacreonte pudesse mandar um recado para sua protegida. De supetão, de sua boca começaram a sair palavras que não lhe pertenciam.
– Senão... senão... "o que você ainda não percebeu é que está num momento privilegiado. Em meio a um grande sofrimento, é verdade, mas é nesses momentos que alguém pode aceitar que se sente mal, que está mal. No momento em que você aceitar isso, vai se abrir uma porta muito real, muito palpável, a possibilidade de coordenar-se consigo mesma. Nesse estado de aflição você vai perceber que é possível ser feliz na Terra. É lógico que nesse momento não sinta isso, você sofreu muito, mas logo vai começar a ver claro. Vai começar a sentir que tudo o que aconteceu faz parte de um mundo equilibrado. Da rosa que lhe ofereceram à porrada que lhe deram na cabeça. Tudo tem uma razão de ser. Então, por que essa necessidade de contestar a porrada? O mundo se converteu numa cadeia interminável de 'ele fez comigo, então vou fazer com ele'. Essa cadeia vai se quebrar quando alguém parar e, em vez de responder com ódio, responder com amor. Nesse dia compreenderá que se pode amar o inimigo. Muitos profetas já se encarregaram de dizer isso! E nesse dia vai rir de tudo o que lhe suceder. Vai aceitá-lo como parte do todo e permitir que seu pensamento viaje para onde quiser ir. Para o desconhecido. Para a origem. Não para a origem da Terra, não, que

já é bastante difícil, mas para a origem, onde ninguém chegou. Porque repare que o homem, apesar de falar tanto, de ter escrito tanto e de filosofar tanto, não encontrou força suficiente para ir à origem da origem. Quando eu a conheci soube que você tinha, sim, essa força. Você está procurando obter a paz e o equilíbrio interior recuperando seu par original. Está lutando para se encontrar consigo mesma em Rodrigo. Tudo bem! Mas deixe-me dizer-lhe uma coisa: durante sua luta, quem você vai recuperar de verdade é a você mesma. Parece que é a mesma coisa, mas não é. Não é a mesma coisa recuperar o equilíbrio interno como resultado de uma harmonização interior, e pela união com outra pessoa, ainda que essa pessoa seja sua alma gêmea. E como vai obter esse equilíbrio? Expandindo sua consciência. De maneira que possa abarcar tudo o que a rodeia. Por exemplo, neste momento você está triste. A tristeza a envolve. O mundo externo só lhe proporciona dor, sofrimento. O que pode fazer? Ampliar sua consciência! Apropriar-se da tristeza, sorvendo-a gole a gole, inalando-a, aprisionando-a dentro de você, deixando-a entrar até no último cantinho do corpo, até que nada dela fique de fora. Nesse momento o que vai rodear você, se já deixou entrar toda a tristeza?"
  – O quê? – perguntou Azucena.
  – "A felicidade, ora! Por isso não há por que temer a tristeza, a dor. É preciso saber gozá-las, aceitá-las. 'Tudo a que resistes persiste'. Se alguém resiste ao sofrimento, este sempre vai estar nos rodeando. Se alguém o aceita como parte da vida, do todo, e o deixa entrar até esgotá-lo, ficará rodeado de alegria, de felicidade. Avante, boa sorte, moça, e dê asas ao gozo! Ah, antes de terminar, uma coisinha! Se você ampliar sua consciência o suficiente para abarcar Rodrigo por completo, será capaz de ver além da rejeição e conseguirá saber por que Rodrigo não a reconheceu..."

Cuquita terminou seu pequeno discurso e ficou muda com a impressão. Sabia muito bem que todas as palavras que tinham saído de sua boca lhe tinham sido ditadas. Era a primeira vez que lhe acontecia uma coisa daquelas. Azucena tinha parado de chorar e a fitava com surpresa e gratidão. Azucena fechou os olhos por um momento e baixinho, quase calada, pronunciou:
— Porque apagaram a memória dele.
— O quê?
— Estou dizendo que Rodrigo não me reconheceu porque apagaram a memória dele!
Azucena dançava de satisfação. Abraçou Cuquita e deu-lhe beijos. Cuquita também festejou a descoberta, mas durou pouco o prazer delas, pois a comitiva que acompanhava Isabel vinha naquele momento em direção à gruta. Cuquita e Azucena imediatamente correram para pegar Rodrigo, antes que alguém descobrisse a presença de todos eles em Korma.

* * *

Azucena não parava de observar o marido beberrão de Cuquita. Era incrível que dentro daquele corpo seboso, grosseiro, sujo, deformado pelo álcool, estivesse contida a alma de Rodrigo. O "coiote" traficante de corpos tinha realizado um excelente trabalho. A troca de almas entre os corpos do marido de Cuquita e Rodrigo não podia ter sido mais bem sucedida. Principalmente levando-se em conta que o "coiote" tivera de trabalhar em condições pouco favoráveis.

Cuquita, por sua vez, também não desgrudava os olhos do Ex-Rodrigo. Da janelinha da nave observava-o a caminhar em meio à tribo, completamente desconcertado. Achava incrível que por fim tivesse se livrado do marido. A partir daquele dia poderia dormir em paz.

Realmente tinha sido uma idéia magnífica a da troca de corpos entre eles. Por um lado, Azucena podia trazer de volta à Terra seu namorado – ou antes, a alma de seu namorado – sem risco de que a polícia o detivesse por suposta participação no assassinato do senhor Bush, e, por outro, ela recuperava sua liberdade! Conforme a nave se afastava de Korma, Cuquita ia ficando cada vez mais feliz. E mais contente ficou quando viu como uma primitiva de pêlos no peito se aproximava do Ex-Rodrigo e o abraçava de surpresa pelas costas. Seu marido, acreditando se tratar de Cuquita, acertou-lhe automaticamente uma bofetada, e a primitiva, como resposta, vibrou-lhe uma bela de uma porrada. Cuquita aplaudiu, gritou e chorou de prazer. Se aquilo não era justiça divina, não sabia o que mais podia ser! Até que enfim alguém deu a ele uma sopa de seu próprio chocolate! O Ex-Rodrigo ficou nocauteado no chão sem conseguir entender nada.

Não era o único nessa situação. Havia outra que estava completamente confusa e não entendia o que estava acontecendo: a avó de Cuquita. Estava danada por a terem sentado ao lado do "bêbado de merda", como chamava o marido de Cuquita, e ninguém a podia fazer entender que não estava sentada ao lado do marido de sua neta, mas sim de Rodrigo. A avó, em sua cegueira, só se guiava pelos cheiros e pelos sons, e o corpo que tinha ao lado, e que fedia a álcool e a urina, só podia ser o de Ricardo, o marido de Cuquita. Explicaram-lhe uma porção de vezes a história da troca de almas e que a alma de Rodrigo, que agora ocupava aquele corpo, era uma alma pura. Para comprová-lo, deu-lhe um belo tapa na cara. Rodrigo não revidou, e isso bastou para que a avó de Cuquita fosse à forra da surra de outro dia, batendo nele sem piedade por um bom tempo. Lançou-lhe na cara que por culpa dele estava doente e avisou-o de que, para ela, ele era e sempre seria um bêbado de merda. Depois de descarregar toda a sua raiva, dormiu tranqüilamente. Por fim descansava em paz.

Rodrigo ficou muito maltratado, mais moral do que fisicamente, por ter sido o receptor dos golpes que a avó de Cuquita lhe deu. Novamente não entendia o que estava acontecendo. Incomodava-o muito o cheiro que seu corpo exalava. A sujeira lhe dava comichões. Sentia uma necessidade tremenda de álcool, que não sabia de onde provinha, pois sempre fora abstêmio. Não se lembrava de ter visto algum dia na vida a velhinha que acabava de bater nele e de reclamar que ele a maltratara. Sentia-se rodeado de loucos naquela nave estranha. Não sabia aonde o levavam nem por quê. A única coisa que sabia era que tinha um nó na garganta... e uma tremenda vontade de urinar. Levantou-se com a intenção de ir ao banheiro e suas pernas não o sustentaram. A perna esquerda se dobrou por completo, como se alguém a tivesse desligado. Azucena aproximou-se imediatamente para socorrê-lo. Deitou-o no chão e perguntou-lhe se estava sentindo alguma dor. Rodrigo se queixou de uma dor muito intensa nas cadeiras. Azucena pôs a mão no lugar indicado e Rodrigo deu um pinote. Não suportava que tocassem nele. Azucena, como boa astroanalista, no mesmo instante compreendeu que aquela dor tinha origem numa vida passada. Era um medo escondido que fora ativado pela avó de Cuquita no momento de sua agressão. Azucena tranqüilizou-o, explicou-lhe que eles eram um grupo de amigos que tinham vindo resgatá-lo e que não pretendiam fazer-lhe mal, e sim ajudá-lo. Que sabiam de sua perda de memória e que estavam nas melhores condições de poder ajudá-lo a recuperá-la, já que ela era astroanalista e era... sua melhor amiga. Rodrigo observou Azucena por um bom momento, tentando reconhecê-la, mas seu rosto lhe era completamente estranho.

– Desculpe, mas não me lembro de você.
– Eu sei. Não se preocupe.
– É sério que pode me fazer recuperar a memória?
– É, sim. Se quiser podemos começar hoje mesmo.
Rodrigo não quis perder tempo. Sem pensar muito, assentiu com a cabeça. O rosto daquela mulher que se dizia sua amiga fazia-o sentir-se bem. Sua voz lhe dava segurança.
Azucena pediu-lhe que relaxasse e respirasse profundamente. Em seguida lhe deu instruções para que respirasse com inalações curtas e seguidas. Depois pediu que repetisse várias vezes em voz alta: "Estou com medo!" Rodrigo seguiu ao pé da letra todas as instruções. Chegou um momento em que sua fisionomia e sua respiração mudaram. Azucena soube que já tinha entrado em contato com as recordações de sua vida passada.
– Onde está?
– Na sala de jantar da minha casa...
– E o que está acontecendo?
– Não quero ver...
Rodrigo começou a chorar. Seu rosto denotava grande sofrimento.
– Repita: "Não quero ver o que está acontecendo ali porque é muito doloroso."
– Não, não quero...
– Nessa vida, você é homem ou mulher?
– Mulher...
– E o que é que estão fazendo com ela para que tenha tanto medo? Quem lhe fez mal?
– O irmão de meu marido...
– O que foi que ele fez?
– Eu não queria... Eu não queria...
– Não queria o quê?
– Que... ele me violentasse...
– Vamos a esse momento. O que está acontecendo?

– É que foi horrível... não quero ver...
– Eu sei que é doloroso, mas se não vemos não vamos avançar, e você não vai poder se curar. É bom que fale, por pior que tenha sido.
– É que acabavam de dizer que eu estava grávida e... O choro de Rodrigo se tornava cada vez mais doloroso.
– E... para mim estar grávida era uma coisa muito sagrada... e ele estragou tudo...
– De que maneira?
– Meu marido estava bêbado e tinha adormecido e eu estava tirando a mesa e...
– E o que aconteceu?
– Não estou vendo... Não estou vendo nada...
– Repita: "Não quero ver porque é muito doloroso..."
– Não quero ver porque é muito doloroso...
– Agora o que está vendo?
– Nada, está tudo preto...

Cuquita não conseguia ouvir uma palavra do que Rodrigo e Azucena conversavam, mas nem assim perdia um só detalhe do que estava acontecendo no canto da nave em que os dois se encontravam. Seus ouvidos se aguçaram tanto para pescar alguma coisa da conversa, que com pouco tempo desse esforço conseguiu ouvir até o que Anacreonte tentava dizer a Azucena e ela relutava em escutar: Rodrigo não podia falar por duas razões. De um lado, tinha um bloqueio de tipo emocional muito parecido com o de Azucena; de outro, um bloqueio real provocado pela desconexão de sua memória. Mas, se Azucena pudera romper esse bloqueio ao ouvir a música que lhe tinham posto durante o exame de admissão ao CUVA, o mesmo podia suceder com Rodrigo, pois sendo almas gêmeas reagiam aos mesmos estímulos. Cuquita esperou um instante para ver se Azucena dava ouvidos a seu guia, mas, ao ver que não, decidiu prestar seus serviços de leva-e-traz profissional transmitindo a Azucena a mensagem de seu Anjo da Guarda: tinha de fazer Rodrigo escutar uma das árias daquele *compact disc* e registrar sua regressão com uma câmara fotomental. Azucena perguntou a Cuquita como iam fazer para arranjar uma, e Cuquita lembrou que o compadre Julito tinha uma. Sempre viajava com ela, pois lhe era muito útil para detectar batedores de carteira em meio ao público de seus espetáculos. Azucena ficava cada dia mais surpresa com Cuquita. Resolvia todos os seus problemas. E ela que a tinha desprezado por tanto tempo! Aquela mulher era realmente um gênio. Rapidamente pediram a câmara do compadre Julito emprestada e a instalaram diante de Rodrigo. Ato contínuo, puseram-lhe os fones de ouvido do *discman* para que escutasse uma das árias de amor.

CD-5

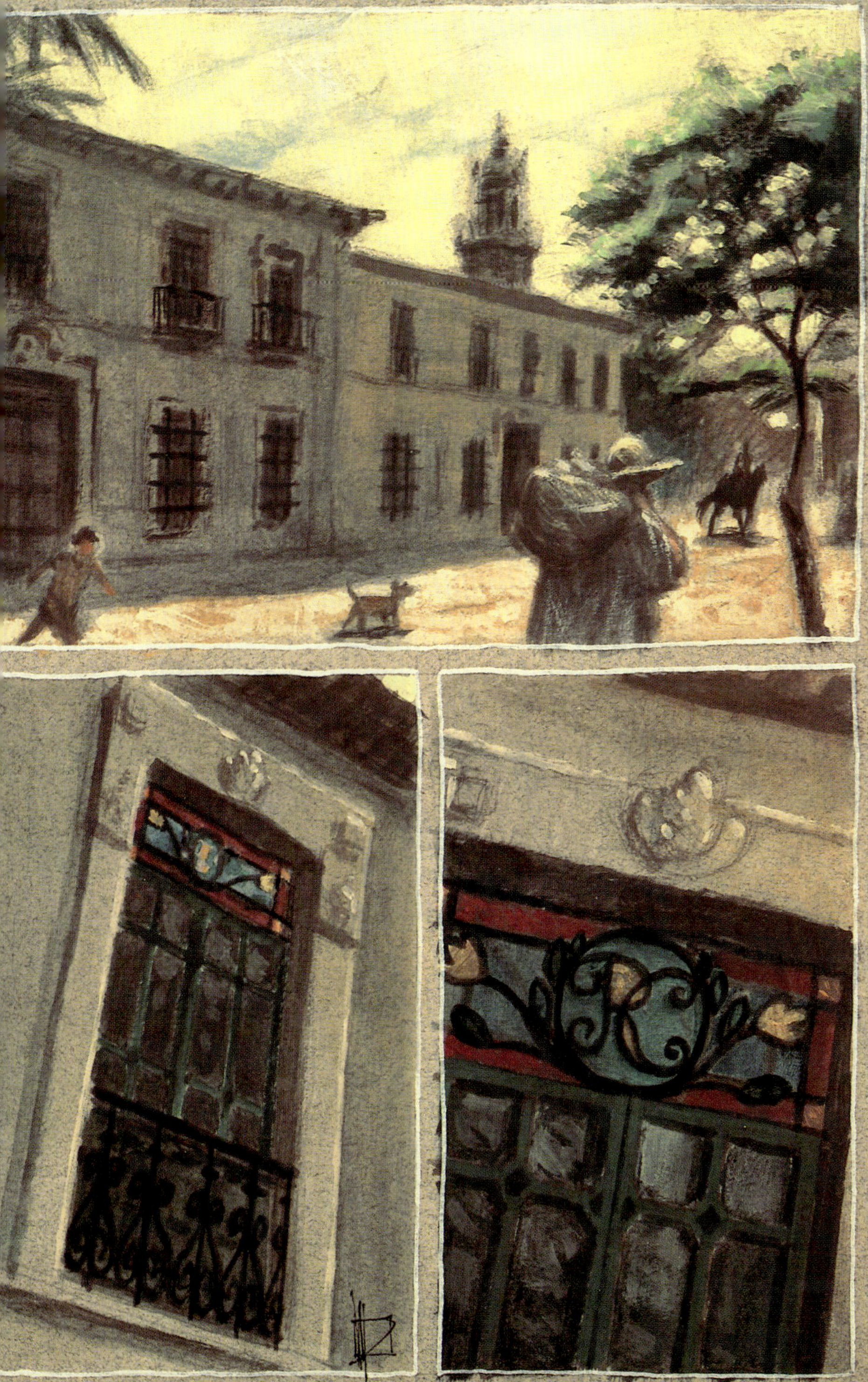

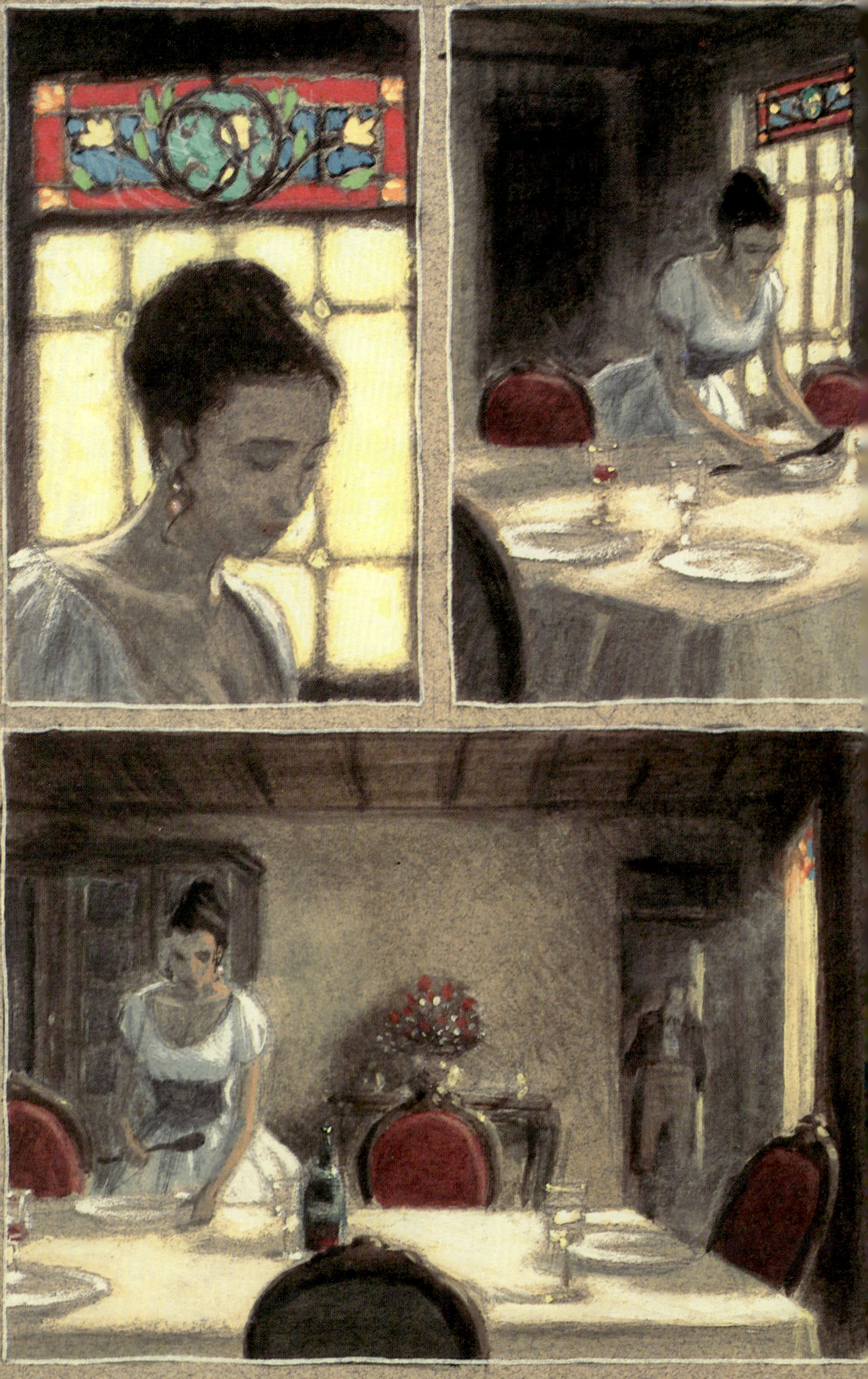

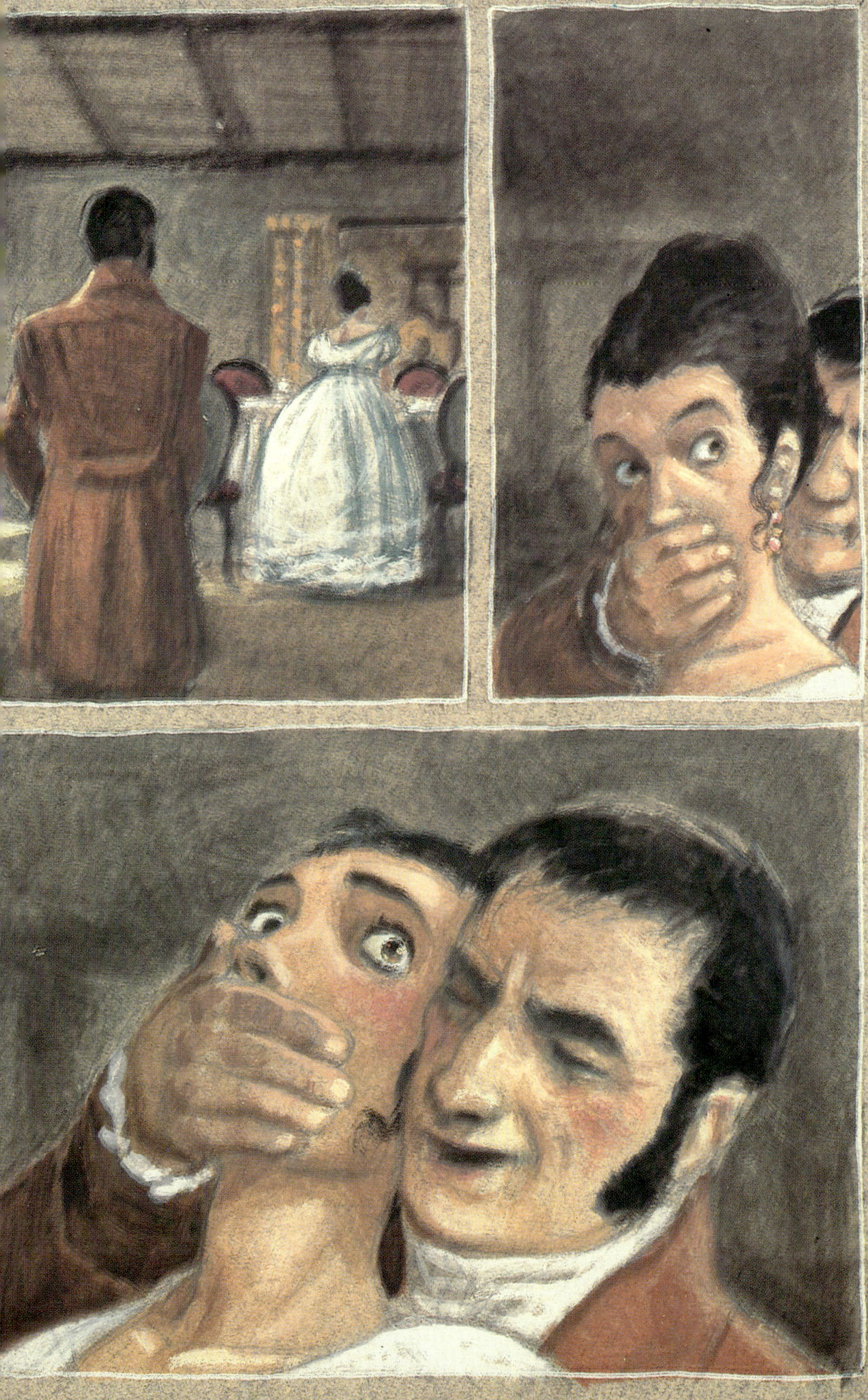

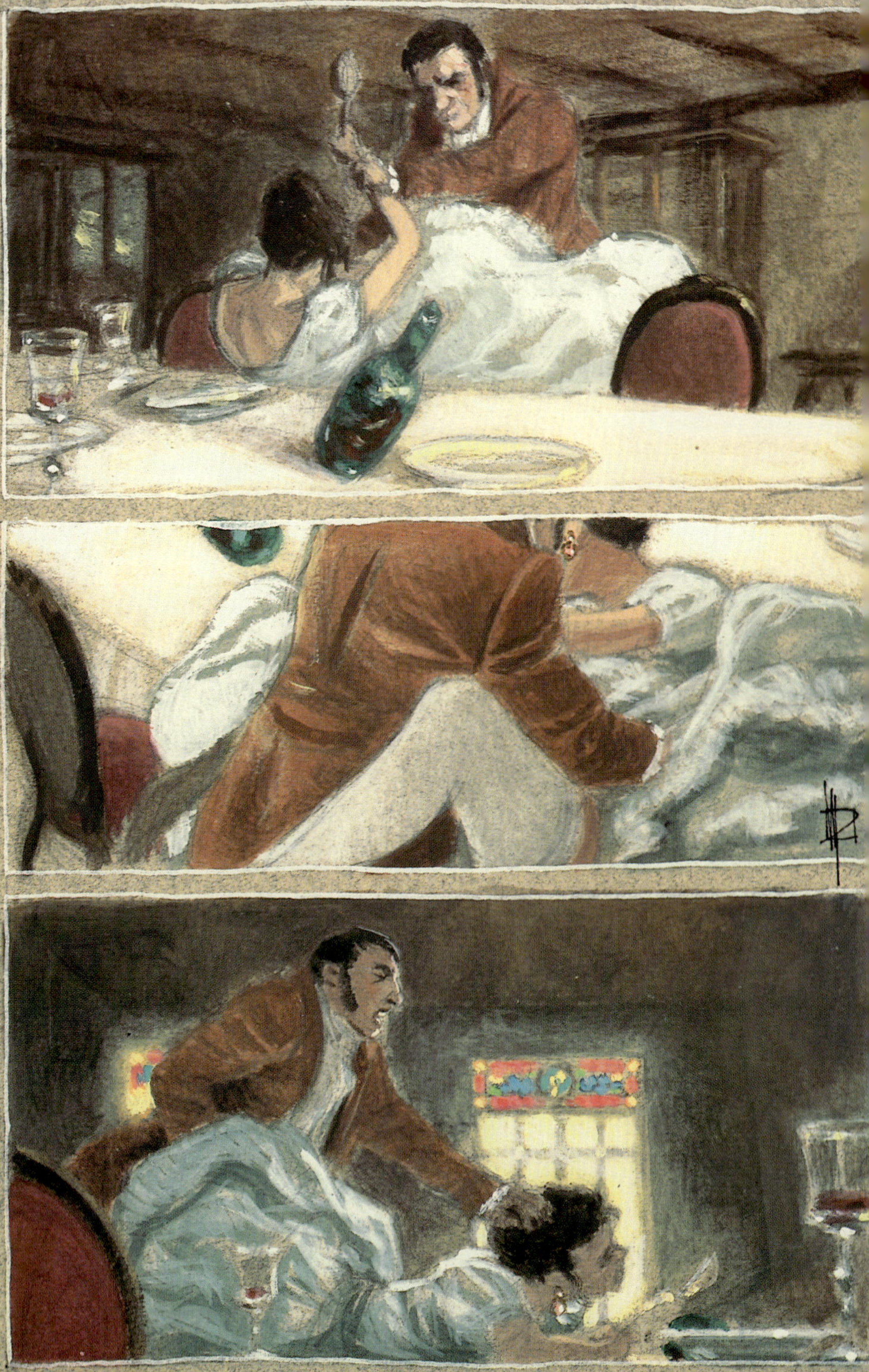

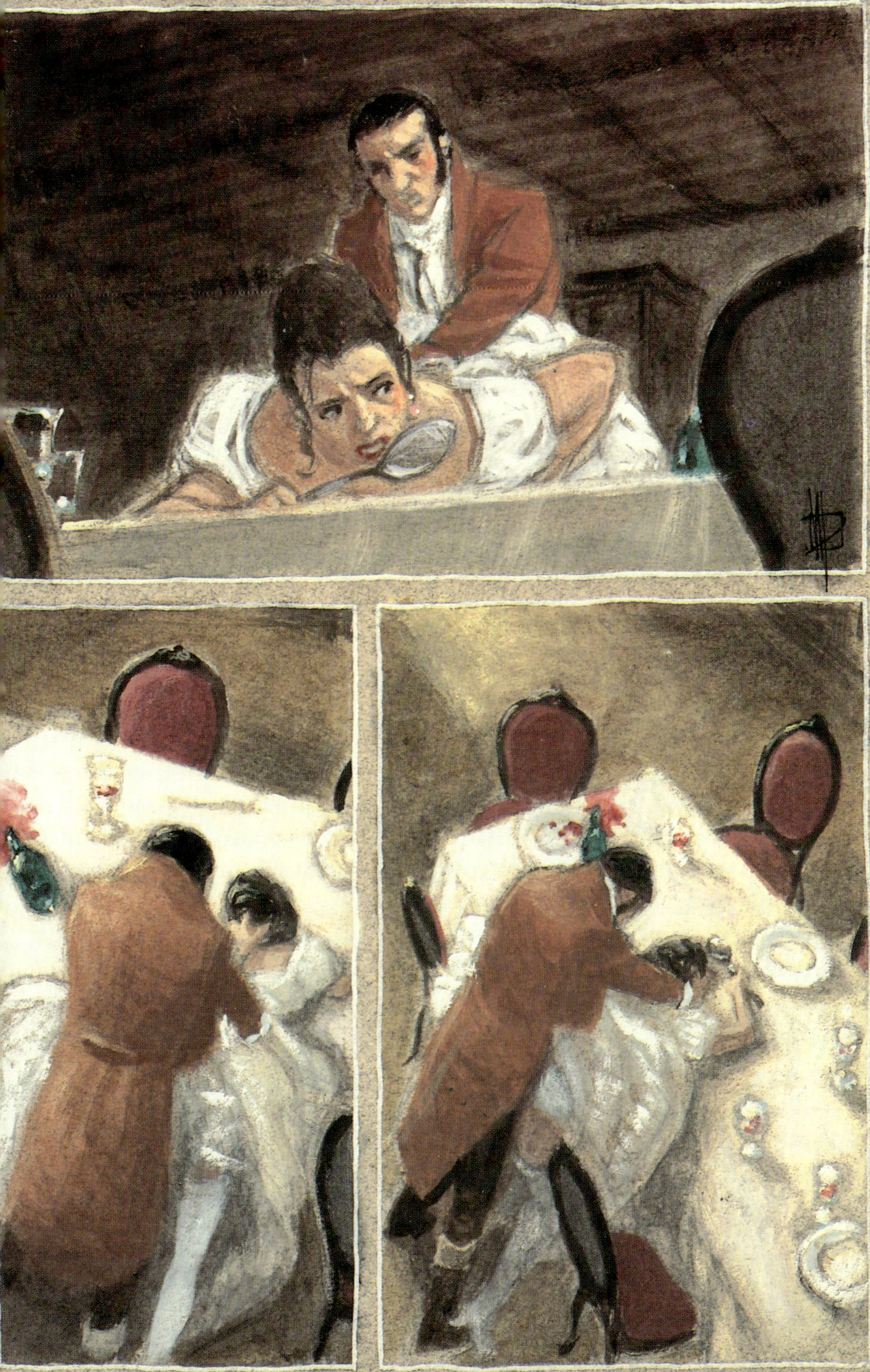

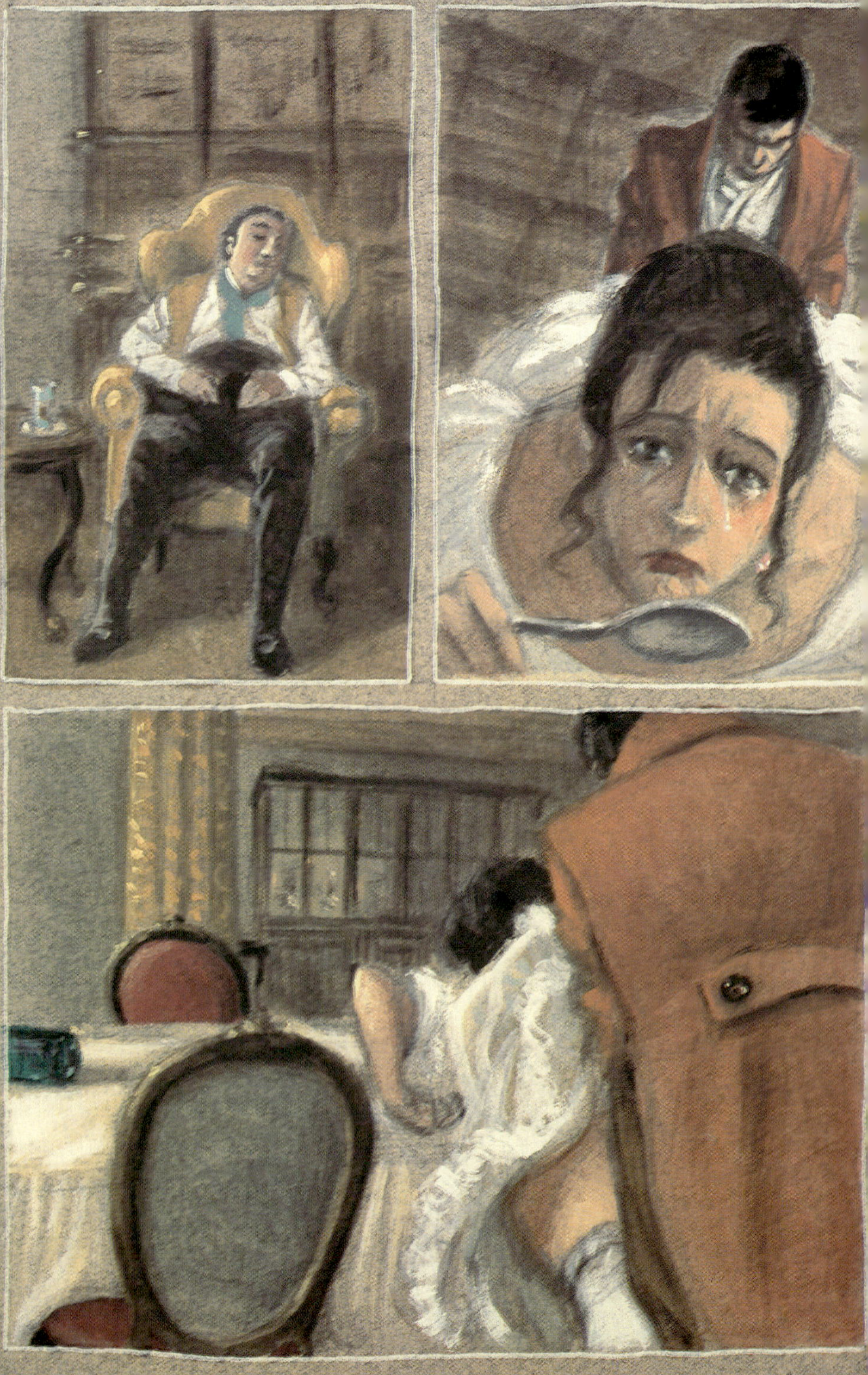

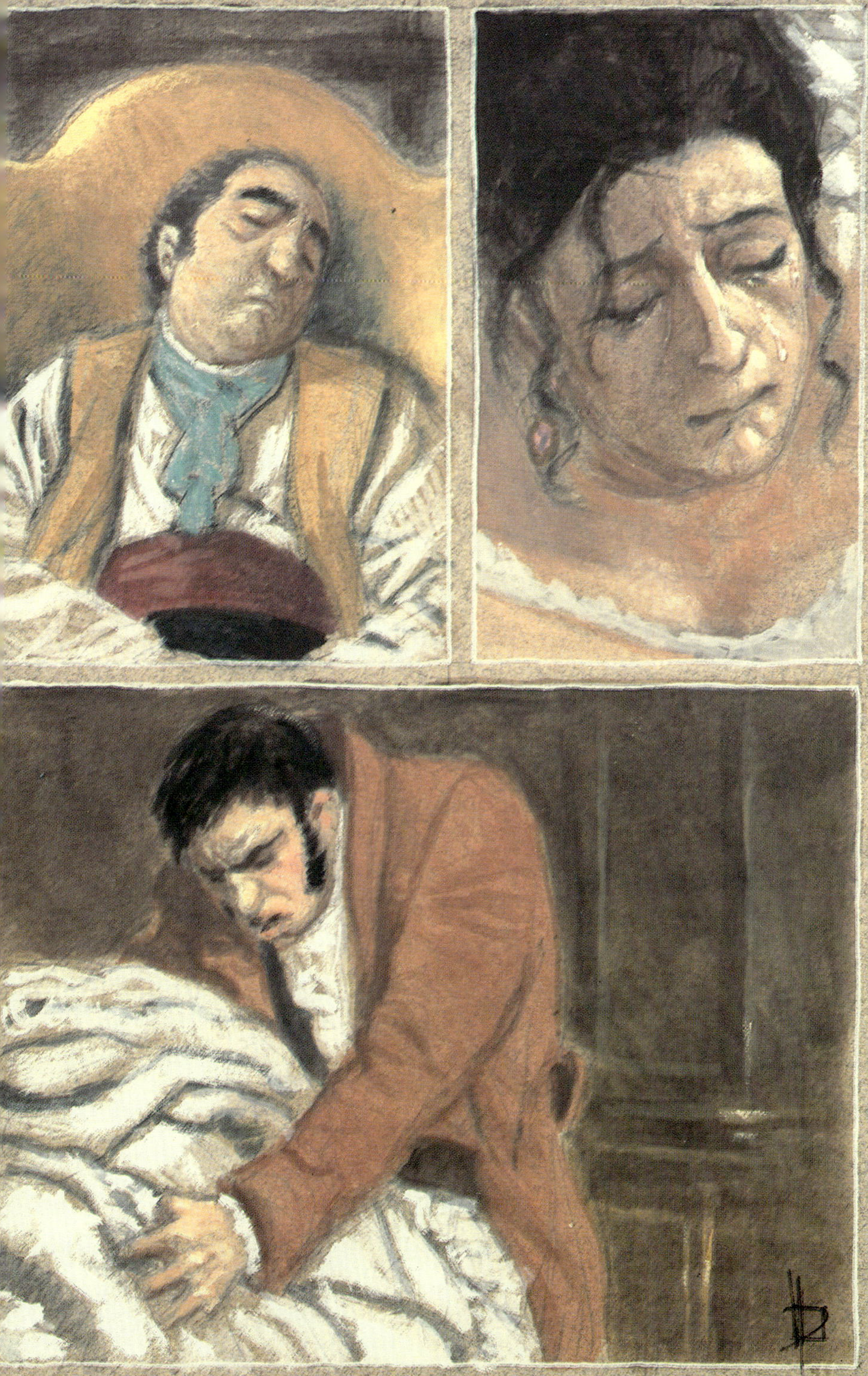

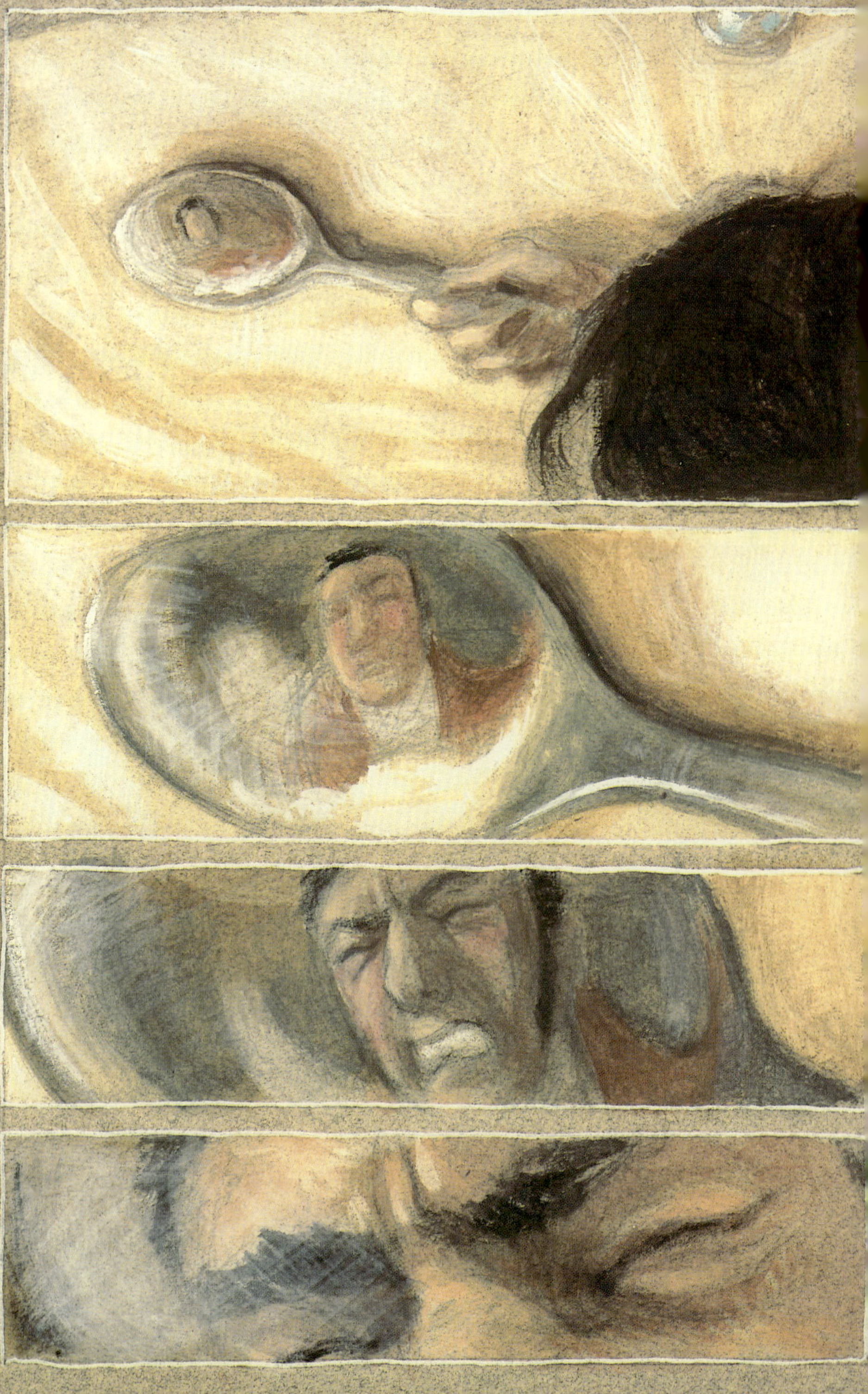

Depois dessa imagem só apareceram na tela listas horizontais. Rodrigo, à maneira de evasão, adormeceu. Não podia ir mais longe. Aparentemente seu bloqueio era muito mais poderoso do que o de Azucena. De qualquer modo, as imagens que ela tinha em sua mão iam lhe ser de enorme utilidade. Como quem não quer nada, tinha começado a folheá-las nas recordações de Rodrigo. A primeira coisa que a surpreendeu foi descobrir que a sala de jantar da sua casa correspondia ao mesmo cômodo que ela ocupara como quarto em sua vida em 1985. Azucena reconheceu o vitral de uma das janelas como o que lhe caíra em cima no dia do terremoto. Fora disso, entre a sala de jantar da vida de Rodrigo e o quarto dela existia uma diferença abissal. A sala de jantar pertencia à época de esplendor da residência, e o quarto, à de decadência. Azucena interrompeu de repente as comparações. Aproximou de seu rosto uma das fotografias para apreciá-la em detalhe e descobriu que a colher que Rodrigo segurara na mão durante o estupro era a mesma que ela vira em Tepito e que a amiga de Teo, o antiquário, tinha comprado! Quando voltassem à Terra, a primeira coisa que Azucena tinha de fazer era ir procurar Teo para que a levasse à sua amiga. Tomara que aquela moça ainda conservasse a colher! Por enquanto, tinha de terminar a sessão de Rodrigo. Tinha de harmonizá-lo. Não podia deixá-lo no estado em que se encontrava. Pondo-lhe os dedos na testa, Azucena mandou que despertasse e continuasse a regressão. Rodrigo reagiu perfeitamente a suas indicações.

– Vamos ao momento da sua morte. Vamos ver por que você devia ter a experiência que teve. Onde está?
– Acabo de morrer.
– Pergunte ao seu guia o que você tinha de aprender.
– O que é um estupro...
– Por quê? Estuprou alguém em outra vida?
– Sim.
– E o que se sente ao ser estuprado?
– Muita impotência... muita raiva...
– Chame seu cunhado pelo nome e diga-lhe o que você sentiu quando ele violentou você.
– Pablo...
– Mais alto.
– Pablo...!
– Ele já está diante de você, diga-lhe tudo...
– Pablo, você me fez sentir-me muito mal... me machucou muito...
– Diga o que sente em relação a ele.
– Odeio você...
– Diga mais alto. Grite na cara dele.
– Odeio você... Odeio você...
– O que está sentindo?
– Raiva, muita raiva... Sinto os braços pesados de raiva!

O rosto de Rodrigo se deformou. Tinha as veias saltadas. Os braços tensos e as mãos cerradas. A voz lhe saía rouca e distorcida. Chorava desesperadamente. Azucena disse-lhe que tinha de continuar gritando até que toda a raiva guardada saísse. Para facilitar o desabafo ofereceu-lhe uma almofada e mandou que batesse nela com todas as suas forças. A almofada foi insuficiente para alojar a fúria que um estupro deixa dentro do organismo. Rodrigo, socando a almofada, em pouco tempo destruiu-a, o que foi muito bom, pois seu rosto começou a revelar alívio. O ruim foi que todos na nave tiveram que se esquivar para não serem alcançados por seus golpes, e a nave, que já não estava lá em muito boas condições, se desestabilizou e começou a dar solavancos. A avó de Cuquita, que dormia profundamente, acordou com o alvoroço. Os gritos de Rodrigo entraram-lhe até o fundo da alma e, meio adormecida, conseguiu pronunciar: "Eu bem que dizia, é o mesmo bêbado de merda."

Azucena conseguiu tranqüilizar a todos. Explicou-lhes que Rodrigo já tinha descarregado a energia negativa e que, daí em diante, não ia causar nenhum problema. Não tinham nada a temer. Todos voltaram a seus lugares. A nave recuperou a calma. E ela pôde continuar seu trabalho.

– Muito bem, Rodrigo, muito bem. Agora temos de ir ao momento em que se originou o problema entre seu cunhado e você. Porque tenho certeza de que foi em outra vida. Diga-me se o conhecia antes.

– Sim... faz muito tempo...

– Onde viviam e qual era sua relação com ele?

– Ele era mulher... Eu era homem... Vivíamos no México...

– Em que ano?

– Em 1527... Ela era uma índia que estava a meu serviço...

– Vamos ao momento em que o problema surgiu. O que está acontecendo?

– Eu estou em cima de uma pirâmide, que dizem ser

a Pirâmide do Amor, e ela chega... e eu... a violento ali mesmo...
– Hum! Isso é interessante... Agora que você já sabe o que alguém sente ao ser violentado, o que sente em relação a ela?
– Sinto muita pena de lhe ter causado uma dor assim.
– Diga isso a ela. Chame-a. Você a conhece em sua vida presente?
– Não, nesta não, mas na outra, sim. Ela era o cunhado que me violentou.
– Hum! E depois de saber o que sabe, você continua a odiá-lo?
– Não.
– Então chame-o e diga-lhe isso. Sabe como se chama nessa vida?
– Sei. Citlali... Citlali, quero lhe pedir perdão por tê-la violentado... eu não sabia que lhe estava fazendo tanto mal... Perdoe-me, por favor... me dói muito o que lhe fiz... não tinha intenção de machucá-la... eu só queria amar você, mas não sabia como...
– Diga-lhe como foi que você pagou por a ter violentado... avance no tempo... vamos à vida imediatamente posterior a essa... Onde você está?
– Na Espanha...
– Em que ano?
– Acho que 1600 e tantos... Sou monge... Uso barba e cabeça raspada... Tento domar meu corpo... Estou nu até a cintura, enfiado na neve... Há uma nevasca... sinto muito frio, mas tenho de vencer meu corpo.

O corpo de Rodrigo tremia dos pés à cabeça, via-se que estava cansado e angustiado, mas Azucena precisava continuar o interrogatório.

– E você aprende a controlá-lo?
– Sim... Vem uma monja e fica nua diante de mim, mas eu resisto...

– Como é a monja?
– Bonita... tem um corpo lindo... mas... é uma alucinação... não existe... minha mente a fabrica, porque estou há dias sem comer para vencer a gula... Estou morrendo... estou muito fraco... arrependo-me de ter desperdiçado meu corpo... minha vida...
– Por quê? A que você se dedicou nessa vida?
– A nada... a controlar meu corpo e meus desejos... Mas me custou muito trabalho...
– Mas algo de bom você deve ter feito... Procure um momento que tenha lhe dado grande satisfação...
– Não encontro... Não fiz nada... Bem, a única coisa útil que fiz foi inventar grosserias...
– Como foi isso?
– Os monges da Nova Espanha não queriam que os índios aprendessem a insultar à maneira dos espanhóis, pois esses constantemente diziam "cago em Deus", e pediram-nos que inventássemos novas grosserias...
– Hum! Interessante. Bem, então não foi uma vida totalmente desperdiçada, não acha...?
– É, não foi, mas sofri muito...
– Diga a Citlali na vida em que a estuprou... Diga que teve de penar muito para pagar sua culpa... Diga que foi duro aprender a controlar seus desejos... Diga como você sofreu.

Azucena deu um tempo para Rodrigo falar mentalmente com Pablo-Citlali e depois decidiu encerrar a sessão.

– Bem, agora repita comigo: "Liberto você de minha paixão, de meus desejos. Eu me liberto de seus pensamentos de vingança, pois já paguei o que lhe fiz. Liberto você e me liberto. Perdôo você e me perdôo. Deixo sair toda a raiva que me mantinha unido a você. Deixo essa raiva circular novamente. Liberto-a e permito que a natureza a purifique e a utilize na regeneração das plantas, na harmonização do Cosmos, na disseminação do Amor."

Rodrigo repetiu uma a uma as palavras que Azucena lhe disse e seu rosto pouco a pouco foi se enchendo de alívio. Descobriu que a dor nas cadeiras tinha desaparecido e, quando abriu os olhos, inchados pelo choro, seu olhar era totalmente outro. Imediatamente o humor na nave melhorou e todos sentiram-se imensamente felizes pelo resto do trajeto.

*Fazem estrépito as cascavéis,*
*a poeira se ergue como se fosse fumaça:*
*recebe deleite o Doador da vida.*
*As flores do escudo abrem suas corolas,*
*estende-se a glória,*
*enlaça-se na terra.*
*Há morte aqui entre as flores,*
*no meio da planície!*
*Junto com a guerra,*
*ao dar princípio à guerra,*
*no meio da planície,*
*a poeira se ergue como se fosse fumaça,*
*enreda-se e volteia,*
*com colares floridos da morte.*
*Ó príncipes chichimecas!*
*Não temas, coração meu!*
*No meio da planície,*
*meu coração quer*
*a morte pelo gume de obsidiana.*
*Só isso quer meu coração:*
*a morte na guerra...*

Manuscrito "Cantares Mexicanos", fól. 9 r.

Com o mesmo ímpeto com que o vulcão de Korma lançou cusparadas de lava, o coração de Isabel bombeou sangue. Teve de fazê-lo como medida de emergência, pois, quando sentiu que podia ser alcançada pela lava, Isabel começou a correr como louca, deixando para trás seus seguranças. Ninguém pôde acompanhá-la. Correu, correu, correu até desmaiar. O medo de morrer calcinada entrou em seu corpo com a força de um furacão e disparou sua alma para o espaço. Seu corpo, procurando recuperá-la, correu infrutiferamente atrás dela, até não poder mais, e caiu no chão. Não era a primeira vez que perdia os sentidos. Quando jovem, tinha sido corredora de fundo, mas deixou de praticar esse esporte quando perdeu o controle sobre seu corpo. Com freqüência, ao correr, seu corpo, como um cavalo selvagem, disparava e não se detinha até todas as suas forças se esgotarem. Geralmente corria sem motivo nem justificação. Bem, escapar da lava do vulcão era uma razão mais do que justificada, mas nem sempre era assim. Sua galgomania tinha a ver com uma inexplicável necessidade de fugir que lhe surgia do fundo da alma. O fato é que seu corpo, extenuado pela corrida, tinha caído no chão bem ao lado do Ex-Rodrigo, que por sua vez tinha perdido os sentidos em mãos da primitiva que o nocauteara com um só golpe.

Quando Agapito e Ex-Azucena chegaram ao lado da chefa, se alarmaram. Ignorando por completo o passado corredor da patroa, não sabiam o que pensar. Isabel, aparentemente, estava completamente morta. Que contas iam prestar ao partido caso estivesse mesmo?

Ex-Azucena rapidamente sugeriu que deviam acusar alguém pelo assassinato. Acharam que o mais indicado era procurar o suspeito entre os aborígines de Korma, pois como não falavam espanhol não podiam se defender.

– O que acha deste? – perguntou Agapito, apontando para Ex-Rodrigo.

– Perfeito! – respondeu Ex-Azucena, e deram início à operação espancamento.

Estavam nisso quando Isabel recobrou os sentidos. Ao ver que seus seguranças estavam batendo selvagemente naquele que ela acreditava ser Rodrigo, gritou com eles feito uma fúria.

– O que estão fazendo?

Agapito respondeu de imediato:

– Estamos interrogando este sujeito, chefa.

– Palermas! Não lhe façam mal! – Isabel levantou-se e correu para o lado do Ex-Rodrigo, e para pasmo de seus seguranças começou a limpar o sangue que lhe escorria pelo nariz. – Machucaram você? – perguntou.

Ex-Rodrigo, cm quem naquela altura já tinham sumido os efeitos da bebedeira e do nocaute, imediatamente reconheceu Isabel como a candidata à Presidência Mundial do Planeta e abraçou-a com desespero. Com os olhos chorosos suplicou-lhe:

– Senhora Isabel! Que bom encontrá-la! Ajude-me, por favor. Não sei o que estou fazendo aqui, eu vivo na Terra e me chamo Ricardo Rodríguez... minha mulher me trouxe numa nave e...

As palavras que Ex-Rodrigo dizia deixaram de ter interesse para Isabel. Afastou-o um pouco para poder ver-lhe os olhos e, pelo olhar, percebeu efetivamente que aquele homem não era Rodrigo. Automaticamente repeliu-o, sacudiu com asco a sujeira que lhe deixara grudada na roupa e, para certificar-se de sua descoberta, perguntou-lhe, apontando para Ex-Azucena:

– Conhece esta mulher?

Ex-Rodrigo, ao vê-la, de imediato se enraiveceu.

– Claro que conheço! Esta pilantra me deu um senhor chute nos ovos! Achava que você tinha morrido, sua safada, mas que bom encontrá-la. Agora você vai me pagar...!

Ex-Rodrigo tentou pular em cima de Ex-Azucena, mas Agapito conteve-o.

– Calma, cara, se você tocar nesta mulher, sou eu que vou arrebentar os poucos ovos que ela deixou!

Isabel ficou pensativa. Sabia muito bem que, por mais que tivessem apagado a memória de Rodrigo, a imagem de Azucena devia estar gravada de uma maneira importante em suas recordações por ser a que correspondia a sua alma gêmea. Mas Ex-Rodrigo tinha reagido com muita raiva, totalmente ao contrário do que era de se esperar entre um par de almas gêmeas. Era essa a prova que ela esperava para atestar que se achava diante de um estranho. Quem era aquele homem? E, o mais importante, onde estava a alma de Rodrigo? Para saber as respostas, entregou novamente Ex-Rodrigo a seus seguranças e lhes disse:

– Continuem o interrogatório!

Isabel precisava saber com urgência quem eram os autores intelectuais daquele ato censurável, pois a estavam pondo em grande perigo. Começou a tremer. Um suor frio lhe escorria pelo pescoço. Não podia permitir que alguém se interpusesse em seu caminho. Tinha de ocupar a cadeira presidencial de qualquer modo, caso contrário nunca chegaria a tão ansiada época de paz para a humanidade. A comprovação de que tinha inimigos ocultos a forçava a assumir o estado de guerra. Não lhe restava outro caminho para obter a paz senão o da briga. Infelizmente, seus seguranças não conseguiram arrancar muitas informações de Ex-Rodrigo, pois os outros membros da comitiva estavam se aproximando do lugar em que eles se encontravam. Não lhes convinha ter testemunhas de seu interrogatório. A única coisa que conseguiram arrancar foi o nome de sua mulher, Cuquita, o da avó de Cuquita, o do compadre Julito e o de Chonita, nome falso da nova vizinha, ou seja, Azucena. Quando Ex-Rodrigo mencionou a nova vizinha, Isabel teve um sobressalto.

– A tal Chonita chegou no mesma dia em que Azucena morreu? – perguntou. E recebeu um rotundo sim como resposta. O fato de no mesmo dia em que levaram o corpo de Azucena ter chegado uma nova inquilina não podia ser mera coincidência. Tampouco o de alguém ter roubado a alma de Rodrigo. Isabel chegou rapidamente à conclusão de que, antes de morrer, Azucena tinha mudado de corpo. De que continuava viva! E de que tinha recuperado a alma de Rodrigo. Tinha de eliminá-la de qualquer maneira. Até esse ponto chegaram seus planos futuros.

Não pôde planejar a maneira de acabar com Azucena porque a comitiva que a acompanhava em sua viagem já estava a seu lado e tinha de começar a retomar seu papel de "santa". Todos estavam preocupadíssimos com ela. Tinham-na visto sair correndo como alma penada e ninguém conseguira alcançá-la. Ex-Rodrigo atraiu a atenção de um dos jornalistas que estava cobrindo a turnê de Isabel. Não demorou muito para reconhecer aquele homem como o suposto cúmplice do assassino do senhor Bush. Isabel interveio de imediato para não dar tempo a suposições. Informou a todos os presentes que precisamente por aquele motivo tinha saído correndo como louca. Tal como o jornalista, era ótima fisionomista: reconheceu logo aquele homem e correu atrás dele até pegá-lo. O homem tinha confessado que tentara esconder-se em Korma, mas felizmente para todos ela o tinha descoberto e logo as autoridades o teriam nas mãos. Para terminar explicou que as marcas que apareciam no corpo do delinquente eram produto de uma surra que os selvagens da tribo lhe deram por considerá-lo um intruso. Todo o mundo felicitou Isabel por sua valentia e tiraram muitas fotos suas ao lado do "criminoso". Ao perceber que o "perigoso criminoso" de que estavam falando era ele mesmo, Ex-Rodrigo tentou protestar e declarar-se inocente, mas, com um rápido e quase imperceptível chute nos ovos, Isabel impediu-o. Ordenou em seguida que os seguranças levassem o suposto cúmplice do assassinato do senhor Bush para dentro da nave, para que lhe dessem atendimento médico.

    O jornalista quis mandar para a Terra a informação do acontecido, mas Isabel convenceu-o a não o fazer, pois com isso só comprometeria a investigação. Qualquer notícia sobre o caso poderia alertar os demais integrantes do grupo de guerrilha urbana a que o homem pertencia. O mais indicado, pois, era manter segredo a todo custo, entregar o indivíduo à Procuradoria Geral do Planeta, para que esta fizesse a investigação, e deixar que a polícia judiciária se encarregasse da captura de todos os cúmplices, que eram: Cuquita, a avó de Cuquita, o compadre Julito e Azucena. O jornalista concordou com as sugestões de Isabel e decidiu guardar sua nota para depois, sem saber que estava deixando a porta aberta para que Isabel pudesse agir por conta própria e eliminar todos antes de serem detidos.

Ou por causa do calor ou por ter saltado uma infinidade de obstáculos no caminho de volta à nave, o fato é que Ex-Azucena desmaiou antes de entrar no transporte interplanetário. Ex-Rodrigo quis aproveitar para escapar e Agapito teve de lhe dar outra porrada.

*       *
    *

Isabel tinha se encarregado de convencer todo o mundo de que Ex-Rodrigo era um sujeito perigosíssimo e de que o mais conveniente era mantê-lo adormecido até chegarem à Terra. Aduladoramente todos tinham concordado com ela. Saber que aquele homem não podia falar com ninguém lhe dava um tempo. Trancou-se com seus seguranças dentro da sala de reuniões pretextando motivo de trabalho, mas o que Isabel realmente estava fazendo era jogar paciência, e seus pobres seguranças se limitavam a observá-la. Paciência era sua paixão. Podia passar horas e horas mexendo as cartas. Principalmente quando tinha coisas demais na cabeça. Era como se, jogando, conseguisse erguer um dique entre o mar e a areia. Ou como se, mediante o controle das cartas, obtivesse o de seus pensamentos. Só as coisas que foram pensadas caem sob o nosso domínio. Por meio da paciência Isabel sentia que transformava a desordem em ordem, o caos em harmonia, em regularidade. Adoraria descobrir quem fazia parte do complô contra ela com a mesma facilidade com que deixava à vista as cartas do baralho! Pois, que havia um plano para destruí-la, isso havia. E ela tinha de descobrir quem estava por trás dele antes que seus inimigos acabassem com sua imagem, que tanto trabalho lhe dera para construir. Pena que não pudesse regressar imediatamente à Terra. Em seu caminho de volta tinha de passar forçosamente por Júpiter. O Presidente daquele planeta era muito poderoso e convinha-lhe firmar com ele um tratado de livre comércio interplanetário. Isso lhe daria enorme credibilidade e a colocaria bem acima de seu oponente eleitoral. Por outro lado, não achava que as negociações fossem lhe tomar mais de um dia, e enquanto Ex-Rodrigo estivesse dormindo não corria perigo, pois não acreditava que pudessem arrancar alguma informação do verdadeiro Rodrigo. Não havia como ele conseguir recuperar a memória. Bem, isso era o que ela esperava. Em má hora tinha se apaixonado por ele! Rodrigo era a única pessoa que ela não tinha sido capaz de eliminar. E agora estava pagando por isso. Por sua culpa estava metida até o pescoço naquela encrenca, da qual ia ser bem difícil sair triunfante. Procurava tranqüilizar-se pensando que não importava que levasse um dia a mais ou um dia a menos. O que estava claro era que ao chegar à Terra ajustaria as contas com os rebeldes. Já havia feito uma infinidade de ligações para todo o mundo procurando detectar quem mais estava no complô contra ela, mas não tinha descoberto nada. Aparentemente, Azucena e seus sequazes estavam trabalhando por conta própria. Mas, ainda assim, Isabel não descartava um complô político de maior alcance.

    Isabel sentia claramente como o medo contraía seu estômago, como conturbava seus sucos gástricos e como estes lhe ulceravam o cólon. Sabia que tinha de se controlar, mas não podia. Os pensamentos saíam de seu controle.

Faziam com ela o que queriam. Não podia mantê-los em seu lugar. Por isso jogava paciência. Para não pensar. Para pôr ordem, ainda que numas simples cartas. Só elas ficavam sob seu domínio. Bom, pensando bem, havia também seus seguranças. Tinha proibido aos coitados fazerem o menor movimento ou o menor ruído capaz de desconcentrá-la, e eles obedeciam sem abrir a boca.

Quem, por assim dizer, não fazia muito caso dela era o computador. Isabel já estava até com um calo no dedo, pois tentava quebrar seu recorde de velocidade para entrar no Guinness, e o palerma do computador não a ajudava. Era um molenga de primeira. Não conseguia acompanhar seu ritmo. Isabel estava furiosa. Há vários jogos tentava ganhar e não conseguia. No coração sentia uma grande angústia e muito inconformismo. Se não ganhasse ia ter um enfarte. Se pelo menos tivesse um três de copas! Poderia subir o quatro e abrir a coluna fechada.

Naquele preciso momento Ex-Azucena caiu no chão em meio a um escândalo tremendo. Isabel pulou da cadeira e jogou-se no chão. Tremia de medo. Achou que alguém tinha aberto a porta com um pontapé, com a intenção de assassiná-la. Não ouvindo nenhuma detonação, levantou a cabeça e entendeu o que tinha acontecido. Agapito estava ao lado de Ex-Azucena tentando reanimá-lo. Isabel, furiosa, levantou-se e sacudiu a roupa.

– O que foi que houve com esse bestalhão? É a segunda vez que desmaia hoje – perguntou a Agapito.

– Não sei, chefa.

– Pois tire-o daqui. Leve-o ao médico e volte imediatamente para cuidar de mim... Ah! e aproveite para checar se o impostor continua dormindo.

Agapito ergueu Ex-Azucena nos braços e tirou-o da sala de reuniões.

Isabel ficou xingando mães. Estivera a ponto de bater seu recorde de velocidade e a interrupção do segurança tinha estragado tudo. Agora, mesmo que terminasse o jogo que deixara pela metade, não poderia entrar para o Guinness. Ultimamente tudo estava dando errado. Tudo ia por água abaixo. Tudo fedia a podre. Tudo, tudo... até ela mesma. Ela? Ela, sim! Foi aí que percebeu que com o susto tinha lhe escapado um peido. Um dos mais fedorentos que tinha soltado na vida. A culpa era da colite ulcerosa. E a culpa pela colite era de Azucena. E a culpa por Azucena... não importava. Urgente era se desfazer do cheiro nauseabundo, senão Agapito, ao voltar, ia encontrar outra desmaiada. Tirou da bolsa um *spray* aromatizante que sempre levava consigo para casos de emergência como aquele e começou a orvalhar com ele toda a sala. Estava nisso quando Agapito voltou com cara de compungido. Ao entrar franziu ainda mais o cenho, pois o cheiro de peido aromatizado era insuportável. Como bom segurança que era, fez um esforço sobre-humano e uma cara de "não estou sentindo cheiro nenhum". Isabel ficou-lhe grata e imediatamente iniciou seu interrogatório.

– O que aconteceu? O que ele tinha?

– Bem... tinha um microcomputador instalado na cabeça.

– Eu não disse? Essa Azucena é um perigo. O que será que estava planejando fazer com o microcomputador? Com certeza algum negócio sujo. Bem, mas e agora? O que o doutor vai fazer? Vai tirá-lo?

– Não. Não pode.

– Por quê?

– Bem, porque... poderia afetar... porque... está grávido.

– O quê!? Puto escroto, agora também é puta! Traga-o aqui, quero falar com ele.

– Está aqui fora, chefa.

– E o que está esperando para entrar? Abra-lhe a porta.

Agapito abriu a porta e Ex-Azucena entrou com o rabo entre as pernas. Já sabia o que o esperava. Tinha ouvido perfeitamente os gritos de Isabel. Quando ela estava brava não havia porta capaz de isolar sua voz. Era uma verdadeira araponga.

— O que foi que aconteceu, Rosalío? Que história é essa de você estar grávido?

— Não sei, chefa.

— Como não sei! Como não sei! Não acredito que você seja tão palerma para não saber que se saísse trepando como louca podia acabar grávido. Não podia esperar alguns meses, até terminar minha campanha? Caralho!

— Juro que nem tive tempo para essas coisas, o único que...

Ex-Azucena fez uma pausa e olhou com medo para Agapito. Era duro confessar que seu colega Agapito tinha sido o único na nave a tocá-lo. Agapito, habilmente, interrompeu-o antes que ele o dissesse.

— Bem, dona Isabel, permita que eu me meta onde não sou chamado, mas acho que a gravidez não interfere em nada, pois temos nove meses até a criança nascer.

— Sim, claro que sim. Mas quanto ainda vai durar minha campanha?

— Seis meses.

— Hum. E para que você acha que vai me servir esse puto escroto com um barrigão de seis meses? Quem o vai respeitar e temer se desde agora já anda com desmaios e vômitos?

Ex-Azucena sentiu-se magoadíssimo com as palavras e o tom de voz que Isabel estava utilizando para repreendê-lo. Afinal de contas não eram modos de tratar uma grávida. Sem poder se conter mais, começou a chorar.

— Era só o que me faltava! Você começar a guinchar! Caia fora daqui! Está despedido a partir de agora e não quero tornar a ver você perto de mim, entendeu?

Ex-Azucena assentiu com a cabeça e saiu da sala de reuniões.

Na porta topou com um dos analistas mentais que viajavam na nave. O analista ficou olhando para ele com olhos de pena. Não queria nem imaginar qual ia ser o destino daquele segurança no momento em que Isabel visse as fotomentais que acabavam de tirar dele. Ex-Azucena, durante o tempo que durou a bronca, desejou que Isabel se transformasse num rato leproso. As fotografias mostravam em detalhe a cara de Isabel dentro do corpo de um rato inchado e cheio de vermes, bebendo água numa latrina. Outra imagem mostrava-a andando no meio do lixo quando, de repente, caía-lhe em cima uma nave espacial e a rebentava em mil pedaços, deixando escapar um gás nauseabundo. O analista ficou atônito ao entrar na sala de reuniões, pois acreditou que o segurança tinha poderes sobrenaturais e que, com a mesma força com que projetava suas imagens na tela, podia reproduzir os mesmos fenômenos físicos que sua mente elaborava. A sala realmente tinha cheiro de rato morto.

## CD-6

## INTERVALO PARA DANÇAR

*Que coisa é o amor, meio parente da dor,*
*que a ti e a mim não tocou,*
*que não soube nem quis nem pôde.*
*Por isso não estás comigo...*
*Porque não nos conhecemos*
*e no tempo que perdemos*
*cada qual viveu sua parte*
*mas cada qual à parte.*
*Porque não se pode apagar*
*o que nunca foi aceso,*
*porque não pode ser sadio*
*o que nunca apodreceu.*
*Porque nunca entenderias*
*meus cansaços, minhas manias,*
*porque a ti deu no mesmo*
*que eu caísse no abismo.*
*Este amor que desprezaste*
*porque nunca me procuraste*
*onde eu não teria estado*
*nem me teria apaixonado.*

*Por isso não estás comigo.*
*Por isso não estou contigo.*

Liliana Felipe

 Como tenho pena de não poder tranqüilizar a mente de Isabel. Precisa urgentemente de descanso. Trabalhou como louca as últimas horas. Não deixou de emitir pensamentos negativos sem quê nem para quê. Andou tão ocupada suspeitando, intrigando e planejando vinganças que pela primeira vez ficou incapacitada de seguir meus conselhos. Tanto pensamento deixa-lhe a mente obnubilada. Nergal, chefe da polícia secreta do Inferno, já veio me repreender. Tenho de silenciar e tranqüilizar Isabel de qualquer maneira. Suas ações amalucadas podem pôr tudo a perder. Sugeri-lhe que tomasse um banho de tina para ver se relaxava, mas não pode. Faz tempo que está sentada, nua, na tampa da privada, sem se atrever a entrar na água. Sem roupa sempre se sentiu insegura. Seu gosto pelo cinema acentuou esse temor, pois viu que nos filmes sempre que o protagonista se mete no chuveiro sobrevém uma calamidade, de modo que agora, que realmente tem motivos para sofrer um atentado, nem de brincadeira quer tomar uma ducha. E lhe faria tão bem! Para relaxar, quero dizer. Preciso dela bem tranqüila.

Antes da destruição há um período de calma em que a mente se aclara e se tomam as decisões exatas. Se ela não deixar de lado sua atividade, não vai permitir que chegue a paz e não vamos poder entrar em ação. E com a quantidade de coisas que é preciso violentar e destruir! É incrível que Isabel tenha esquecido que sua missão na Terra é propiciar o caos como parte da ordem do Universo. O Universo não pode permitir que a ordem se instale de forma definitiva. Fazê-lo significaria sua morte. A vida surgiu como uma necessidade de equilibrar o caos. Se o caos termina, a vida também.

Se a alma de todos os seres humanos estivesse cheia de Amor e todos estivessem ocupando o lugar que lhes cabe, seria o fim do Universo.

Por isso é necessário criar todo tipo de guerras e conflitos sociais que distraiam o homem de sua busca da ordem, da paz e da harmonia. Por isso é necessário encher o coração deles de ódio, confundi-los, atormentá-los, explorá-los, mantê-los continuamente ocupados. Por isso é preciso instalá-los dentro de uma estrutura de poder piramidal, de modo que não possam pensar por si mesmos e que sempre tenham uma ordem a executar, um superior acima deles dizendo-lhes o que têm de fazer.

Porque no dia em que as células de seu corpo se libertassem da energia negativa entrariam em sintonia com a positiva e estariam em condições de receber a Luz Divina, o que seria um desastre. De maneira nenhuma posso permitir isso. E é para seu próprio bem. A alma humana é impura. Não está capacitada para receber o reflexo luminoso de Deus. Se o recebesse no estado em que se encontra, ficaria cega. E ninguém deseja isso, não é? Então concordarão comigo que é preciso evitá-lo. A melhor forma de consegui-lo é puxar a cortina de fumaça negra do ego diante dos olhos do homem, para que ele não veja além de si mesmo e não possa perceber outro reflexo que não o de seu próprio ego projetado na menina de seus olhos. E, se por acaso adivinhar uma luz externa, a verá como um simples refletor que foi aceso para dar mais brilho e presença à sua pessoa, nunca como a Luz Verdadeira. Assim, é praticamente impossível o homem recordar de onde vem e o que tem de fazer na Terra. Nesse estado de obscuridade será muito fácil alinhá-lo dentro de uma estrutura de poder terrenal. Deixará sua vontade a serviço de seu superior e não lhe oporá a menor resistência para executar as ordens que este lhe der.

As ordens se transmitem verticalmente. E quem está no topo da pirâmide? Os governantes. E quem diz a eles o que têm de fazer? Nós, os Demônios. E a nós, quem dita a linha de conduta? O Príncipe das Trevas, encarregado de fazer o ódio permanecer no Universo. Sem ódio não haveria desejo de destruição. E sem destruição

– repetirei mil e uma vezes, até que aprendam – não há vida! A destruição faz parte de um plano realmente perfeito de funcionamento do Universo. O mesmo que Isabel está prestes a deitar a perder.

Nunca esperei isso. Em várias vidas ela foi eleita para ocupar o mais alto posto dentro da pirâmide de poder e não tinha nos falhado. Faz-se respeitar e obedecer à força. Com requintes de crueldade impõe suas regras. Sabe manter-se no trono à base de intrigas. Sabe mentir, trair, torturar, transigir, traficar, transgredir. Suas virtudes são incontáveis, porém a mais importante talvez seja ela saber manter as pessoas ocupadas física e intelectualmente, sem tempo para entrar em harmonia com seu ser superior e lembrar-se de sua verdadeira missão na Terra. E agora eis que se apaixonou! E no pior momento, quando temos de travar a batalha final e as ações de Azucena nos deixam o tempo todo no maior suspense. Estou realmente preocupado.

Quando alguém está apaixonado, mantém sua mente e seu pensamento em sintonia com o ser que ama. Quando alguém se coloca na sintonia do amor, abre a porta ao Amor Divino, e, se este penetra na alma, estamos perdidos, pois, do mesmo modo que ocorre com o ser amado, quando alguém conhece o Amor Divino só deseja sentir sua presença dentro de si. Nesse dia Isabel esqueceria que nasceu para destruir. Deixaria de trabalhar para nós e passaria para o outro lado, para o terreno da criação, da harmonia, da ordem. Pôr as coisas em seu devido lugar só lhe era permitido no jogo de paciência, porque, estando ocupada arranjando cartas, punha-se num estado de tranqüilidade mental que nós aproveitávamos perfeitamente para lhe dar instruções, mas agora nem mesmo a paciência lhe acalmou a mente. Depois de jogar horas e horas, a única coisa que conseguiu foi uma dor de cabeça espantosa com a qual ninguém conseguiu acabar. A idéia de que dentro de sua equipe há alguém que a está traindo não a deixa viver. Sabe que forçosamente deve haver um traidor em alguma parte, de outra maneira não se explica como Azucena continua viva. Alguém deve tê la avisado do atentado contra ela e proporcionado a solução: a troca de corpos. Começou a se afastar de todos os seus colaboradores, pois em cada um deles vê o traidor. Dedica-se a estudá-los e a esperar que cometam um erro para descobri-los.

Estar ocupada com os outros não a impede de concentrar-se em seu estado interior. Ela nunca gostou de ver a si mesma. Nunca. Nem no espelho. O que é lógico, pois os espelhos refletem a imagem do que ela realmente é. Geralmente, quando uma pessoa sente desagrado por sua imagem, ou pura e simplesmente não a quer ver, cria um reflexo da pessoa que gostaria de ser, e dessa maneira deixa de olhar para si mesma e se transforma na imagem falsa.

Os desejos agem como espelhos. Quando Isabel diz estar tão empenhada em destruir Azucena, o que ela realmente quer é destruir a si mesma. Por mim, acho ótimo, porque não tenho nada contra a destruição, mas me pergunto se Isabel teria a mesma opinião. Ultimamente parece que, esquecendo meus ensinamentos, teme destruir. É uma pena que esteja cheia de medos e remorsos. Não quer aceitar que agiu mal ao deixar Rodrigo com vida, a única fraqueza que já teve até hoje. Agora só lhe resta eliminá-lo, e ela não quer. Este e outros juízos que sua mente elabora são os que a estão afastando de mim. Os juízos sempre desconectam as pessoas da vida. Pensar se devo fazer isto ou aquilo ou ir daqui para lá causa grande desassossego. A resposta correta está dentro de nós, mas para ouvi-la é necessário o silêncio, a calma, a paralisia. Tomara que Isabel se tranqüilize logo e perca o medo. Ninguém deveria temer seus atos, já que a energia do Universo é sempre dual: masculina e feminina, negativa e positiva. Nela, o Bem e o Mal estão sempre unidos; o medo e a agressão, o êxito e a inveja, a fé e o temor. Portanto, nunca se pode tomar uma decisão equivocadamente. O que fizemos nunca vai ser mau, se realmente agimos seguindo nossos sentimentos. Só será mau a nossos olhos se deixarmos que os juízos intervenham, se a mente der guarida à culpa. Porque se alguém deixasse de lado a razão e se conectasse diretamente com a vida onde o Bem e o Mal caminham de mãos dadas, se vivesse de acordo com a vida, descobriria que não há nada de mau no Universo, que cada partícula leva dentro de si a mesma capacidade para criar e para destruir. Mais ainda, eu, Mammon, existo graças à autodestruição de Isabel. Isso me limita enormemente, mas significa que, se ela perdesse essa capacidade, eu automaticamente desapareceria de sua vida. E isso de fato seria muito triste!

O apartamento de Azucena voltava à ordem. Cuquita estava em plena mudança. Já não havia nenhum problema que a impedisse de voltar para o seu apartamento e lá viver tranqüilamente em companhia de sua avó. Azucena tinha lhe oferecido para ficar com ela mais uns dias, mas Cuquita se recusou. Azucena insistiu, insistiu, mas não foi capaz de convencê-la. Sua proposta obstinada não se devia tanto a ela achar que sentiria falta da vizinha, mas ao fato de que Cuquita planejava levar Rodrigo com ela. Cuquita, por sua vez, dando mostras de muita teimosia, apresentou a Azucena mil razões pelas quais tinha de se mudar de mala, cuia e Rodrigo. A mais convincente foi a de que perante toda a vizinhança Rodrigo, ou antes o corpo que ele ocupava, era o marido de Cuquita. Ninguém sabia que aquele corpo seboso abrigava uma alma boa e evoluída. Por outro lado, não convinha a ninguém que o populacho ficasse sabendo, de modo que, para não levantar suspeitas, o mais conveniente era Rodrigo se mudar para a portaria.

– Você não tem mesmo por que se preocupar, vai ser puro *blofe* – disse-lhe. Claro que Cuquita dizia isso da boca para fora, porque no fundo não era nada boba e queria Rodrigo só para ela. E principalmente queria vangloriar-se com as outras vizinhas de que seu marido tinha por fim se reivindicado.

O coitado do Rodrigo é que, além de continuar vivendo na confusão total, se via muito prejudicado com a decisão. Tinham-no informado de que precisaria fingir ser o marido de Cuquita, a qual, embora não fosse sua mulher real, era a mulher do corpo que ele ocupava, e que convinha simular isso da melhor maneira possível para seu próprio bem, já que, se as pessoas ficassem sabendo de sua verdadeira personalidade, sua vida correria perigo. Ele não pudera questionar nada. Em sua amnésia, não estava em condições de se impor. A única coisa que tinha suplicado era que explicassem direitinho à avó de Cuquita em que pé estava a situação, pois ela continuava confundindo-o com Ricardo Rodríguez e, por conseguinte, tratando-o a patadas. Sentia grande mal-estar. Não lhe agradava nem um pouco a idéia de viver ao lado daquelas mulheres que não eram de sua família nem nada, e que, ainda por cima, cobravam caríssimo o favor que lhe estavam fazendo ao escondê-lo em sua casa. Tinham-no posto para empacotar todas as coisas enquanto elas gozavam a vida. Como gostaria de recuperar a memória o quanto antes e assim poder voltar para junto de sua verdadeira família! Mas para isso tinha de trabalhar muito no campo de seu subconsciente. Precisava tanto ter uma sessão de astroanálise com Azucena! Mas Azucena não parava de adiar o momento. A desculpa que lhe dava era que primeiro ele tinha de terminar a mudança para poder dedicar à análise todo o tempo possível, sem nenhuma pressão. Bem, foi isso que Azucena lhe disse, mas a verdadeira razão era que estava esperando Cuquita e a avó irem embora para ter a sessão a sós com ele, sem nenhuma enxerida por perto. Entretanto, todos tentavam tirar proveito dos últimos minutos que passariam juntos. Cuquita tinha se refestelado para assistir à televirtual, a avó tinha se posto a dormir ao sol do terraço antes de enfurnar-se de novo no frio e úmido apartamento em que moravam, e Azucena a utilizar a *Ouija* cibernética antes que a dona a levasse.

Tinha colocado uma das folhas da violeta africana dentro do balão de ensaio com o líquido especial fabricado por Cuquita e, depois, começara a receber pelo fax imagens de tudo o que a planta tinha presenciado em sua vida. A maior parte delas não tinha nenhuma importância. Azucena já estava quase mergulhando no torpor quando apareceu uma foto que a fez pular da cadeira. Viam-se nela os dedos do doutor Díez introduzindo cuidadosamente um microcomputador no ouvido de... nada menos que ISABEL GONZÁLEZ! Aquela foto confirmava várias coisas. Primeiro, que a pilantra da Isabel não era nenhuma santa. Segundo, que o doutor Díez tinha lhe fabricado uma vida falsa, se não várias, dentro daquele microcomputador. Terceiro, que se ela precisara de uma vida falsa era porque tinha um passado muito obscuro, o qual, se conhecido, a impediria de ser Presidenta. E, quarto, que a violeta africana era uma testemunha importantíssima da implantação do aparelho! Não só isso! A violeta africana também tinha presenciado o assassinato do doutor. Com requinte de detalhes, foram aparecendo as fotos em que se viam os seguranças de Isabel alterarem os fios do alarme de proteção da cabine aerofônica do consultório do doutor Díez com a finalidade de causar sua morte. Bendita Cuquita e sua *Ouija* cibernética! Graças a ela havia descoberto o que parecia ser a ponta de um *iceberg*. Tinha nas mãos elementos para inculpar Isabel. Precisava guardar as fotos num lugar muito seguro. Mas antes tinha de pôr água na violeta africana. A pobrezinha estava meio abatida, pois durante a viagem a Korma ninguém a tinha regado. Não podia deixá-la morrer, já que era sua testemunha-chave. Onde tinha ficado? Ela a deixara em cima da mesa e, misteriosamente, havia desaparecido. Azucena começou a procurá-la como uma louca entre as malas de Cuquita. Rodrigo, ao ver que estava desfazendo seu trabalho de toda a manhã, ficou furioso com ela e engalfinharam-se numa tremenda discussão, que só terminou quando ele finalmente confessou que tinha posto a violeta no banheiro. Azucena correu para resgatá-la e deixou Rodrigo falando sozinho.

Naquele instante preciso a porta do aerofone se abriu e apareceram Teo e Citlali. Rodrigo ficou mudo ao ver Citlali. Pôs no rosto a mesma expressão de quando a viu pela primeira vez. Às vezes é realmente uma enorme vantagem não ter memória, pois não se lembrando das coisas ruins que outras pessoas fizeram pode-se vê-las sem nenhum preconceito. Caso contrário, a lembrança se transforma numa tremenda barreira para a comunicação. Ao ver uma pessoa que anteriormente nos machucou, dizemos: "Esta pessoa não presta porque me fez isto ou aquilo." Temos de ignorar o passado para estabelecer vínculos sadios e dar oportunidade para que as relações cresçam até onde devem crescer. Não se tendo memória, não se têm preconceitos. Definitivamente, os juízos nos aproximam ou nos afastam dos outros, e é preciso saber deixá-los de lado para poder captar a verdadeira essência de qualquer pessoa. Isso parece muito fácil, mas não é. A maioria das pessoas fabrica juízos constantemente para dissimular sua incapacidade de captar esse tipo de energia tão sutil. Se é alto demais, se pertence ao partido de oposição, se é estrangeiro, tudo isso se converte numa barreira intransponível, e a intolerância nos domina. Quando conhecemos uma pessoa, lançamos diante dela nossos juízos para ver como reage; se os compartilha, aceitamos; se não, dedicamo-nos a destruir seus juízos para impor os nossos, convencidíssimos de que o outro coitado está muito errado ao pensar diferente de nós. É sectário quem só aceita gente que pensa como ele. É inquisidor quem, em nome da verdade, mata quem não concorda com suas idéias. As pessoas deveriam amar e respeitar o pensamento de todos, mesmo que não estivessem de acordo com os delas, pois as idéias mudam. De um dia para o outro nosso mundo de crenças pode mudar, e então percebemos a quantidade de tempo que perdemos discutindo e brigando até a morte com alguém que, curiosamente, pensava como pensamos agora. A única coisa imutável é o Amor, pois é um só e é eterno. A vida seria muito fácil se fôssemos capazes de nos olhar nos olhos com a mesma entrega e inocência com que Citlali e Rodrigo se fitavam.

Azucena ficou muito enciumada quando voltou com a violeta africana na mão. Quase lhe correram lágrimas dos olhos quando se deu conta de que ela, que era a alma gêmea de Rodrigo, não tinha sido capaz, até aquele momento, de inspirar um olhar tão perfeito.

Teo, dono de uma sensibilidade extrema, percebeu tudo e, tentando aliviar a situação, iniciou as apresentações formais entre Rodrigo, Citlali e Azucena. Ato contínuo, explicou a Azucena que, conforme prometera, tinha falado com Citlali e esta tinha aceitado emprestar sua colher para que fosse analisada. Citlali mal acabava de dar a colher a Azucena quando Cuquita entrou na sala fazendo um escarcéu. A avó interrompeu um ronco comprido, Rodrigo e Citlali voltaram à realidade, e Teo e Azucena fizeram cara de interrogação. Cuquita pediu a todos que a acompanhassem ao quarto, onde tiveram a maior surpresa da vida. No quarto encontravam-se as imagens virtualizadas de todos eles, por serem acusados de pertencer a um grupo de guerrilha urbana que pretendia desestabilizar a paz do Universo. A única que não aparecia televirtuada e, curiosamente, era a culpada de toda a encrenca era Azucena, que, estando de posse de um corpo sem registro, ainda não havia sido localizada. A voz de Abel Zabludowsky estava lendo um boletim especial.

– Hoje a Procuradoria Geral do Planeta deu a conhecer os nomes das pessoas pertencentes ao grupo guerrilheiro que vinha assolando a população com seus atos de violência. – A câmara focalizou o marido de Cuquita. – Foram emitidas imediatamente ordens de prisão contra Ricardo Rodríguez, dito Iguana. – Depois a câmara focalizou Cuquita. – Cuquita Pérez de Rodríguez, dita Jitomata. – Em seguida veio o *close up* da avó de Cuquita. – Dona Asunción Pérez, dita Poquianchi. – Finalmente a câmara focalizou o compadre Julito. – E Julio Chávez, dito Moco. O Governo do Planeta não pode nem deve ficar indiferente ante esse tipo de violações da constituição. A fim de proteger a população e evitar novos atos de violência desse grupo guerrilheiro que é uma ameaça à ordem pública...

Citlali não quis ouvir mais. Tirou a colher das mãos de Azucena, desculpou-se dizendo que tinha deixado o feijão no fogo e tentou sair logo. Teo procurou convencê-la a ficar argumentando a favor dos acusados. Ele não achava que aquela gente fosse culpada de nada. Azucena agradeceu-lhe de alma sua confiança. Cada dia sentia mais apreço por aquele homem. Citlali insistiu em retirar-se e prometeu que não diria a ninguém que os tinha conhecido.

– Quem são os assassinos? – perguntava com insistência a avó.
– Nós, vó – respondeu Cuquita.
– Vocês?
– É, e você também.
– Eu? Que história é essa! Pois como e a que horas?
Ninguém lhe pôde responder nada, porque um tiro de bazuca destruiu a porta do edifício. Obviamente, tinham chegado à procura deles.

* * *

Um grupo de brutamontes irrompeu no edifício. À frente deles ia Agapito. Com um pontapé, Agapito derrubou a porta da portaria. Não encontraram ninguém dentro do apartamento. Agapito deu ordem de passar pente fino no edifício. Seus homens começaram a subir as escadas. Os vizinhos que encontravam ao passarem afastavam-se assustadíssimos. Agapito e seus homens batiam em todos aqueles que cruzavam seu caminho. De repente, seus golpes pararam de acertar no alvo. Não levaram muito tempo para se dar conta de que um tremor de terra era o causador de sua falta de mira. Não resta dúvida de que a natureza tem o maravilhoso poder de igualar os seres humanos. O terremoto abalava à vontade policiais judiciários e civis. Os inquilinos, procurando fugir primeiro dos policiais, depois do tremor, começaram a descer pelas escadas histericamente. Agapito deu um tiro para cima. Todos gritaram e se jogaram no chão. Agapito mandou que seus homens ignorassem o tremor e continuassem subindo as escadas.

O compadre Julito, ao sentir o terremoto, saiu voando de seu apartamento. Não queria morrer esmagado. Na escada topou com Agapito e seus homens. A primeira coisa que pensou foi que aqueles homens vinham atrás dele. Por quê? Poderia ser por mil e uma razões. A vida inteira andara metido em atividades ilegais. Por um instante chegou à conclusão de que era melhor se entregar. A hora de prestar contas tinha chegado. Não tinha jeito! Deu um passo à frente e se arrependeu no ato. Pensando bem, seus delitos não eram para tanto. Além do mais, a quantidade de armas que aqueles brutamontes portavam era para controlar um exército inteiro, e não um simples dono de mafuá. O mais provável era que estivesse reagindo paranoicamente e que aqueles homens não lhe quisessem fazer mal nem nada do gênero. Uma bazucada que acertou a centímetros da sua cabeça comprovou-lhe que estava certo. Não queriam prendê-lo. Queriam matá-lo!

Tinha de fugir o mais rápido possível. Com desespero, começou a subir as escadas. No patamar do terceiro andar encontrou Azucena, Cuquita, a avó, Rodrigo, Citlali e Teo, que também tentavam fugir. A primeira que ultrapassou às carreiras foi a avó de Cuquita, que por sua cegueira e sua idade avançada vinha na retaguarda. Depois Cuquita, que subia lentamente carregando sua *Ouija* cibernética. Depois Citlali, que era levada à força por Teo, pois resistia a escapar com os supostos criminosos. Em seguida ultrapassou Azucena, que parava freqüentemente para esperar os demais e, por último, Rodrigo, que tomava a dianteira, pois não cuidava de mais ninguém além de si mesmo.

A escada se movia de um lado para o outro. As paredes pareciam estar fazendo *"olas"* num estádio de futebol. A princípio, parecia que o tremor os favorecia, pois os brutamontes não podiam mirar neles, mas logo o terremoto virou contra. Começaram a cair tijolos e vigas de aço em seu caminho. Cuquita pediu ajuda. Sua avó não podia continuar e ela não podia ajudá-la, pois levava nas mãos a *Ouija*, o elemento de prova contra

Isabel. Azucena voltou para auxiliá-la. A avó segurou-lhe firmemente no braço. Sentia-se terrivelmente insegura andando por aquela escada acima, outrora conhecida de cor e salteado, agora cheia de obstáculos. Era horrível dar um passo e descobrir que faltavam degraus à escada ou sobravam-lhe pedras no caminho. O braço de Azucena lhe proporcionava um apoio firme. Sabia guiá-la muito bem na escuridão. A avó agarrou-se a ela e não a soltou, nem quando sua vontade de continuar vivendo se deu por vencida. Mais ainda, Azucena nem notou que a avozinha acabava de morrer, porque sua mão continuava aferrada a seu braço, como um burocrata ao orçamento. Tampouco notou quando três balas penetraram em seu corpo. A única coisa que percebeu foi que a escuridão se intensificava. Todos desapareceram de sua vista. A única coisa real era o tubo de um caleidoscópio escuro pelo qual caminhava acompanhada da avó de Cuquita. No fim podia-se ver um pouco de luz e algumas figuras. Azucena começou a suspeitar que algo estranho estava acontecendo, quando entre aquelas figuras reconheceu a de Anacreonte. Anacreonte a recebeu de braços abertos. Azucena, ofuscada por sua Luz, esqueceu as velhas desavenças que tinha com ele e uniu-se num abraço. Sentiu-se querida, aceita, leve. Instantaneamente deixaram de lhe pesar seus problemas, sua solidão... e a avó de Cuquita. A avó por fim se soltara dela e estava caminhando para a Luz. Só nesse momento Azucena compreendeu que ela tinha morrido, e entristeceu-a saber que não tinha cumprido sua missão. Afinal lembrou qual era. Quando alguém está afinado com o Amor Divino é fácil recobrar o conhecimento. O difícil é manter essa lucidez na Terra, no campo de batalha. Para começar, quando alguém desce à Terra, perde a memória cósmica. Tem de recuperá-la pouco a pouco e em meio à luta diária, aos problemas, à vulgaridade mundana, às necessidades mundanas. O mais comum é perder o rumo. É como um general que planeja muito bem a batalha no papel, mas, quando está no meio da fumaceira e dos golpes de espada, esquece qual era a estratégia original. A única coisa que o preocupa é sair são e salvo. Só os iniciados sabem muito bem o que têm de fazer na Terra. É uma pena que todos os demais só se lembrem quando já não podem fazer nada. Pouco adiantava a Azucena ter-se lembrado de qual era sua missão. Já não tinha corpo disponível para executá-la. Alarmada, olhou para Anacreonte e suplicou-lhe que a ajudasse. Não podia morrer. Agora, não! Tinha de continuar vivendo de qualquer maneira. Anacreonte lhe explicou que já não havia remédio. Uma das balas tinha destroçado parte de seu cérebro. O desespero de Azucena era infinito. Anacreonte disse que a única solução possível era pedir autorização para que tomasse o corpo que a avó de Cuquita acabava de desocupar. O inconveniente era que aquele corpo tinha muita idade, não contava com o sentido da visão, estava cheio de achaques e não ia lhe servir muito. Azucena não se importou. Estava realmente arrependida de ter sido uma tola, de ter rompido a comunicação com Anacreonte, de não se ter deixado guiar e de não cooperar na importante missão de paz que lhe tinham atribuído. Prometeu portar-se muito bem e corrigir seus erros, se lhe permitissem descer. Os Deuses compadeceram-se de seu sincero arrependimento e deram instruções a Anacreonte para que repassasse rapidamente com Azucena a Lei do Amor, antes de deixá-la encarnar novamente. Anacreonte levou Azucena para uma sala de vidro e introduziu-lhe na testa um diamante cristalino e diáfano, que produzia chispas multicores no momento de receber a Luz. Era uma medida de precaução, pois Anacreonte sabia muito bem que "gênio e figura, até a sepultura". Naquele momento Azucena sentia-se muito arrependida e disposta a tudo, mas quando descesse à Terra com certeza esqueceria novamente suas obrigações e, à menor provocação, permitiria que a nuvem negra da raiva lhe cobrisse a alma, obscurecendo-lhe o caminho. Caso isso acontecesse, o diamante se encarregaria de capturar e disseminar a Luz Divina no mais profundo da alma de Azucena. Dessa forma não havia a mais remota possibilidade de que perdesse o rumo. Ato contínuo passou a lhe explicar da maneira mais simples e rápida a Lei do Amor, a modo de recapitulação e não de repreensão.

– Querida Azucena – disse-lhe. – Toda ação que realizamos repercute no Cosmos. Seria uma tremenda arrogância alguém pensar que é o todo e pode fazer o que lhe der na telha. O indivíduo é o todo, mas um todo que vibra com o Sol, com a Lua, com o vento, com a água, com o fogo, com a terra, com tudo o que se vê e o que não se vê. E, assim como o que está lá fora determina o que somos, assim também tudo o que pensamos e sentimos repercute no exterior. Quando uma pessoa acumula dentro de si ódio, ressentimento, inveja, raiva, a aura que a rodeia se torna negra, densa, pesada. Ao perder a possibilidade de captar a Luz Divina, sua energia pessoal diminui e, logicamente, a que a rodeia também. Para aumentar seu nível energético, e com ele o nível de vida, é necessário liberar essa energia negativa. Como? Muito simples. A energia no Universo é una. Está em constante movimento e transformação. O movimento de uma energia produz um deslocamento de outra. Por exemplo, quando uma idéia sai da mente, abre à sua passagem um caminho no Éter, e deixa atrás de si um espaço vazio que necessariamente vai ser ocupado, segundo a Lei de Correspondência, por uma energia de qualidade idêntica à da qual saiu, pois foi deslocada no mesmo nível. Isto é, se alguém emite uma idéia de onda curta, vai receber energia de onda curta, porque foi nesse nível de vibração que emitiu a idéia original. Como nas estações de rádio, a sintonia se mantém. Se alguém sintoniza a Brega do Dial, vai ouvir a Brega do Dial. Se quiser ouvir outra estação, terá de mudar de sintonia. Portanto, se alguém enviar ondas de energia negativa, receberá ondas negativas.

"Pois bem, existe outra lei que diz que a energia que permanece estática perde força e a energia que flui ganha. O melhor exemplo é proporcionado pela água de um rio e a água de um lago. A de um lago é estática e, portanto, tem restringida sua capacidade de crescimento. A de um rio circula e aumenta à medida que se nutre dos riachos que encontra em seu caminho. Vai crescendo, crescendo, até chegar ao mar. A água de um lago nunca poderá se transformar em mar. A do rio, sim. O mar nunca caberá num lago. Mas o lago no mar, sim. A água estagnada apodrece, a que flui se purifica. A mesma coisa acontece com uma idéia que sai de nossa mente. Ao fluir, aumenta e voltará a nós amplificada. Por isso se diz que, se uma pessoa faz o bem, este voltará a ela amplificado sete vezes. A razão disso é que no caminho vai se nutrir de energia da mesma afinidade. Por isso é preciso ter cuidado com os pensamentos negativos, pois conhecem a mesma sorte.

"Se as pessoas soubessem como funciona esta lei não estariam empenhadas em acumular posses materiais. Vou lhe dar um exemplo bem grosseiro. Se uma mulher tem um armário cheio de roupas e quer mudar o vestuário, tem de jogar fora a roupa velha, colocá-la em circulação para que a nova entre. Senão será impossível, pois todos os cabides estarão ocupados e não haverá maneira de aumentar o espaço dentro do armário. Ele tem um espaço limitado. A mesma coisa acontece com o Universo. Não cresce. A energia que se move dentro dele é a mesma, mas está em constante movimento. Depende da própria pessoa o tipo de energia que vai pôr-se a circular dentro do corpo. Se alguém mantém o ódio dentro do corpo, qual roupa velha, não deixa espaço para o amor. Se alguém quer que o amor entre em sua vida tem de se desfazer do ódio de qualquer maneira. O problema é que, segundo a Lei de Afinidade, ao se deslocar ódio recebe-se ódio. A única solução é transmutar a energia do ódio em amor antes que ela saia do corpo. A encarregada desses misteres é a Pirâmide do Amor. Por isso é muito importante que você a ponha novamente em funcionamento. Sei que a estamos encarregando de uma missão quase quase impossível, mas também sei que você pode perfeitamente dar conta dela. Por via das dúvidas, estarei a seu lado o tempo todo. Não vai estar sozinha. Lembre-se disso. Todos estamos com você. Desejo-lhe boa sorte."

Com essas palavras, Anacreonte deu por encerrada a recapitulação que supunha breve, e acabou sendo longa, da Lei do Amor. Depois deu em Azucena um abraço amoroso e acompanhou-a em seu regresso à Terra.

\* \* \*

Azucena nunca soube direito como foi que conseguiram escapar de Agapito e seus brutamontes. Foi realmente dramática sua volta à Terra no corpo de uma cega. Não só porque foi num momento crítico, mas porque era complicadíssimo manejar um corpo desconhecido. A primeira vez que mudou de corpo não teve muito problema, pois lhe entregaram um corpo novinho em folha, ao passo que o de agora estava velho e cheio de manias. Azucena ia ter de domá-lo pouco a pouco, até saber quais eram seus indutores, seus estímulos, seus gostos e desgostos. Primeiro tinha de começar por aprender a andar sem contar com o sentido da visão e utilizando pernas reumáticas. O que não era nada fácil. Não enxergar deixava-a completamente perdida. Nunca soube como se salvaram dos brutamontes de Isabel. A única coisa que ficou sabendo foi que umas mãos masculinas a puxaram, a ajudaram a escalar entre os sons dos tiros e da infinidade de obstáculos com que tropeçava a cada instante. Houve um momento em que caiu no chão e seu corpo já não lhe respondeu. Doía-lhe até a alma. Uma intensa pontada nos joelhos não a deixava levantar-se. As mãos de homem a ergueram no ar e a transportaram até a nave do compadre Julito, que estava estacionada no pátio do edifício. Foi tanta sorte que nem um único dos tiros dirigidos contra eles acertou no alvo. Cruzaram todo o trajeto como se estivessem em casa. E foi justo quando acabavam de entrar no aparelho e de fechar a porta que uma chuva de balas chocou-se contra a nave. Foi uma fuga muito afortunada, pois ninguém saiu seriamente ferido. A contagem dos ferimentos revelou que não passaram de uns poucos arranhões e uma ou outra contusão. Com exceção do corpo de Azucena, que tinha morrido, todos estavam sãos e salvos. A nave subiu rapidamente em meio ao regozijo de seus ocupantes.

 Foi só quando o susto passou que Azucena começou a tomar consciência do que tinha lhe acontecido. Estava viva! No corpo de uma cega, mas viva, afinal. Todos lhe deram boas-vindas e estavam muito contentes por ela estar entre eles. Azucena agradeceu-lhes de alma. Inclusive Cuquita, que tinha sofrido a perda de sua avozinha, alegrou-se por ela. Entendia perfeitamente que a avó tinha cumprido seu tempo na Terra e achava mais do que correto que sua vizinha ocupasse o corpo que a querida velha tinha desocupado. Azucena não podia sentir-se melhor. A única coisa que tinha de fazer era aprender a se movimentar na escuridão, e já. Estava tão grata aos Deuses por a terem deixado voltar à Terra, que não via o lado negativo do estado em que se encontrava. Mais ainda, achava que sua cegueira podia lhe trazer enormes benefícios. As formas e as cores distraem demasiadamente a atenção. Sua nova condição obrigava-a a se concentrar em si mesma, a olhar para seu interior, a procurar imagens do passado. Além do mais, "o que os olhos não vêem o coração não sente". Já não tinha por que ser testemunha dos olhares que Rodrigo e Citlali trocavam. Mas se esquecia de um pequeno detalhe. Os cegos supriam a falta do sentido da visão com o da audição. Azucena descobriu com horror que podia ouvir sem dificuldade até mesmo o delicado adejo de uma mosca, para não falar da conversa que Rodrigo e Citlali mantinham. Ouvia com toda a clareza como se desenrolava o flerte entre ambos. Os risos, os galanteios, as insinuações.

O otimismo acabou. Os ciúmes retornaram à sua vida como por obra de magia. A paz só durara alguns instantes. De novo a insegurança e o temor se apoderaram de sua mente, e de imediato ficou deprimida. Sentiu que podia perder Rodrigo para sempre. O que mais a desesperava era descobrir que ele estava muito mais cego que ela. Por sua conversa adivinhava-se que estava louco por Citlali. Como era possível? O que Citlali tinha para lhe oferecer? Um belo corpo, sim, mas por mais que ela lhe desse nunca se poderia comparar com o que ela – sua alma gêmea! – podia lhe dar. Como era possível que Rodrigo perdesse tempo com bobagens? Como era possível que não percebesse que ela, Azucena, o amava mais que ninguém e podia fazer dele o homem mais feliz do mundo? Desde que o conheceu não tinha feito outra coisa além de ajudá-lo, compreendê-lo, dar-lhe seu apoio, procurar fazê-lo sentir-se bem, e ele, em vez de valorizá-la, deixava-se levar pelas nádegas de Citlali. Com certeza não tirava os olhos de suas cadeiras. Tinha visto como as devorava desde que a conheceu. Se fosse qualquer outro homem, não acharia nada estranho: todos são assim, não sabem distinguir as mulheres ideais, sempre se deixam levar por um par de nádegas. Mas nunca esperara aquilo de sua alma gêmea, por mais que tivesse a memória apagada. O que mais lhe dava raiva era o sentimento de desvalorização de sua pessoa e as inseguranças que a perturbavam não a deixarem concentrar-se em resolver o problema em que estavam metidos. Sentia-se com muito dó de todos. Por culpa dela, agora Cuquita, o compadre Julito e até Citlali estavam metidos na trapalhada. Indagava-se se um dia as coisas deixariam de piorar para ela. E, ainda por cima, até o Popocatepetl tinha ficado bravo! Não sabia ao certo, mas suspeitava que o terremoto tivesse sido provocado por ele. Em ocasiões anteriores tinha sido assim. Era uma maneira de mostrar seu desgosto com os acontecimentos políticos. Era sempre um aviso de que as coisas não estavam bem. A única coisa que tranquilizava Azucena era pensar que a Iztaccíhuatl não tinha sido contagiada pela raiva, pois quem realmente regia o destino do país e de todos os mexicanos era ela. O Popocatepetl sempre atuou como príncipe consorte. Mas a protagonista era ela. Sua enorme responsabilidade a mantinha muito ocupada e a distraía dos pequenos prazeres do amor a dois. Ela não podia dar-se ao luxo de se entregar aos prazeres da carne, pois tinha de olhar por todos os seus filhos e zelar por eles.

    Uma lenda indígena diz que seu marido, o Popocatepetl, a vê como a grande senhora e a respeita muitíssimo, mas, como tem necessidade de desafogar sua paixão, arranjou uma amante. Chama-se Malintzin. A Malintzin é muito simpática e sensual e o faz passar ótimos momentos em sua companhia. A Iztaccíhuatl, claro, sabe desses namoricos, mas não lhes dá importância. Tem assuntos mais importantes a resolver. O destino da nação é coisa séria. Tampouco lhe interessa castigar a Malintzin. Mais ainda, agradece-lhe por manter seu marido satisfeito, já que ela não pode. Bem, não é que não possa. Claro que pode, e o faria melhor que ninguém! Mas não lhe interessa. Prefere conservar sua grandeza, seu poderio, sua altivez e deixar que a Malintzin se ocupe dos assuntos menores, dignos de sua condição. Considera-a boa apenas para brincar na cama. Mantém-na nessa categoria e a ignora por completo.

Azucena pensava que, já que Rodrigo tinha a síndrome do Popocatepetl e andava se divertindo com sua Malintzin, ela gostaria de ter a síndrome da Iztaccíhuatl. Naquele momento, ela era responsável pelo destino de várias pessoas. Tinha de resolver grandes problemas e, em vez disso, estava preocupada por não ter o amor de Rodrigo. Com toda a sua alma pediu ajuda à senhora Iztaccíhuatl! Como precisava ter um pouco da sua grandeza! Adoraria não sentir aquela paixão que a contraía por dentro, que a atormentava. Gostaria de parar de se angustiar com o tom de sedução que tinha a voz de Rodrigo e encontrar a paz interior de que tanto necessitava. Fazia-lhe tanta falta o abraço de um homem, sentir um pouco de amor!

Teo aproximou-se dela e abraçou-a ternamente. Parecia ter adivinhado seu pensamento, mas não era isso. O que acontecia era que estava agindo sob as ordens de Anacreonte. Teo era um dos Anjos da Guarda *undercover* com que Anacreonte trabalhava na Terra. Recorria a eles em casos de extrema necessidade, e este era um deles. Não podiam deixar que Azucena se deprimisse novamente. Azucena se deixou abraçar. A princípio, o abraço lhe transmitiu proteção, amparo. Azucena encostou a cabeça no ombro de Teo. Ele, com muita ternura, pôs-se a acariciar-lhe os cabelos e a dar-lhe beijos suaves na testa e nas faces. Azucena levantou o rosto para receber os beijos com maior facilidade. Sua alma começou a sentir um enorme consolo. Azucena timidamente correspondeu ao abraço com outro abraço e aos beijos com outros beijos. As carícias entre ambos foram aumentando pouco a pouco em intensidade. Azucena chupava como louca a energia masculina que Teo lhe estava proporcionando e de que ela tanto necessitava. Teo pegou-a pela mão e suavemente levou-a ao banheiro da nave. Lá se trancaram e deram rédeas largas ao intercâmbio de energias. Teo, como Anjo da Guarda *undercover* que era, tinha um elevado grau de evolução. Seus olhos estavam capacitados a ver e gozar a entrega de uma alma como a de Azucena, ainda que dentro de um corpo tão deteriorado como o da avó de Cuquita. Azucena, pouco a pouco, tomou posse do corpo da anciã e o pôs para trabalhar como havia muitíssimos anos não trabalhava. Para começar, as mandíbulas tiveram de se abrir muito mais que de costume para poder receber a língua de Teo dentro da boca. Seus lábios secos e enrugados tiveram de se estender, claro que auxiliados pela saliva de seu generoso companheiro astral. Os músculos das pernas não tinham a força nem a flexibilidade requeridas para o ato amoroso, mas incrivelmente as adquiriram em alguns minutos. A princípio tiveram cãibras, mas já aquecidos funcionaram perfeitamente, como os músculos de uma mocinha. O centro de seu corpo, umedecido pelo desejo, pôde permitir a penetração de maneira confortável e altamente prazerosa. Aquele corpo recordou com enorme gosto a agradável sensação de ser acariciada por dentro, uma vez, outra vez. O gozo que estava obtendo abriu seus sentidos de tal maneira que pôde perceber a Luz Divina.

Conforme Anacreonte planejara, o diamante que tinha instalado em sua testa estava trabalhando corretamente e amplificava a luz que Azucena obtinha no momento do orgasmo. A gema da alma de Azucena ficou iluminada, molhada, germinada de amor. Foi só quando se acalmou sua sede do deserto... foi só quando recebeu amor que recuperou a paz, e foi só quando ouviu as batidas desesperadas de Cuquita, que queria usar o banheiro, que voltou à realidade. Quando a porta se abriu e apareceram Teo e Azucena, todos os olhares foram para eles. Azucena não conseguia dissimular a felicidade. Era notada a léguas. Tinha as faces rosadas e cara de satisfação. Estava até bonita, vá! Mas é claro que, por melhor que tivesse funcionado seu corpo sob os vapores do desejo, isso não impediu que no dia seguinte lhe doessem até as pestanas. De qualquer modo, o ato amoroso alcançou seu objetivo. Azucena, por um momento, afinou-se com o Amor Divino. Isso bastou para sentir vontade de fazer um trabalho interior. Pôs-se a assobiar uma canção e cruzou a nave aos pulinhos, levada pela mão de Teo. Quando chegou a seu lugar, sentou-se, exalou um longo suspiro, pôs o *discman* e preparou-se para fazer uma regressão no mais completo estado de felicidade.

CD-7

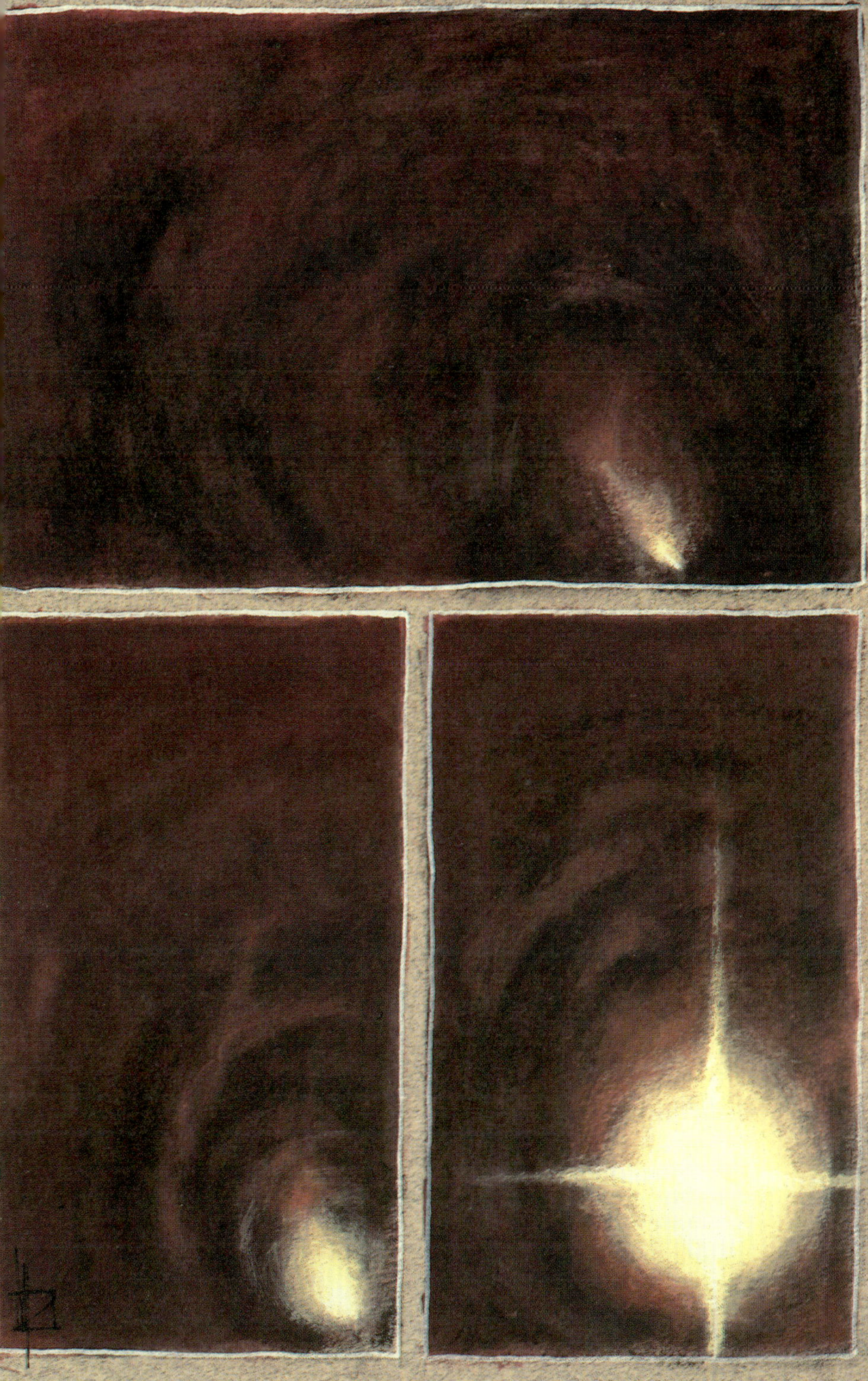

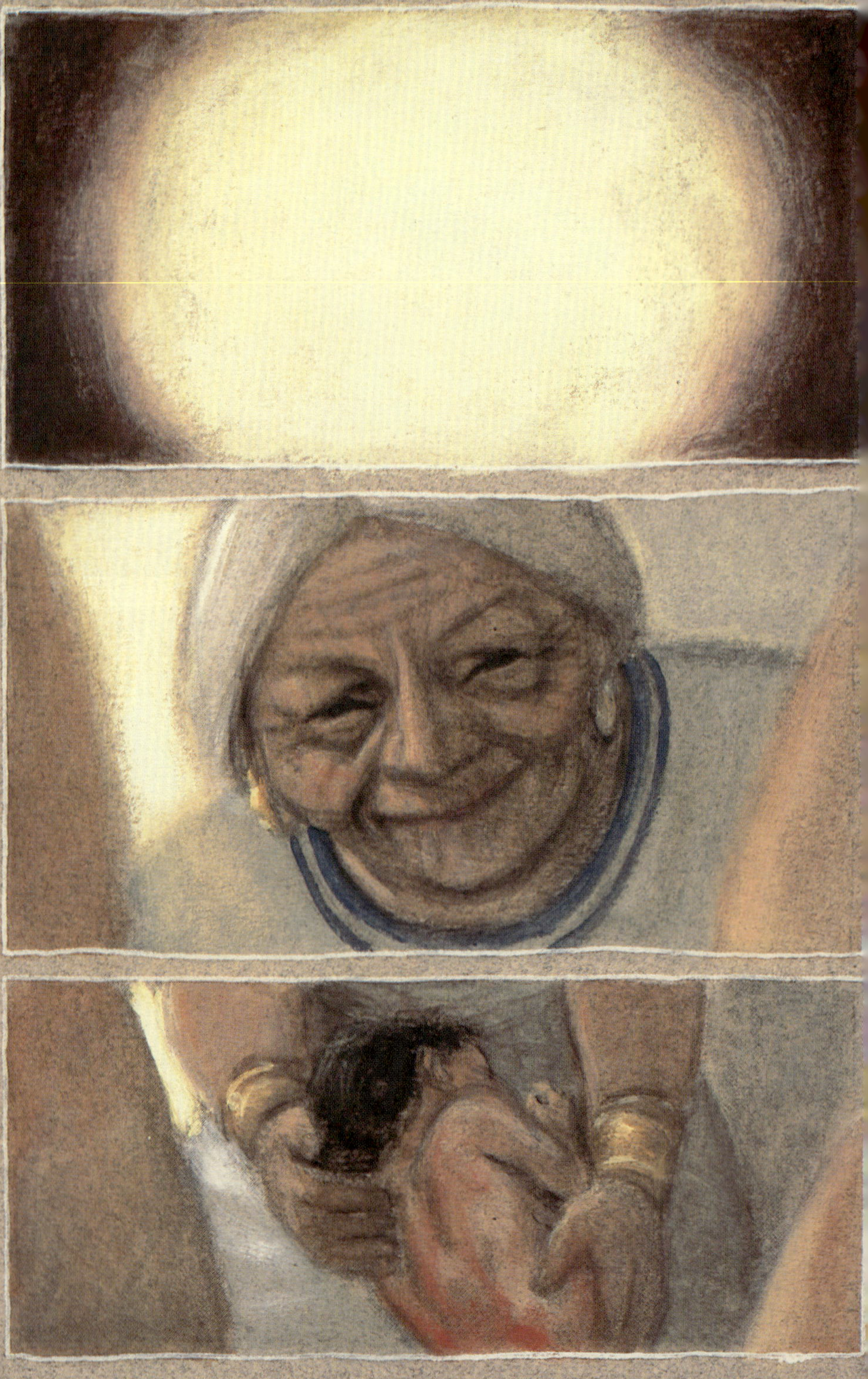

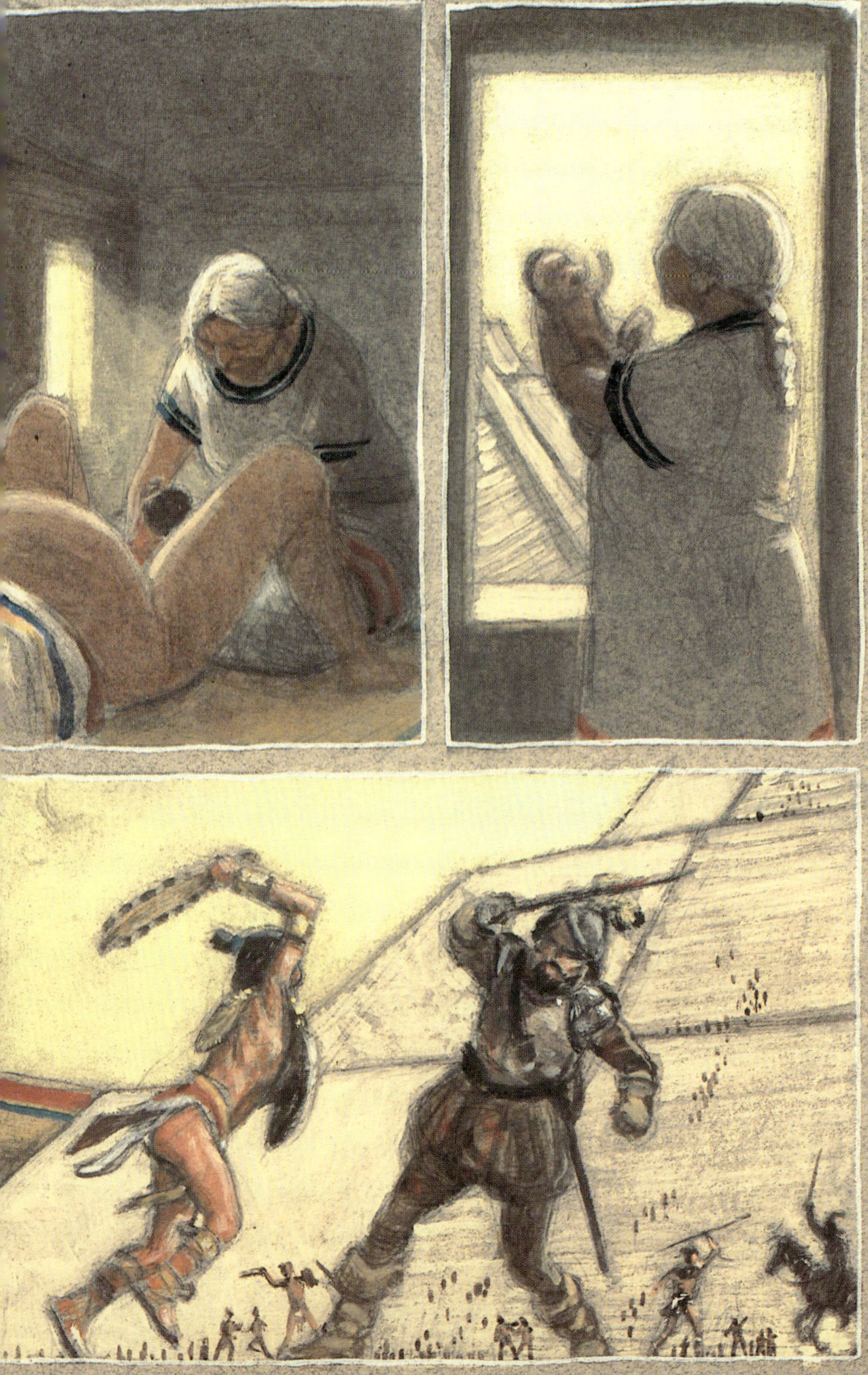

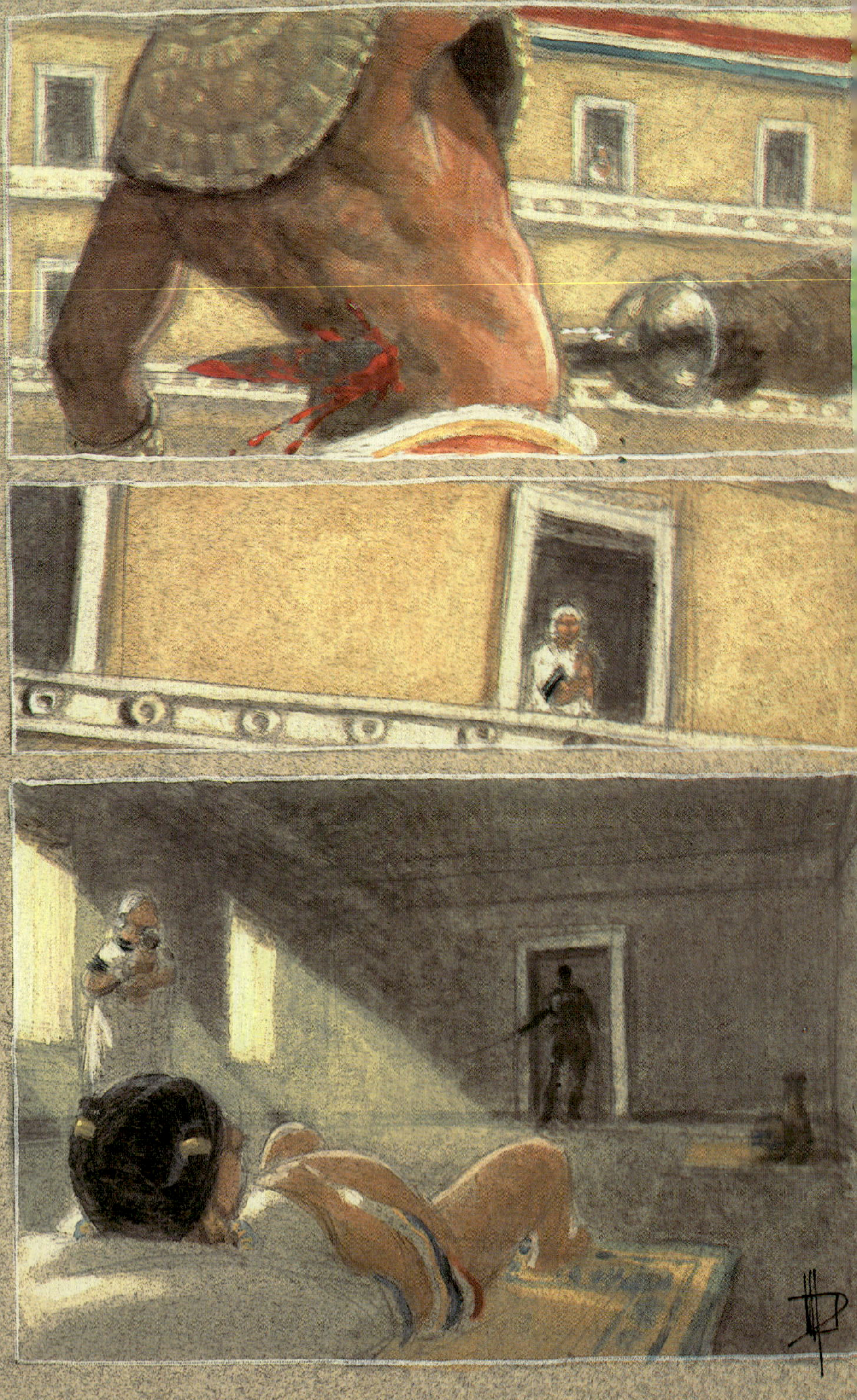

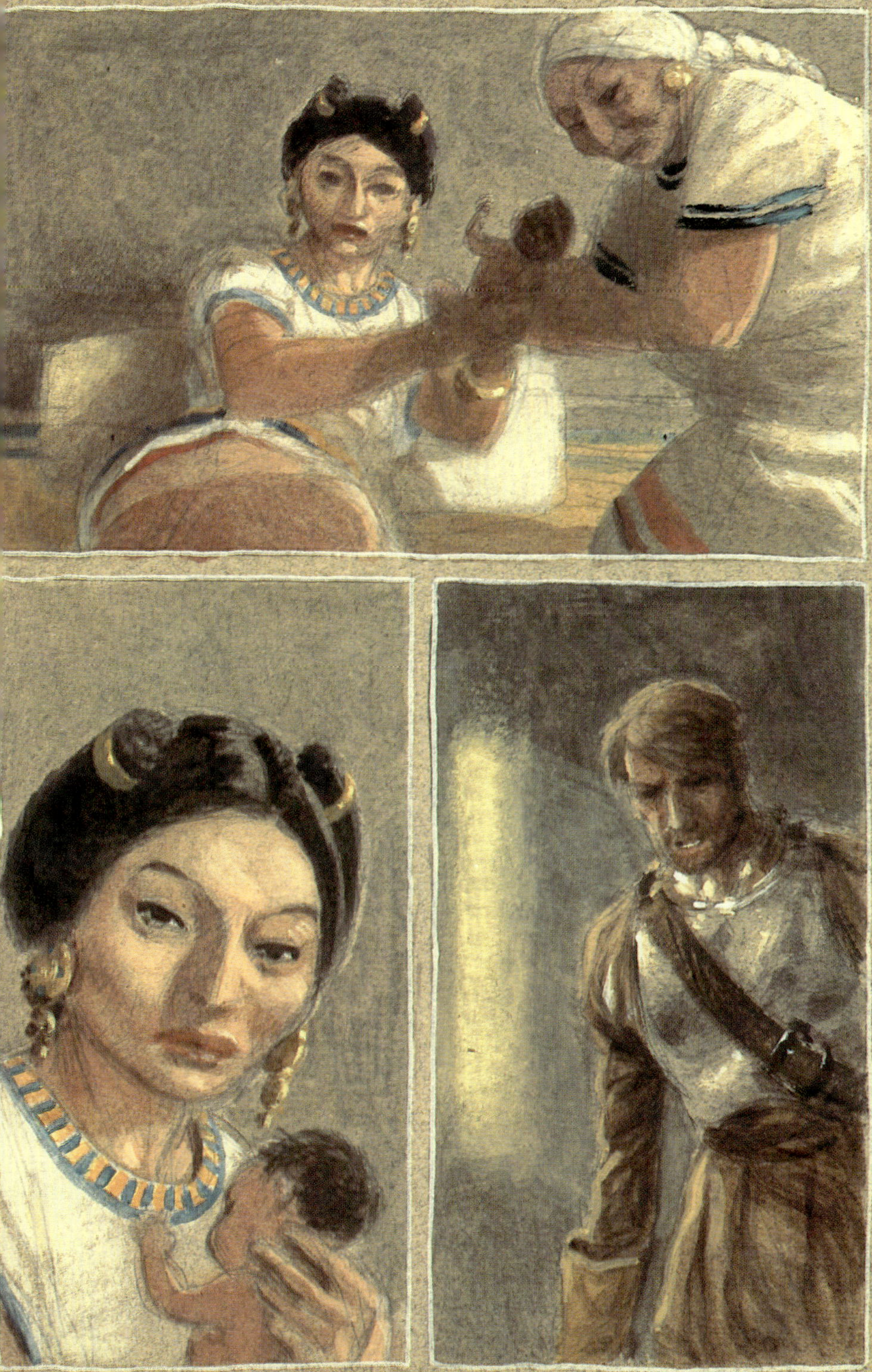

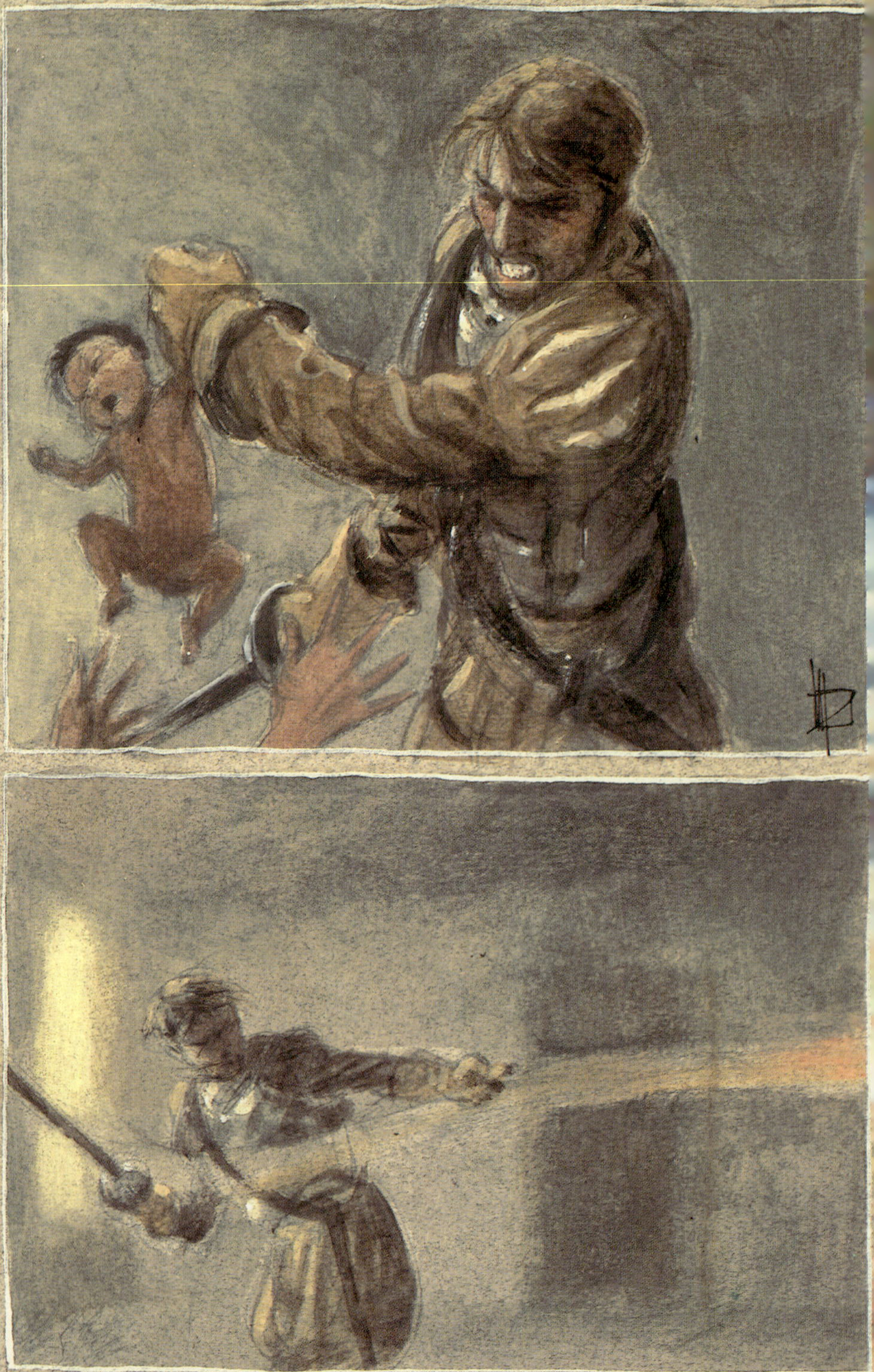

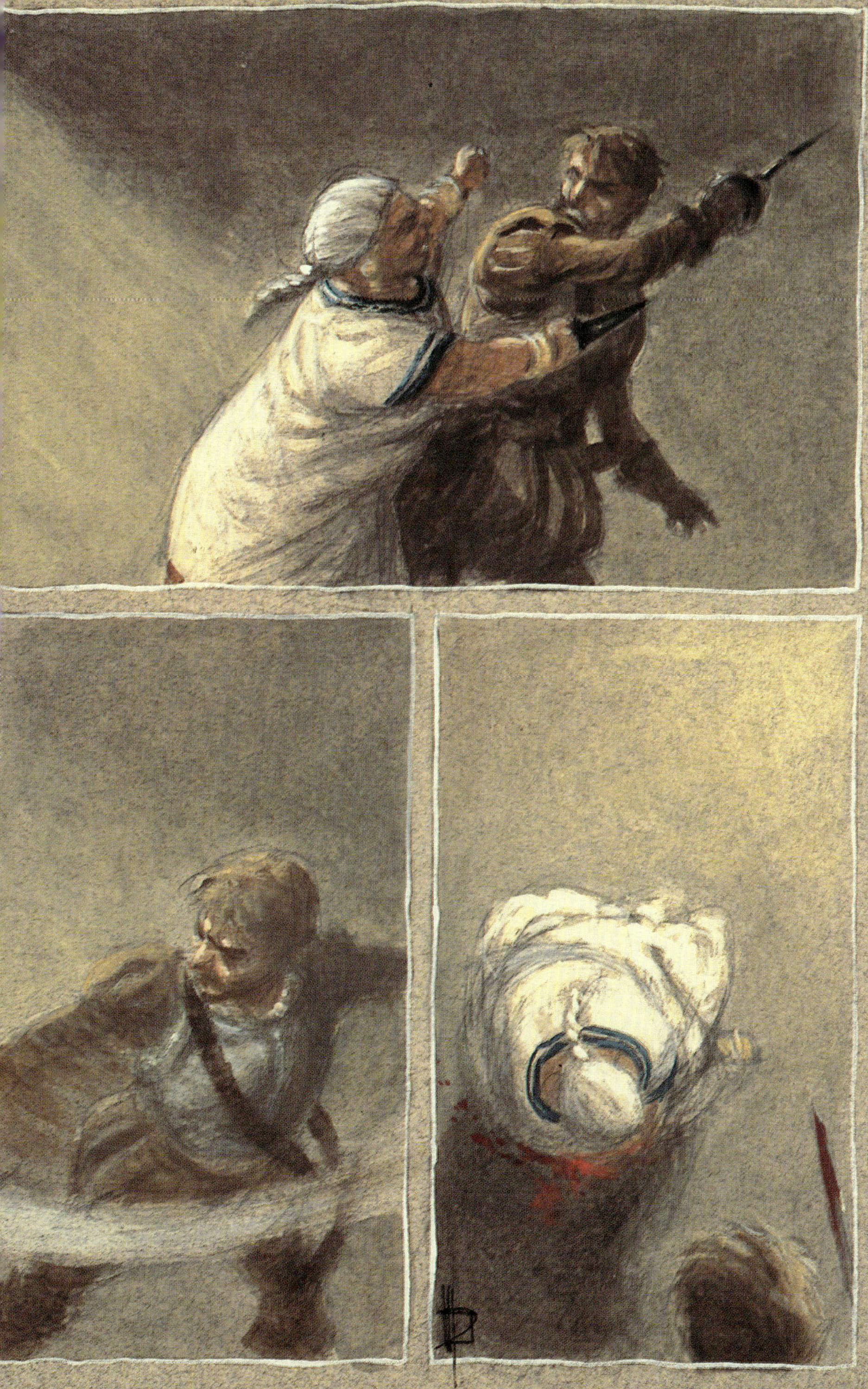

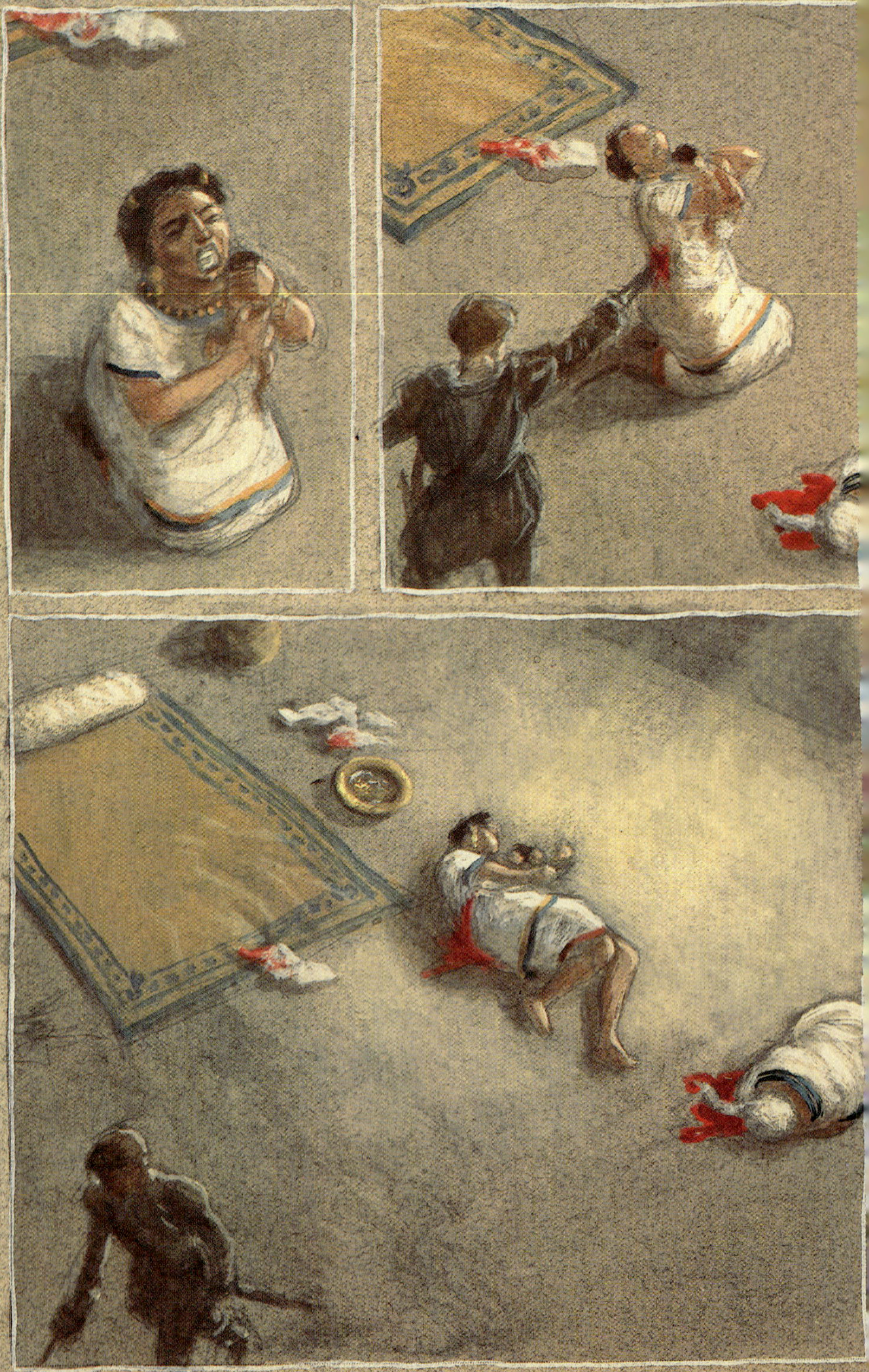

Azucena abriu os olhos antes do tempo. Sua respiração estava agitada. Tinha saído da regressão num estado muito alterado. Soube de imediato que aquela mulher que gritava desesperada pela morte do filho era ninguém menos que Citlali, e aquele menino que viveu apenas alguns minutos outro não era senão ela mesma em sua outra vida. Comoveu-a muito saber que aquela mulher de quem tinha tanto ciúme fora sua mãe em outra vida. Já não podia vê-la com os mesmos olhos. Tampouco a Rodrigo. Foi um choque descobrir que Rodrigo, seu adorado Rodrigo, o homem pelo qual estava disposta a tudo, tinha sido o conquistador que a matara a sangue frio. Levou algum tempo para ligar a imagem de Citlali com a da índia que Rodrigo tinha violentado. Tratava-se da mesma mulher! Sabia-o porque tinha visto a foto do estupro mil vezes. Conhecia de cor o rosto daquela índia. A foto fazia parte da regressão de Rodrigo, e Azucena a tinha guardado por morbidez. Uma infinidade de vezes tinha se regozijado no sofrimento de ver Rodrigo possuir outra mulher e de ver a luxúria em seus olhos. Agora podia abordar a imagem a partir de outra perspectiva. Deve ter sido terrível para Citlali ser violentada pelo assassino de seu filho. Que experiência tremenda! Azucena sentiu muita pena dela.

Teo de imediato compreendeu tudo. Abraçou Azucena e consolou-a docemente. Com palavras suaves começou a tranqüilizá-la. Fez com que relaxasse e entrasse novamente num estado Alfa. Sugeriu-lhe que perguntasse qual era sua missão nessa vida. Azucena seguiu suas instruções docilmente. Pouco depois respondeu que era falar aos astecas sobre a importância da Lei do Amor, porque a estavam rompendo e corriam o risco de que a Lei da Correspondência agisse contra eles. Teo lhe perguntou se conseguiu passar o recado. Azucena respondeu que não. Explicou que a mataram antes que pudesse dá-lo. Também falou que teve outra oportunidade na vida de 1985, mas também não a deixaram falar. Finalmente compreendeu que agora tinha mais uma oportunidade de dizer o que tinha de dizer.

Nesse momento, Azucena começou a compreender o porquê de tudo o que tinha acontecido com ela. Descobriu que existia uma relação lógica entre todos os fatos. Cada um é o resultado de outro anterior. Aparentemente não há nada injusto. A única coisa que ainda não lhe estava clara era por que ela. Por que não escolheram outra pessoa para dar aquele recado tão importante? Ainda não encontrava resposta para essa pergunta, mas pelo menos tomou consciência de sua missão e recobrou o entusiasmo para cumpri-la. O ruim era que agora tinha novo impedimento. Não podia voltar à Terra, porque tanto ela como os demais ocupantes da nave eram procurados pela polícia. Nisso chegou Cuquita para lhe trazer uma grande notícia. Acabava de ouvir no rádio que uma peregrinação interplanetária se dirigia à Villa para ver a Virgem de Guadalupe. Se conseguissem infiltrar-se na multidão seria impossível que os detectassem ao chegar à Terra. Azucena alegrou-se enormemente. Imediatamente consultou todos e decidiram abandonar a nave do Mafuá Interplanetário no planeta mais próximo e viajar na imensa nave que transportava os peregrinos.

# CD-8

## INTERVALO PARA DANÇAR

*São Miguel Arcanjo, santinho,
não fiques tão duro, tão quietinho.
Não te regozijes em teu passado
pois é agora que preciso mesmo de ti.*

*É agora, quando o demônio está com tudo,
é agora, quando os santos já não são tantos,
é agora, quando os deuses são só adeuses,
é agora, quando o pecado, nem vou dizer.*

*São Miguel Arcanjo, santinho, santinho,
São Miguel Arcanjo, santinho,
Não fiques como ferro, como pau-santo,
que me está levando embora este desencanto.
Eu choro, choro e choro, melhor já não canto.*

*É agora, quando Mefisto está pronto.
É agora, quando as vacas estão magras.
É agora, quando as penas são tantas.
É agora, quando a vida só me dá sustos.*

*São Miguel, santinho, santinho, santinho.*

LILIANA FELIPE

Azucena não toma jeito mesmo. Por mais que lhe dêem ajuda. Sempre acaba estragando tudo!

Jurei respeitar e fazer respeitar a Lei do Amor e estou a ponto de infringi-la. Já não posso administrar justiça. Estou faltando com a ética e, o que é pior, sinto-me completamente cínico sentado numa cadeira de Anjo da Guarda quando o que tenho vontade de fazer é acabar com um monte de filhos da mãe: começando por Isabel e terminando por Nergal, o chefe da polícia secreta do Inferno.

Achei que, com a ajuda de Teo, Azucena fosse reagir e cumprir sua missão. Mas, não! Acontece que ela se apaixonou por Teo como uma adolescente e não faz outra coisa além de pensar nele. Não, não há a menor dúvida, todo o mundo desempenha muito bem seu papel, menos eu! Teo, nosso Anjo da Guarda *undercover*, é eficiente demais, o safado. Mais ainda, bem que lhe agrada ficar se agarrando com Azucena pelos cantos. O pretexto é que faz isso para mantê-la afinada com o Amor Divino, mas o que a está afinando é outra coisa. E eu aqui como um boboca, enquanto Nergal destitui Mammon de seu cargo de Demônio de Isabel, e Mammon, com todo o tempo livre do mundo, dedica-se a paquerar Lilith, minha namorada, enquanto Azucena, inflamada de amor romântico, planeja com o compadre Julito uma revolução armada para acabar com Isabel. Que Deus nos perdoe!

A impossibilidade que Azucena tem de olhar para dentro de si a faz centrar sua atenção nos problemas dos outros para tentar arranjar-lhes uma solução. Claro! É muito mais fácil ver o cisco no olho alheio. O terror de mergulhar de cabeça em suas entranhas, o medo de revolvê-las, de encher-se de merda, levou-a a buscar uma solução coletiva para seu problema, esquecendo que as soluções coletivas nem sempre funcionam, porque cada pessoa tem sua evolução espiritual própria. Nenhuma organização social vai encontrar um caminho que seja bom para todos, porque os problemas que Azucena, como os outros seres humanos, tem em sua vida cotidiana são o resultado de desajustes que foi incapaz de solucionar no passado. Por isso, cada caso é único e diferente do caso dos outros. Claro que de qualquer maneira afetam sua participação no mundo público, mas não é mudando a coletividade que se arranjam as coisas, e sim mudando a si mesmo. Ao consegui-lo, automaticamente se modifica a coletividade. Toda mudança interior repercute no exterior, porque o que é dentro é fora.

O que é preciso mudar dentro? A resposta está no passado. Cada um tem de investigar e descobrir quais são os problemas que não pôde solucionar em outras vidas para superá-los nesta. Não o fazendo, mantém laços com o passado, que mais cedo ou mais tarde se transformarão em pesados grilhões que o impedirão de realizar a missão que lhe cabe. O conhecimento do passado é o único caminho para soltar-se dessas amarras e cumprir sua missão, sua única, intransferível e individual missão. Quem diabos disse a Azucena que organizando uma guerrilha é que ela vai solucionar todos os seus problemas? Uma guerra ou uma revolução, apesar de às vezes serem necessárias e conseguirem obter benefícios coletivos, podem retardar a evolução individual. Mais ainda, neste momento uma atividade desse tipo só vai distraí-la de sua missão.

Há outras causas que impedem as pessoas de obedecer à Vontade Divina. A mais daninha e freqüente é o Ego. Todo o mundo gosta de sentir-se importante, valorizado, reconhecido, premiado. Para consegui-lo geralmente as pessoas fazem uso dos dons que a natureza lhes deu. Os elogios que recebem por sua maneira de escrever, de cantar, de dançar ou de dirigir um país as faz esquecer a razão por que lhes foram dados tais dons. Se nasceram com eles, não foi para seu brilho pessoal, mas para que os pusessem a serviço da Vontade Divina.

O dom de organizadora que Azucena tem é a melhor arma com que conta para realizar sua missão, mas, paradoxalmente, pode vir a ser seu pior inimigo. Está tão enredada nos elogios que o compadre Julito faz à sua capacidade organizativa e à sua inteligência, sente-se tão importante, a senhorita, que está utilizando seu livre-arbítrio na tomada de decisões que a levarão a obter um triunfo. Triunfo que obviamente lhe granjeará elogios, mas que, ao mesmo tempo, a estará afastando cada vez mais de sua missão. Por quê? Porque se triunfar se transformará numa dirigente política. O poder lhe dará a sensação de que é muito importante. Sentindo-se importante, vai acreditar que merece todo tipo de honrarias e reconhecimentos. Se não os obtiver imediatamente, irá sentir-se ofendida, magoada, diminuída, e reagirá com ódio pela pessoa ou pelas pessoas que lhe negaram o reconhecimento. Por quê? Porque até agora ninguém que detivesse o poder pôde reagir de outra maneira. Apenas por isso. E depois? Depois tratará de se manter no poder de qualquer jeito. Intrigando, assassinando e, em poucas palavras, odiando. Em seguida o rancor virá cobrir sua aura como uma capa densa de pólo negativo. Quanto mais rancor acumular, menos capacitada estará para ouvir meus conselhos, pois estes viajam em vibrações sutilíssimas de energia que se chocarão contra a cortina de elogios que a manterá enredada no engano. E então? Então nunca mais poderemos trocar nenhuma palavra. Essa capa fará rompermos relações de qualquer tipo e me alijará de seu lado. A mim, que sou seu Anjo da Guarda e com quem ultimamente tem de trabalhar e de quem deveria estar esperando reconhecimento, e não do boboca do compadre Julito! Que horror! Mas o que estou dizendo! Estou insultando um inocente. É que Azucena está realmente me fazendo perder a cabeça. Se não reagir, acho que vou acabar realmente louco. O que mais lhe recrimino é que, por sua culpa, estou perdendo Lilith. Não suporto isso! Sei muito bem que é um vulgar problema do Ego e que o mais conveniente é deixá-lo de lado, se não quiser atrapalhar o cumprimento de minha missão ao lado de Azucena, mas o que estão querendo? Não posso controlá-lo. Que vergonha! Sei que é lamentável o espetáculo que ofereço. Um Anjo da Guarda morto de ciúmes! Seria uma boa matéria para uma revista de fofocas. O mais incrível é que fiz um doutorado sobre a maneira pela qual um Ego deformado pode arruinar a relação de um casal. Garanto-lhes que sei de cor a teoria.

Uma pessoa com problemas de Ego irá querer ter a seu lado um par que seja um objeto apreciado e valorizado por todos os demais. O mais bonito, o mais inteligente, etcétera. Um objeto que só ela possua, porque, se todo o mundo o tivesse, perderia seu valor. Já que o obtém, cuidará enormemente de sua propriedade para que ninguém o toque, para que ninguém o tome, porque, se o perder, seu Ego se verá diminuído. O par se transformará numa propriedade que dá *status* e provoca admiração. Nunca ninguém perguntará se esse par era o que lhe cabia ter nesta vida, de acordo com o Plano Divino. Talvez o par adequado tenha passado diante de seus olhos e nem sequer o viu, porque não tinha talento suficiente e não tinha acumulado os músculos, a beleza ou a inteligência que esperava. Sua incapacidade de ver no fundo da alma humana impediu que o reconhecesse, mas, em compensação, a voz do Ego a fez unir-se a uma pessoa que não lhe cabia.

A única maneira de solucionar esses problemas é transformar o Ego negativo em positivo por meio do conhecimento. Quando uma pessoa realmente se conhece em profundidade, aprende a se amar e se valoriza pelo que é e não pela pessoa que a acompanha. Esse amor por nós mudará a polaridade negativa de nossa aura para positiva e, graças à Lei da Correspondência, atrairemos a pessoa indicada para nossa vida. Deixaremos de nos sentir infelizes se alguém nos rejeitar, porque compreenderemos que as atrações e as rejeições têm a ver com a Lei do Carma e não com nosso valor como seres humanos. O Ego sofre se alguém nos rejeita, mas, se a pessoa o superar por meio do conhecimento, perceberá que essa rejeição foi ocasionada por nós mesmos ao infringir a Lei do Amor e que a única maneira de restabelecer o equilíbrio é por meio do Amor.

Estão vendo? Sei de cor. Mas isso não me impede de estar numa sinuca de bico.

Nossa mãe! Lá vem meu Arcanjo da Guarda. Era só o que me faltava! Sempre aparece quando nossa linha de comunicação está ocupada e quando estou fazendo cagada. Mas o que estou fazendo de errado? Quem está mijando fora do penico é Azucena, não eu. Ou sim?

Como o que é em cima é embaixo, eu talvez já me tenha contagiado com sua tolice e esteja esperando que ela mude para que tudo se arrume, quando quem teria de mudar sou eu. Ai, caramba! E agora?

As rezas dos milhares de pessoas que viajavam no interior da enorme nave espacial infundiam esperança no coração de Azucena. Tanta fé concentrada num espaço tão pequeno era altamente contagiosa. O calor das velas e o cheiro do *copal* criavam uma sensação de serenidade, de inocência, de pureza. Azucena sentia-se mais jovem do que nunca. Suas faces tinham adquirido uma cor rosada. Suas dores tinham desaparecido. Tinha-se esquecido por completo de sua cegueira, de suas mãos artríticas, de sua ciática. A relação com Teo a fazia sentir-se completamente segura, amada e desejada. Sabia que ele não se importava que ela tivesse a pele enrugada, a cabeça cheia de cabelos brancos e dentadura postiça. Gostava dela mesmo assim. Não há dúvida de que apaixonar-se faz bem a qualquer um. A vida muda por completo. Azucena, aninhada nos braços de Teo, sentia-se a mulher mais juvenil e bela do mundo. Perguntava-se se aquilo só acontecia em seu caso ou era comum nas pessoas de idade avançada. O que significava ter um corpo velho? Nada. O interior é o mesmo. Os desejos são os mesmos. No momento de pensar em seus desejos, Azucena logo se lembrou de Rodrigo. Tinha se esquecido totalmente dele! O que era lógico. Entre um beijo e outro, não era fácil lembrar-se do que quer que fosse. Além do mais, Teo tinha se encarregado de convencê-la de que Rodrigo a amava mais que ninguém no mundo, seu único problema era não lembrar. Azucena, como qualquer outra mulher, ao aceitar que seu amado só gostava dela, podia permitir a infidelidade. Entendia bem que se Rodrigo se sentia atraído por Citlali era devido a uma paixão passageira de outras vidas, mas que, quando recobrasse o conhecimento, voltaria a ela para sempre. Enquanto isso, ela estava passando maravilhosamente bem com Teo e não se sentia culpada. Teo tinha uma idéia muito interessante sobre a fidelidade, que ela acabara por compartilhar. Dizia que um par é bom para alguém na medida em que mantém o coração inflamado de amor. Mas, no dia em que essa relação propicia ódios, ressentimentos e todo tipo de atitudes negativas, em vez de servir, retarda a evolução de um ser humano. Sua alma se enche de escuridão e já não vê o caminho que finalmente irá levá-lo à sua alma gêmea, a reaver o Paraíso.

    A Azucena convinha definitivamente que Citlali e Rodrigo se apaixonassem, porque através da infidelidade Rodrigo ia voltar para ela. Ultimamente, uma pessoa passa catorze mil vidas sendo infiel a seu par original, mas, paradoxalmente, a infidelidade é a única maneira de voltar a ele. Claro que não se trata de ser infiel só por ser. O amor que faz evoluir é aquele que é produto de uma entrega total entre duas pessoas. O que surge dentro de um círculo fechado que contém em seu interior o masculino e o feminino, o Yin e o Yang, os dois elementos indispensáveis para que surja a vida, o prazer, o equilíbrio. Quando alguém está com um par deve estar apenas com esse par, e quanto mais apaixonados e entregues ambos estiverem, mais energia circulará entre ambos e mais depressa evoluirão. Mas, se um dos dois resolve romper seu círculo de energia para enlaçar-se com o de um novo par, forçosamente deixará escapar grande parte da energia que tinha conseguido gerar com sua entrega amorosa, e nestes casos a infidelidade se torna prejudicial. Mas, atenção, isso não quer dizer que se alguém tem um par estabelecido deva lhe ser fiel pelo resto da vida. Não, deverá permanecer a seu lado unicamente enquanto a energia amorosa circular entre ambos. Quando o amor acabar, deverá procurar um novo companheiro. Em síntese, a solução é a infidelidade, mas uma infidelidade comprometida. O objetivo é manter-se sempre cheio de energia amorosa, tal como estavam Teo e Azucena.

Teo, depois de ter consolado Azucena a noite toda, estava morto de cansaço e tinha adormecido. Azucena, ao contrário, encontrava-se cheia de energia. Levantou-se de um salto e foi procurar o compadre Julito. Juntos estavam desenvolvendo um plano para tirar Isabel do poder. Azucena achava que nunca poderia colocar o vértice da Pirâmide do Amor em seu lugar enquanto Isabel estivesse metida no meio. Por quê? Simplesmente porque Isabel era uma verdadeira filha da mãe e só afastando-a poderia agir com liberdade.

Encontrou o compadre Julito num canto da nave esvaziando uma garrafa de tequila. Azucena sentou a seu lado. A localização do compadre era perfeita: era a mais distante de onde se encontrava toda a gente. Quanto mais distantes estivessem de todos os demais, tanto melhor. Assim poderiam elaborar seu plano sem que ninguém os ouvisse. Bem, não só por isso. A verdade é que Azucena nunca se sentira à vontade em meio às multidões. Preferia os espaços íntimos. O exato oposto de Cuquita, que estava como um peixe na água no meio dos peregrinos. Quanto mais gente a rodeasse, melhor se sentia. Azucena estava convencida de que era assim porque a grande massa dos não-evoluídos era igual em todos os planetas. Por mais que fossem diferentes em seu aspecto físico, comportavam-se de maneira idêntica em todos os lugares. Falavam o mesmo idioma, pois. Azucena admirava a absoluta familiaridade com que Cuquita se relacionava com todo o mundo. No pouco tempo que estavam viajando na nave peregrina, todos já sabiam de sua vida inteira. Era surpreendente a forma como havia superado a morte da avó. Azucena pensou que talvez influísse o fato de não ter deixado de vê-la. Não tivera tempo de sentir sua ausência porque realmente a ausência não existira. De certo modo, continuava viva. Com a alma de Azucena, mas viva. Fosse por que fosse, era bom que depois de tudo o que Cuquita tinha passado ainda conservasse o senso de humor. Ia e vinha de grupo em grupo, intervindo em todas as conversas. Um dos grupos discutia sobre se alguém tinha disparado antes ou depois de o outro ter metido a cabeça. Cuquita pensou que estivessem falando da morte do senhor Bush e foi correndo saber da novidade, mas com desencanto descobriu que estavam discutindo sobre a final do campeonato interplanetário de futebol entre a Terra e Júpiter, que a Terra havia perdido. Cuquita opinou que o culpado do fracasso era o treinador, por não ter escalado Hugo Sánchez. Que deveriam ter dado atenção à mulher dele, que não parara de gritar da tribuna: "Escalem ele, escalem ele!" Estava neste ponto quando alguém lhe perguntou se sabia alguma coisa dos assassinos do senhor Bush, e Cuquita ficou um pouco nervosa. Mas, para não despertar suspeitas, respirou fundo e se dispôs a dar a resposta. Como era de seu hábito, despe-

jou seu discurso com muita propriedade. Em voz alta disse a todos que não se deixassem impressionar pelas notícias, pois as pessoas que tinham sido acusadas não passavam de "bodes *expiratórios*" do sistema. Todo o mundo ficou tranqüilo com a explicação e ninguém parece ter percebido que Cuquita tinha empregado uma palavra por outra, ou, se alguém notou, não se importou nem um pouco. Azucena pensou: "Não há dúvida. Deus os faz e eles se juntam."
Vendo o quanto Cuquita estava bem informada, perguntaram sua opinião sobre o rumo dos acontecimentos no México. Era preocupante que a violência tivesse se desencadeado daquela maneira. Cuquita concordou com eles e disse que esperava que logo descobrissem que mente *maquilabélica* estava planejando todos os horríveis assassinatos.
– Assassinatos? Pensávamos que só tinha sido o do senhor Bush. Quer dizer que houve mais?
Azucena se inquietou. Tinha de silenciar Cuquita, senão ela ia acabar soltando toda a informação e metendo-os numa encrenca de que nunca poderiam sair. De modo que pediu ao compadre Julito que a levasse até onde se encontrava Cuquita para arrastá-la de lá pelos cabelos, mas ao chegar descobriu que não era necessário, porque Cuquita, habilmente, já tinha mudado de assunto e estava entretendo os ouvintes com toda uma teoria sobre por que o Popocatepetl tinha "*regargitado*". Disse-lhes que, se não sabiam, o vulcão captava a energia e os pensamentos dos habitantes da Terra e que ultimamente tinha estado se alimentando de sobressaltos e raivas, motivo pelo qual tinha se *indigestado* e soltado uma série de *arroutos* de enxofre, acompanhados do conhecido tremor de terra. Todos se maravilharam com a explicação e se angustiaram mais que nunca com que as coisas no México houvessem piorado. Não convinha

a ninguém que continuassem assim. Se o Popocatepetl se ativasse poderia deflagrar uma reação em cadeia de todos os vulcões que estavam ligados internamente com ele e provocar uma catástrofe mundial, que não afetaria apenas os habitantes da Terra, mas a todos os do Sistema Solar.

\*\*\*

Se Rodrigo não tivesse ido embora com Citlali, talvez Azucena estivesse menos sensível à dor que lhe causavam as pedrinhas que se enterravam em seus joelhos. Estava há um bom tempo andando ajoelhada entre os milhares de peregrinos que procuravam entrar na Basílica de Guadalupe. Continuava fingindo ser mais uma do grupo. Tinham decidido esperar até depois da missa para se separar dos crentes. Não queriam despertar suspeitas. Os únicos que tinham assumido o risco de ir embora foram Rodrigo e Citlali. Citlali porque precisava voltar com urgência para casa, Rodrigo para segui-la. Por outro lado, Citlali não achava justificativa alguma para permanecer ao lado de um grupo tão perigoso, já que nem Rodrigo, no corpo do ex-marido de Cuquita, nem ela eram procurados pela polícia. Foram-se quando a nave aterrissou. Azucena tinha se despedido deles brevemente, aparentando indiferença, mas Teo sabia perfeitamente que por dentro estava dilacerada. Solidário como sempre, não saíra de seu lado, proporcionando-lhe um grande apoio físico e espiritual. Não fosse ele, ninguém sabe como Azucena teria enfrentado a perda. Ela podia muito bem suportar a infidelidade de Rodrigo enquanto o tivesse à vista. Mas não tolerava sabê-lo distante.

Com grande ternura, Teo procurava suprir a ausência de Rodrigo e levar Azucena pelo caminho menos acidentado até o Pocito. A gente do povo chamava assim um poço em que, desde tempos imemoriais, os astecas costumavam purificar-se antes de render tributo à deusa Tonantzin. A partir da conquista e até os dias de hoje, o ritual continuava sendo praticado, mas agora em honra à Virgem de Guadalupe. O objetivo dessa cerimônia era tirar do corpo as impurezas de pensamentos, palavras e obras antes de entrar no templo. A maneira de fazê-lo era lavando o rosto, os pés e as mãos. Teo conduziu Azucena como o melhor guia do mundo, fazendo-a evitar todo tipo de obstáculos até depositá-la à beira do Pocito. Ela se inclinou para tomar a água entre as mãos e purificar o rosto. Quando estava prestes a jogá-la no rosto, Cuquita se aproximou dela e lhe disse no ouvido:

– Não se vire, mas aqui perto está o segurança que usa seu ex-corpo.

O coração de Azucena disparou. Isso queria dizer que tinham sido descobertos!

Num piscar de olhos Cuquita, Azucena e Teo estavam fugindo, seguidos de perto por Ex-Azucena.

Era difícil mover-se entre tanta gente, principalmente para a cega Azucena. Teo decidiu levá-la nos braços depois de já ter tropeçado numas seis pessoas que avançavam de joelhos. Em pouco tempo, andando contra a corrente, já tinham perdido de vista Ex-Azucena, mas toparam com dois policiais que os observaram com suspeita e começaram a segui-los. Teo, com Azucena nos braços, apertou o passo e guiou Cuquita entre a multidão por uma infinidade de atalhos. Teo se orientava muito bem ali, pois passara a infância inteira naquela colônia. Ao chegar a uma esquina puxou Cuquita para dentro de um edifício em ruínas. Depositou Azucena no chão e com delicadeza começou a lhe beijar a testa. Azucena voltou a si. Teo cobriu-lhe a boca para ela não pronunciar nenhuma palavra que os pudesse delatar, pois os policiais tinham parado na porta do imóvel.

Cuquita, muito a contragosto, também teve de guardar silêncio. A única coisa que se ouvia era o bater de seus corações, o alto-falante de uma nave espacial anunciando o debate televirtuado entre o candidato europeu e a candidata americana à Presidência Mundial... e os soluços de Ex-Azucena. Teo e Cuquita se viraram e o descobriram escondido na penumbra da construção em ruínas. Ex-Azucena estava desfigurado e aterrorizado. Quando viu que o tinham descoberto fez sinal para que guardassem silêncio. Teo sussurrou ao ouvido de Azucena o que estava acontecendo. Ela se surpreendeu muito com que, como eles, o segurança estivesse escondido.
Quando a polícia foi embora, Cuquita soltou a língua contra Ex-Azucena.
– 'gora todo chorão, né? Mas e quando estava bancando o capanga...? Nunca achou que a polícia ia descobrir você...? Mas espere só, se já sabem que foi você que matou o senhor Bush e depois mudou de corpo, a polícia já sabe que nós somos inocentes... 'cê vai ver, vou te denunciar!
Cuquita tentou sair de seu esconderijo para chamar a polícia, mas Ex-Azucena impediu-a com um puxão.
– Não, não faça isso, a polícia continua pensando que vocês são as assassinas do senhor Bush, e se as virem aqui vão prendê-las, podem ter certeza... Estou falando sério, não convém vocês me denunciarem, não é da polícia que estou me escondendo.
– De quem é, então? – perguntou Azucena.
– De Isabel González...
– Mas não era sua patroa? – perguntou Cuquita.
– Sim, "era", mas me pôs na rua... Ai, foi horrível mesmo...! E só porque estou grávido...
Azucena ficou furiosa. O segurança ex-bailarina, por ter andado usando seu corpo, estava esperando um filho! Que filho da puta! A inveja sacudiu-lhe a alma. Co-

mo gostaria de poder recuperar seu corpo! E experimentar a maternidade que, enquanto estivesse no corpo da avó, lhe seria negada! A fúria subiu-lhe à cabeça e, sem que Teo a pudesse deter, pulou em cima dele aos tapas.
– Piranha desgraçado! Como se atreveu a engravidar um corpo que não é seu!
Ex-Azucena protegeu o ventre. Era a única coisa que podia fazer. Dava-lhe dó revidar os golpes daquela velha furiosa.
– Eu não o engravidei! Já estava engravidado!
Azucena suspendeu a surra.
– Já estava engravidado?
– Já.
O sangue se acumulou todo na cabeça de Azucena. Por um momento ficou surda além de cega. Se aquele corpo já estava engravidado antes de o brutamontes o ocupar, o filho que aquele homem estava esperando era seu, o filho que tinha concebido com Rodrigo em sua maravilhosa noite de lua-de-mel, a única que tiveram.
Azucena aproximou-se de Ex-Azucena e agarrou-lhe o ventre com força, como que procurando tomar-lhe aquela criança que não lhe pertencia e sentir através da pele o menor sinal de movimento, de vida... de amor. Como se tentasse dizer àquela criança que ela era sua mãe, como se tentasse escavar o passado a fim de trazer para o presente a recordação de Rodrigo no dia em que ele a quis e pedir mil perdões àquele filho que ela abandonara sem saber. Porque se tivesse sabido que estava grávida nunca teria mudado de corpo. Nunca! O que ela daria para poder guardar o filho dentro do seu ventre, senti-lo crescer, amamentá-lo, vê-lo! Mas era tarde demais para tudo. Agora estava dentro do corpo de uma velha cega, de peitos secos e braços artríticos, que não podia oferecer nada além de seu amor àquela criança.

O abraço de Teo cobrindo-lhe os ombros trouxe-a de volta à realidade. Afundou no peito dele e chorou desoladamente. Seus soluços se confundiram com os de Ex-Azucena.

— Vocês não sabem o que significa para mim ter este filho... Não me denunciem, não sejam sacanas!... Ajudem-me, por favor, querem me matar...

— Mas por quê? — perguntou Azucena, parando o pranto e preocupada com o futuro de seu filho.

— Porque está grávido? — perguntou Cuquita.

— Não, ora! Por isso só me despediram. Querem me matar porque a Isabel é uma ingrata... Verdade! Fazer isso comigo, que fui sua mão direita por tantos anos! O que não fiz por ela! Adivinhava-lhe os pensamentos. Trabalhei milhares de horas extras. Não houve tarefa de que me incumbisse que eu não realizasse no mesmo instante... Bem, a única coisa que nunca tive coragem de fazer foi matar sua filhinha...

— A gorda?

— Não, a outra, que teve antes dela... Uma magricela, linda, linda... Como acham que eu ia matá-la, com a vontade que eu tinha de ter um filho! Até parece...!

— E então quem matou a menina? — perguntou Azucena.

— Ninguém, eu bem que gostaria de ter ficado com ela, mas não podia. Trabalhando tão perto de dona Isabel, tarde ou cedo ela teria se dado conta, o que eu podia fazer! O que fiz foi levá-la para um orfanato...

A palavra "orfanato" entrou no corpo de Azucena acompanhada de uma chuva gelada que açoitou contra sua coluna vertebral a recordação do frio lugar onde ela tinha passado toda a infância. A comoção a ligou àquela pobre menina que, como ela, tinha crescido sem família.

— Que horror! Deve ter sido uma das *satisfações* mais desagradáveis da sua vida, não? — comentou Cuquita, dando mostra de seu inconfundível estilo lingüístico.

– Foi mesmo – respondeu Ex-Azucena, sem entender muito bem o que Cuquita queria dizer.
– E por que a mandou matar? – perguntou Teo, intervindo pela primeira vez naquela conversa de "mulheres".
– É que o mapa astral da criaturinha dizia que ela podia tirar dona Isabel de uma posição de poder que ia conquistar... Mas acho que foi por pura maldade... Não sei por que Deus deu filhos a essa mulher, se ela nem os queria. Deveriam ver como ela trata a outra filha, só porque a coitadinha é gordota...!
– Escute aqui, ainda não nos disse por que querem matar você – interrompeu Cuquita.
– É que quando ela me disse que não queria mais me ver pela frente, eu me senti muito mal, não é? Aquela cadela estava me escorraçando! Então eu não agüentei e me pus a pensar como gostaria que aquela pilantra se transformasse num rato leproso, que uma nave espacial lhe caísse em cima e a esmagasse todinha, e nisso entra um desses analistas de mente que estava fotografando nossos pensamentos e lhe diz o que estava aparecendo na tela, e vocês imaginam como ela ficou...
– E então por que não mataram você? – perguntou Cuquita, meio decepcionada com o fato de o terem deixado vivo.
– É que meu colega Agapito não se atreveu. Ele disse que sim, que tinha me desintegrado, mas não é verdade. Escondeu-me em seu quarto até chegarmos à Terra porque... bem... porque ele gostava de mim, e como estava a fim de mim... Então ele me deixou aqui para eu pedir ajuda à Virgem de Guadalupe, porque ele não ia mais poder fazer nada por mim, mas como estão vendo, nem tive tempo de pedir o milagre...
– Escute aqui, eu tenho uma dúvida. Como foi que a câmara fotomental registrou seus verdadeiros pensamentos? – perguntou Azucena.

— Como registra sempre, ora...
— Não pode ser. Meu corpo, quero dizer, seu corpo tem implantado um microcomputador que emite pensamentos positivos. Com esse computador era impossível terem fotografado seus verdadeiros pensamentos...
— É? Vai ver que esse tal computador que tenho na cabeça falhou... Ou endoidou, ou sei lá o quê, mas o caso é que Isabel ficou superfuriosa...
Azucena lembrou que o doutor tinha dito que seu aparelho ainda estava em fase de experimentação e ficou entusiasmada. Significava que o computador que Isabel trazia instalado na cabeça podia lhe causar graves problemas durante o debate que ia se realizar dentro de poucas horas. O que se pretendia nesse debate era revolver as vidas passadas dos candidatos à Presidência para ver qual dos dois tinha o passado mais limpo. Cada um, separadamente, tinha de se submeter a uma regressão induzida por meio da música. Claro que eram escolhidas para essa ocasião melodias que provocassem no subconsciente uma conexão direta com assuntos obscuros e macabros. Ah, se o aparelho do doutor Díez falhasse para Isabel como falhara para Ex-Azucena! Aos olhos de todo o mundo ela passaria por uma farsante.
Tinham de assistir ao debate! Não podiam perdê-lo, mas antes era necessário encontrar o compadre Julito, que tinham esquecido no meio da multidão. Finalmente o encontraram vendendo entradas para as pessoas se purificarem no Pocito. Antes de sair das ruínas, Azucena parou na porta para convidar Ex-Azucena a fugir junto com eles. Ex-Azucena agradeceu-lhe muitíssimo.
— Não me agradeça. Não faço isso por bondade, mas porque quero estar perto do homem que vai dar à luz meu filho.
— Jesus mil vezes! — exclamou Ex-Azucena. Não podia acreditar que dentro do corpo daquela velhinha estivesse a alma de Azucena.

– Sim, sou eu. Pode parar de fazer essa cara de bobo. Você não me matou, mas não me esqueço de que tentar você tentou, seu pilantra.

Justo quando Ex-Azucena ia dar a Azucena uma desculpa por tê-la matado, ouviram uma correria que os fez esconderem-se de novo na penumbra. Em silêncio viram como Rodrigo e Citlali se introduziam nas ruínas. Citlali estava aterrorizada. Por toda a cidade havia cartazes colados com sua auriografia. Era acusada, com Rodrigo, ou antes, com o corpo que Rodrigo ocupava, de serem co-autores intelectuais do atentado contra o senhor Bush. Quando Citlali descobriu Azucena, Teo e Cuquita, correu ao encontro deles, abraçou-os cheia de emoção e pediu-lhes ajuda.

– Ah, é? Não diga! E quando nós precisávamos que você fosse *solitária* com a gente? – cobrou-lhe Cuquita.

Azucena impediu que se iniciasse uma série de cobranças mútuas. Deu boas-vindas a Rodrigo e Citlali com enorme gosto e bendisse os difamadores que os tinham obrigado a voltar para junto deles.

\* \* \*

A casa de Teo parecia uma sucursal da Villa. Tinha se transformado no refúgio obrigatório de todo o mundo. Azucena, Rodrigo, Cuquita e o compadre Julito nem em pensamento podiam voltar a seu edifício, a casa de Citlali tinha sido revistada, a de Ex-Azucena, além de estar sendo vigiada, tinha sido muito danificada pelo tremor; portanto, a ninguém restava outra saída a não ser aceitar a amável oferta de Teo. Ele morava num pequeno apartamento em Tlatelolco. Tlatelolco tinha sido seu "lugar" em várias reencarnações, de modo que vivia ali melhor do que em qualquer outra parte.

Naquele momento estavam todos sentados diante da televisão presenciando o debate entre os dois candidatos à Presidência Mundial do Planeta. Teo, como Cuquita, só tinha uma televisão de terceira dimensão, mas ninguém protestou. A única coisa que lhes interessava era ver o momento em que Isabel ia cair no ridículo. Azucena estava desesperada por não poder ver. Como Teo estava preparando o jantar para todos, Cuquita era a encarregada de lhe narrar ao ouvido o que estava acontecendo, o que era uma verdadeira desgraça para Azucena. Cuquita não podia mascar chiclete e caminhar ao mesmo tempo. Nunca tinha conseguido executar duas ações simultâneas: ou via televisão, ou narrava o que acontecia. Deixava-se cativar pelos fatos interessantes e congelava a língua, para poder concentrar-se nas imagens. Azucena tinha de ficar perguntando segundo a segundo. O pior era que não tinha alternativa melhor. Rodrigo e Citlali aproveitavam a menor oportunidade para se beijarem e não tinham tempo para ninguém além deles. Ex-Azucena era um desastre: narrava mais do que via e não havia como lhe calar a boca quando começava a falar. O compadre Julito já estava meio bêbado e só dizia besteiras, de modo que sua única opção era Cuquita, e isso era desesperador. Não só porque de repente ela se calava, mas porque dormia nas partes aborrecidas, e Azucena então não sabia mais se o que estava acontecendo era interessante demais ou chato demais. Naquele momento era realmente chato. As últimas dez vidas do candidato europeu tinham sido mais aborrecidas do que se pode imaginar. Cuquita dormia tanto que nem roncava. O silêncio não agradava nada a Azucena, deixava-a na escuridão total. Necessitava de uma voz para poder permanecer ligada ao presente, caso contrário seu sentido de audição ficava dependendo das melodias que os candidatos à Presidência estavam ouvindo e punha-se a divagar. Perdia-se no negrume a que estava condenada e viajava a suas vidas passadas. Isso não tinha nada de mau, mas não era o desejável. Ela queria ser a primeira a saber se o computador de Isabel a comprometia ou não. Quando chegou a vez de Isabel, o silêncio reinou na sala. Todo o mundo ficou de dedos cruzados, pedindo para que o aparelho desandasse. As primeiras três vidas transcorreram sem problemas. A confusão começou quando chegaram à sua vida como Madre Teresa. A princípio tudo ia muito bem. As imagens de sua vida como "santa" começaram a aparecer na tela com grande nitidez. Viram-na segurando uma criança desnutrida na Etiópia, repartindo comida entre leprosos, mas, de repente, o microcomputador falhou!

CD-9

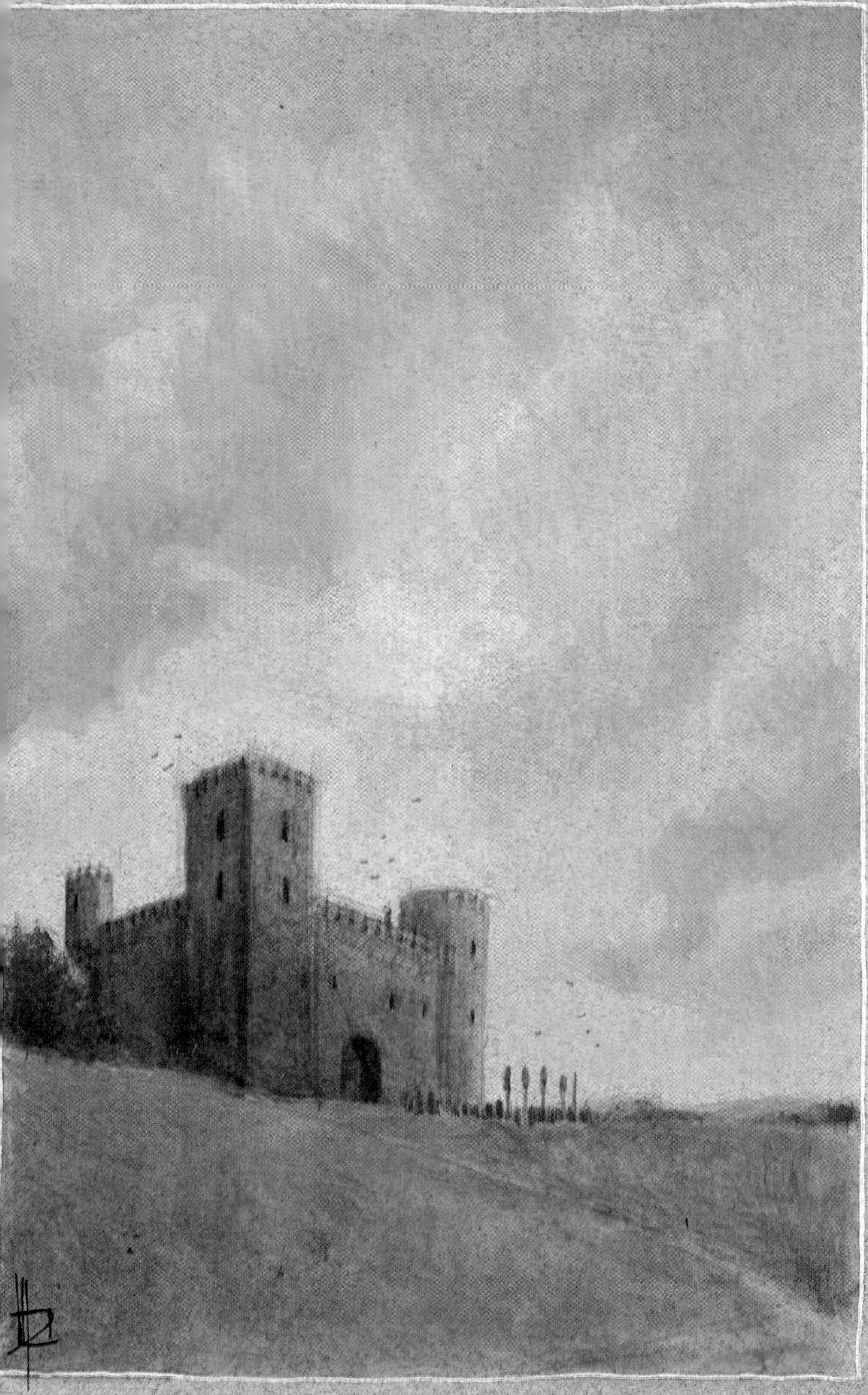

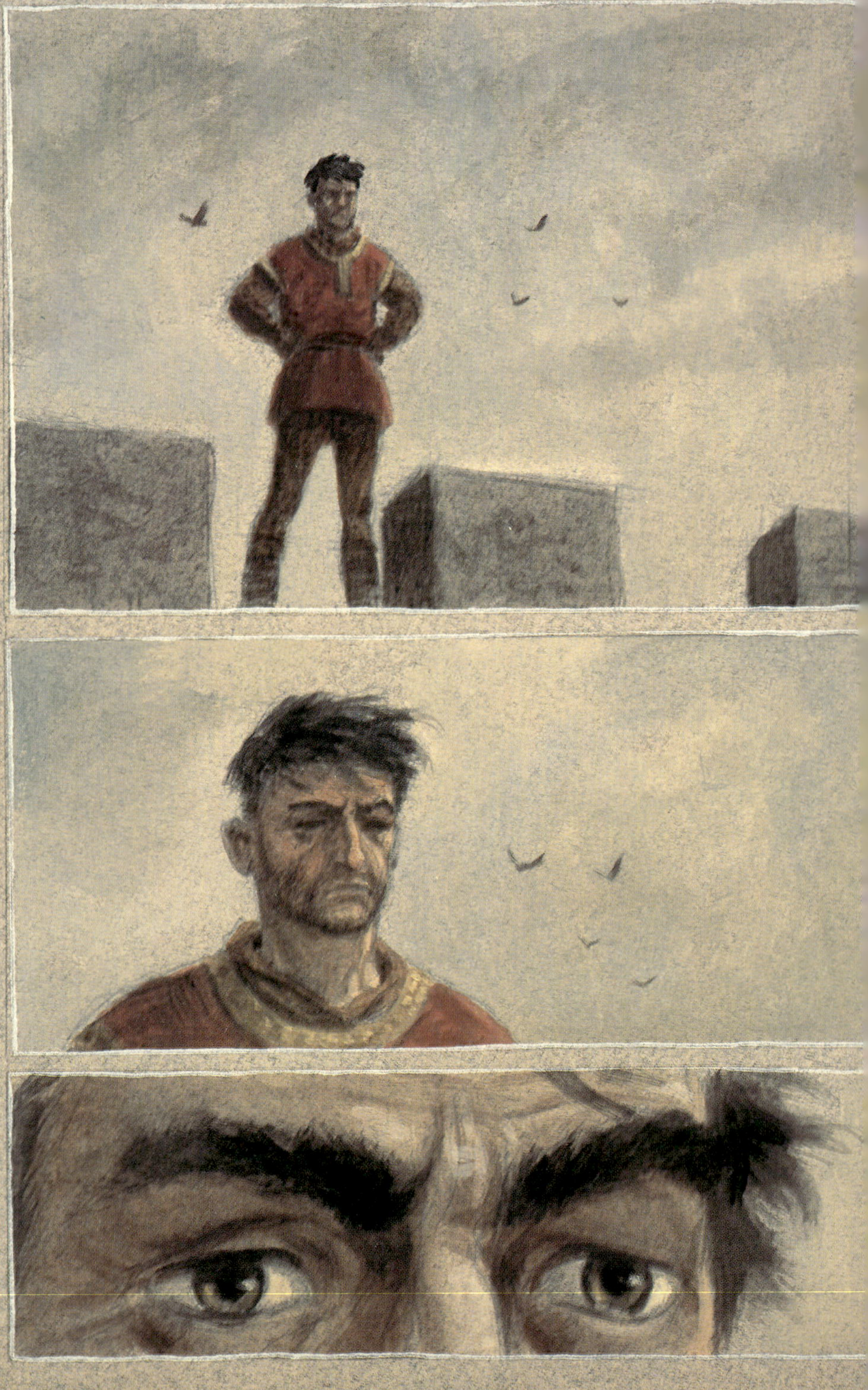

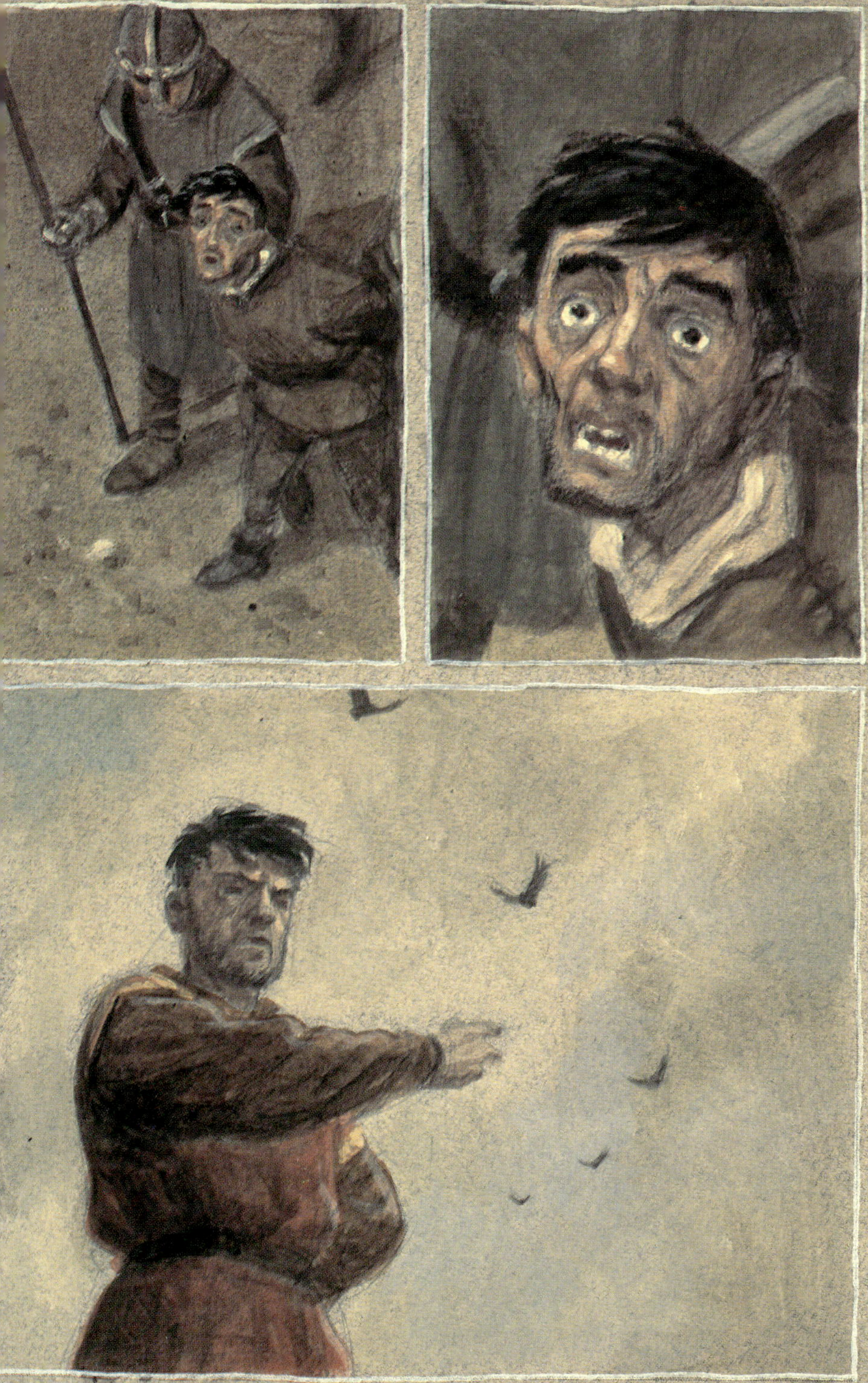

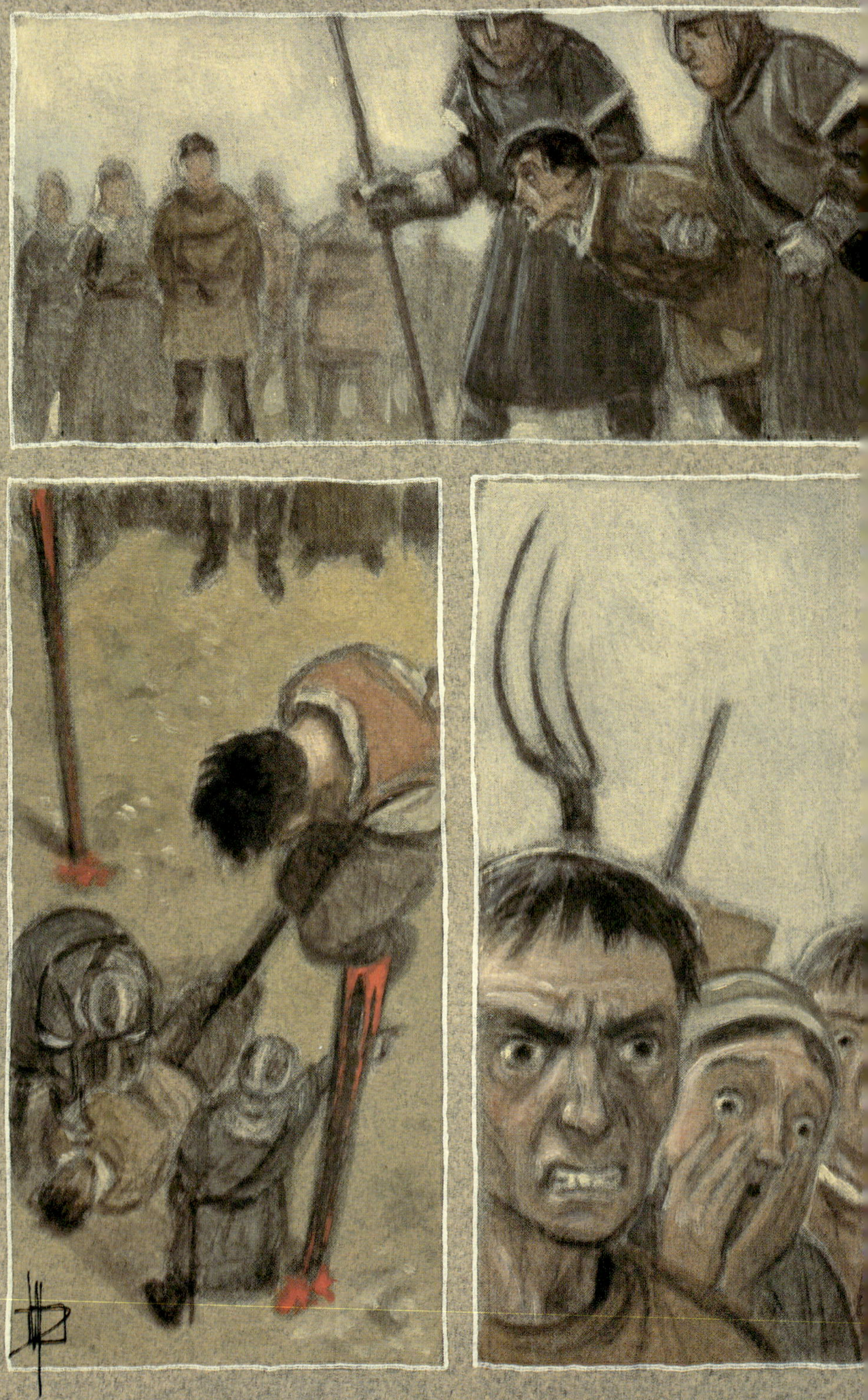

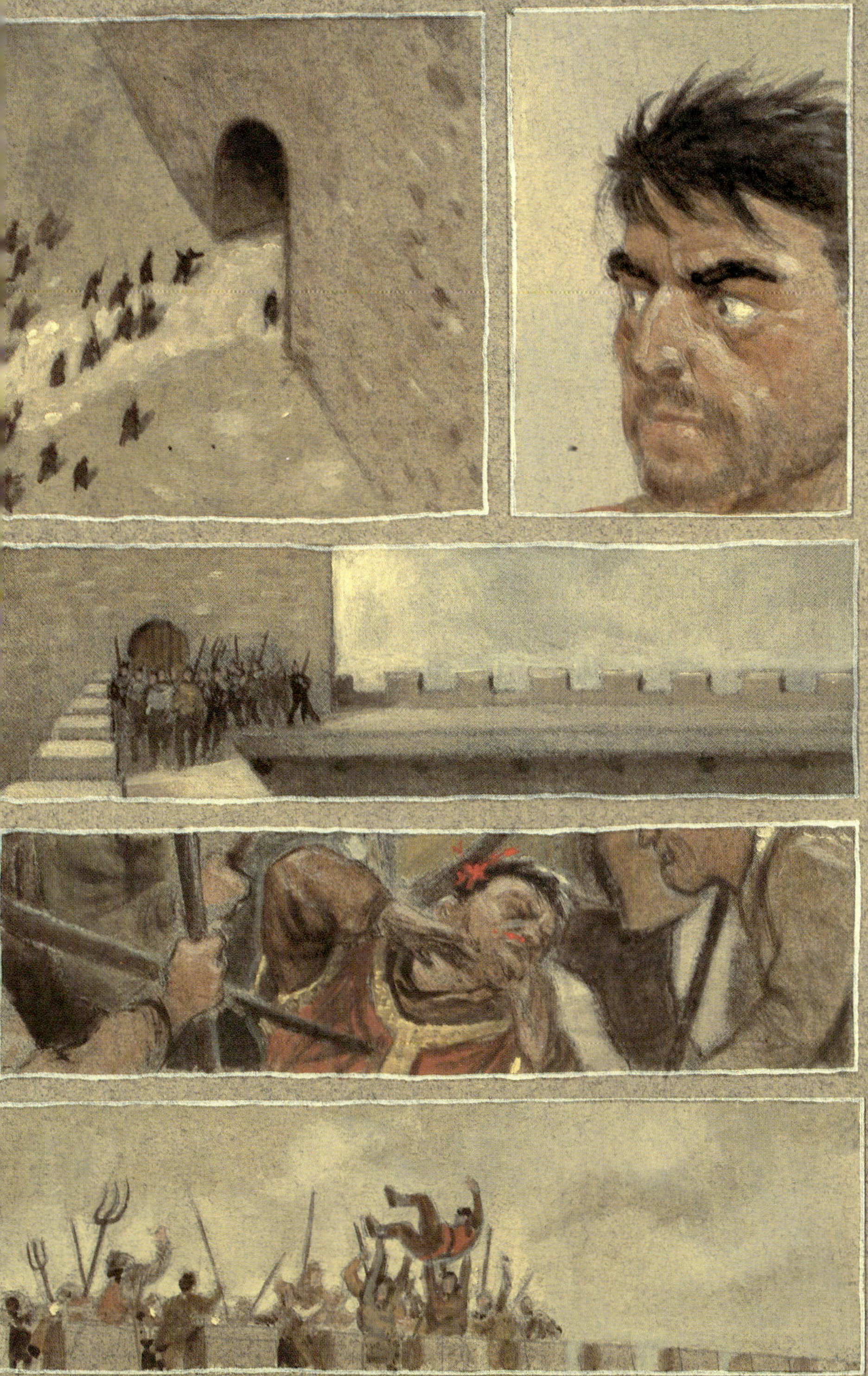

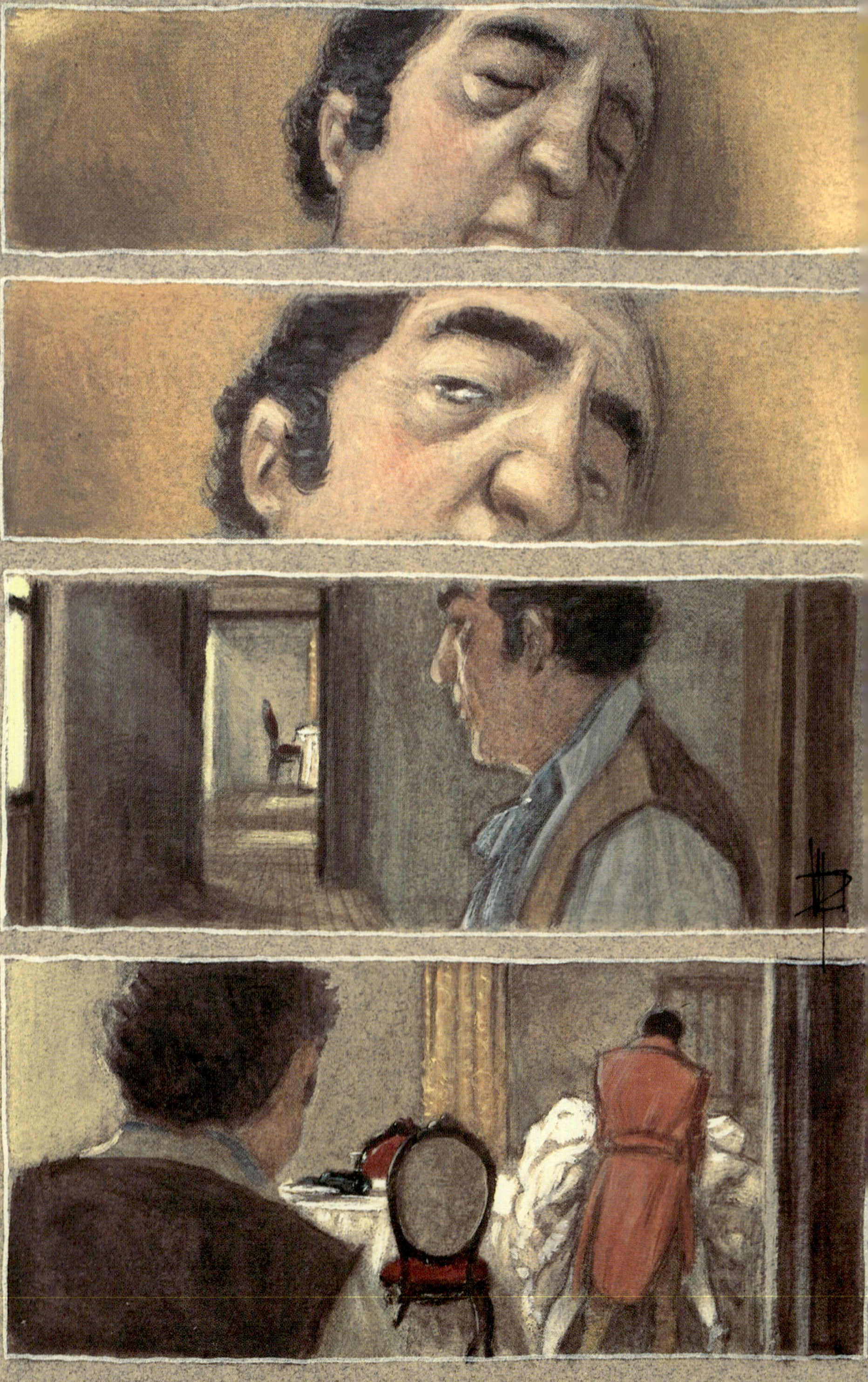

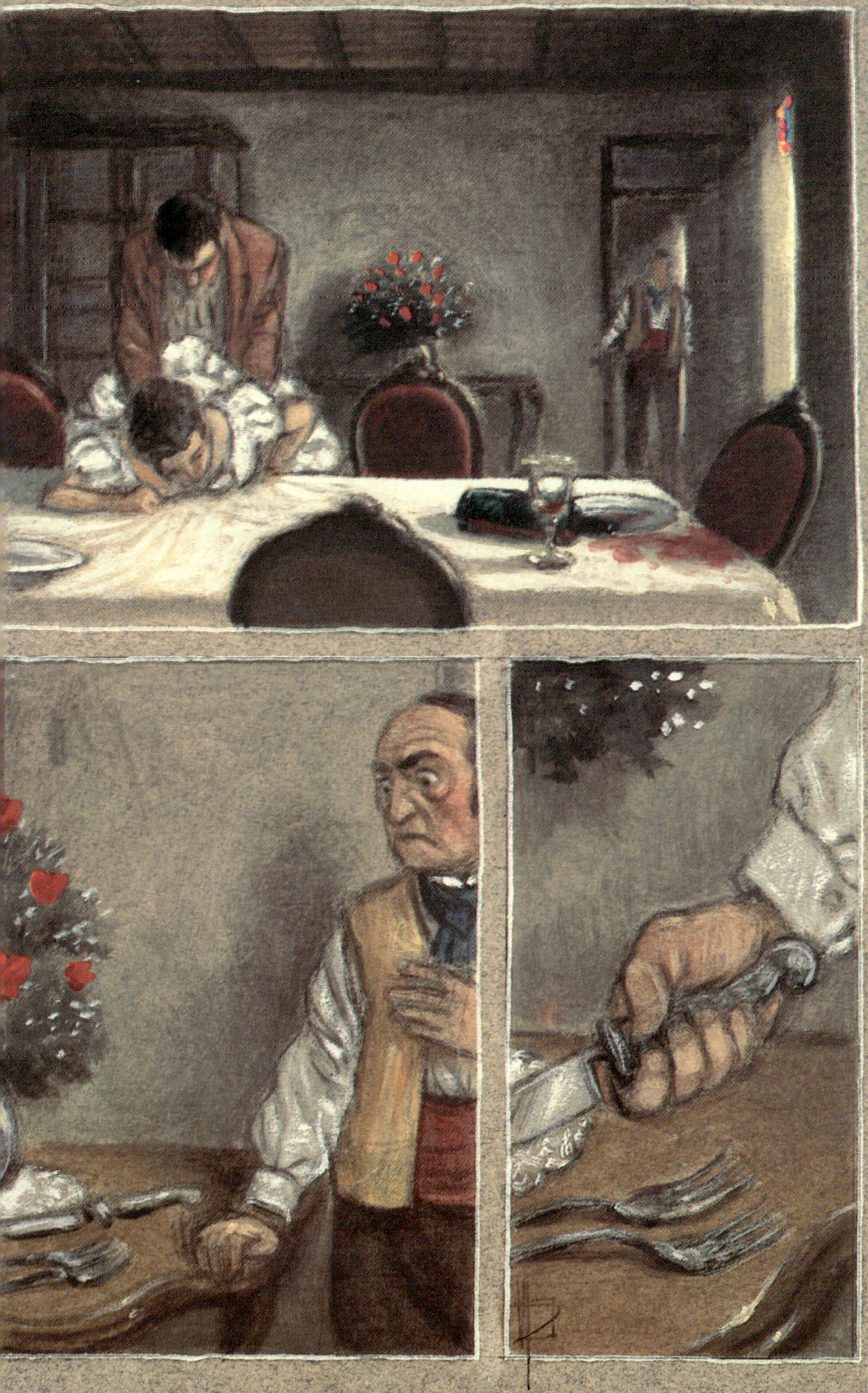

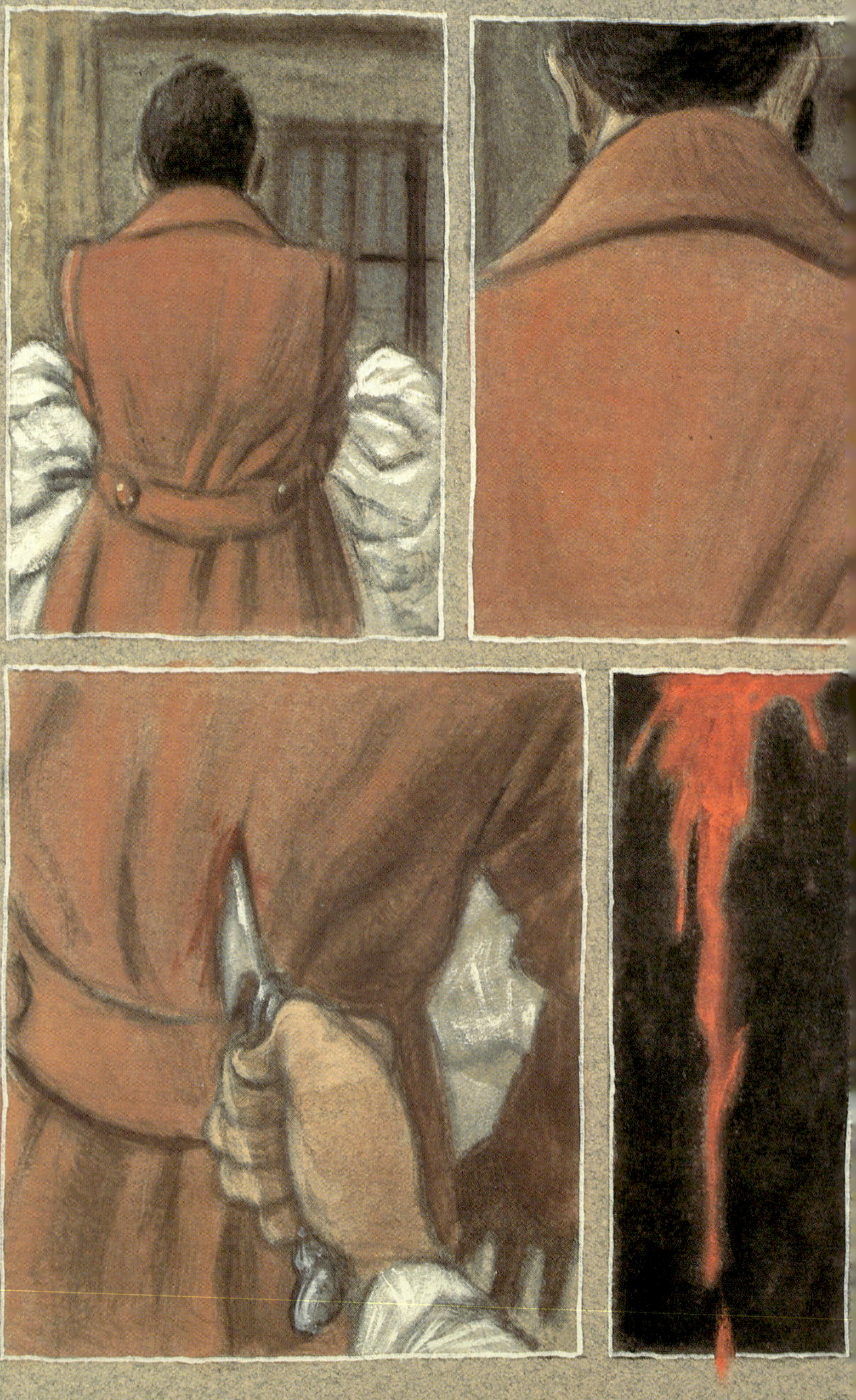

Rodrigo gritou:
— Essa é minha regressão! Essa mulher era eu!
Azucena ouviu-o e teve um sobressalto. Voltou bruscamente do lugar por onde andava. O silêncio, não apenas de Cuquita, mas de todos os outros, a tinha deixado à mercê da música e tivera uma regressão. Não fora muito longe. Só ao momento de seu nascimento na vida presente. Soube que o parto tinha sido dificílimo. Trazia enroladas no pescoço três voltas do cordão umbilical. Três voltas! Nascera praticamente morta. Os médicos a tinham feito reviver, mas por pouco conseguia suicidar-se. O motivo que tinha para querer fazê-lo era saber que sua mãe seria nada mais nada menos que Isabel González. Agora sim valia dizer: puta mãe! Ela era a filha que Isabel tinha mandado matar em criança! E, o que era pior, Ex-Azucena, o segurança que trazia atravessado na garganta porque a tinha assassinado e ficado com seu corpo, era a pessoa que havia salvado sua vida

quando era bebê. Claro que, se por um lado lhe devia a vida, por outro lhe devia a morte: estavam quites.

Os gritos de Rodrigo a sacudiram de novo:

— Azucena! Você me ouviu? Essa vida de Isabel é a mesma que eu tinha visto!

Azucena estava tão aturdida com o que acabava de descobrir que levou algum tempo para entender o que Rodrigo, auxiliado pela leva-e-traz da Cuquita, estava tentando lhe dizer: que Isabel era uma assassina das piores, que tinha sido empaladora, que tinha matado o cunhado de Rodrigo em outra vida, que agora sim tudo ia se esclarecer, que tinha se sujado diante de todos os habitantes do planeta, que bem o merecia por ser tão nojenta, que com certeza iam matá-la por ter enganado a todos com o microcomputador que trazia na cabeça, que logo todos iam estar livres de suspeita, etcétera, etcétera, etcétera. O sonho de ópio terminou quando Teo silenciou a todos e pediu que prestassem atenção no que estava acontecendo. A imagem da televisão estava escura. A explicação que deram aos espectadores foi que o sistema de transmissão tinha caído. Abel Zabludowsky estava lendo uma nota especial enviada pela Procuradoria Geral do Planeta na qual se detalhava a informação. Mas, afinal, o que se pretendia era convencer a população de que as imagens que acabavam de ver não existiam, tinham sido produto de uma sabotagem à estação de televirtual com o único fim de desacreditar Isabel.

— Não é possível! — gritaram todos. — Vimos tudo claramente.

Azucena ficou desesperada. Tinham de demonstrar que Isabel mentia. Era a única maneira de derrotá-la. O compadre Julito rapidamente abriu as apostas para ver se iam conseguir ou não. Os pessimistas inclinavam-se ao fracasso, mas Azucena não. Não podia se resignar.

Estava disposta a chegar às últimas conseqüências para triunfar, ainda que por meio da luta armada. Mas não era tão simples assim. Na Terra ninguém tinha armas. O compadre Julito e ela tinham elaborado um plano para organizar uma guerrilha de verdade, mas precisavam de dinheiro, contatos e uma nave espacial para transportar as armas, e não tinham nem uma coisa nem outra. O mais fácil por enquanto era apresentar provas de que as imagens que o mundo inteiro tinha visto eram verdadeiras. Tinham de reuni-las, mas onde? Que falta lhes fazia a *Ouija* cibernética! Tiveram de deixá-la dentro da nave do compadre Julito, e a nave do compadre Julito estava num planeta muito distante da Terra. Agora não adiantava chorar! Não tiveram alternativa. O pior era que, ao fugir, saíram tão depressa que deixaram em seu apartamento as fotos da regressão de Rodrigo, o *compact disc*, o *discman* para escutá-lo e a violeta africana com as fotos relativas ao assassinato do doutor Díez. Nem pensar em conseguir reavê-las!

Azucena não sabia por onde começar. Procurou Teo e abraçou-o. Urgia-lhe que ele a inundasse de paz. Estava tão esgotada de pensar que deixou a mente em branco e, então, o diamante que tinha na testa projetou para dentro dela a Luz Divina. Azucena teve um momento de incrível lucidez. Lembrou que, durante a regressão que fizera Rodrigo praticar na nave espacial, ele tinha mencionado que Citlali, a índia que ele havia violentado em 1527, o havia violentado na vida de 1890. Citlali, portanto, era o cunhado que tinha abusado de Rodrigo, era o irmão de Isabel. Se pudessem fazer-lhe uma regressão ver-se-ia como Isabel a tinha assassinado. Que raiva sentia por não ter a música adequada à mão! Procurou consolar-se pensando que, mesmo que pudesse fazer-lhe a regressão e obter novas fotografias, estas não serviriam para grande coisa, pois nenhum deles podia apresentar-se à polícia enquanto fossem procurados como supostos criminosos. Tinham de reunir novas provas em algum lugar. De repente, Citlali se lembrou de que ainda tinha em seu poder a colher que interessava tanto a Azucena. Azucena ficou felicíssima, mas, ao lembrar que já não contavam com a *Ouija* cibernética, ficou deprimida. Teria sido ótimo obter uma análise da colher. Azucena lembrava perfeitamente que, numa das fotos da regressão de Rodrigo, aparecia refletido na colher o rosto do estuprador e da pessoa que tinha se aproximado para assassiná-lo pelas costas, ou seja, o rosto de Isabel em sua etapa de homem. Esta sim seria uma boa prova contra a candidata! Pena que não havia jeito de obter a imagem! Cuquita perguntou por que não tentavam fazer a colher regredir. Todos riram dela, mas Azucena achou que a sugestão tinha sentido. Todos os objetos vibram e são suscetíveis à música, com a enorme vantagem de não terem os bloqueios emocionais dos humanos. A única desvantagem era que não tinham música para fazê-la vibrar nem câmara fotomental para registrar suas recordações. Cuquita se ofereceu para cantar a capela um ótimo *danzón*. Teo pegou no armário uma câmara fotomental meio maltratada que tinha escondida e todos juntos fizeram votos para que a tentativa desse certo. Rodrigo segurou o tempo todo a colher na mão para ativar as recordações da vida que lhes interessava. E Cuquita, com grande desembaraço, cantou com voz embargada o *danzón A su Merced*.

## CD-10

### INTERVALO PARA DANÇAR

*A todos os que desfrutam*
*a verdura e a fruta*
*é este* danzón *dedicado*
*à sua Mercê, o mercado.*
*Comentavam as laranjas*

*que as limas são bem frescas,*
*que a vulgar mexerica*
*se sente tão tangerina;*
*e aconselhados os figos*
*pela pérfida maçã*

caíram em cima
das pobres azeitonas.
Tudo passa. Tudo passa.
Até a... até a...
Até a ameixa passa.
Senhoras não sejam frutas
que todas somos saborosas,
aqueles se sentem reis
mas são puros abricós-selvagens.
"Ai que finas minhas vizinhas"

zombou o pequeno sapoti,
depois, criticou o marmelo,
é como um gringo amarelo.
"Não seja tão vulgar
– replicou a romã –
você sapoti é preto
e ninguém lhe disse nada."
Tudo passa. Tudo passa.
Até a... até a...
Até a ameixa passa.

LILIANA FELIPE

Cuquita recebeu um estrondoso aplauso, que lhe massageou tremendamente o ego. Sua voz, de um poder removedor mais forte que o do amoníaco, conseguiu arrancar da colher até a última lembrança da cena do estupro. Todos estavam felizes. As cenas eram claríssimas. No entanto, o reflexo era muito pequeno. Teo teve de ir até o computador para fazer uma ampliação. Dessa maneira obteve uma nítida reprodução da cara de Isabel (homem) no momento em que assassinava seu irmão, ou seja, Citlali (homem). De modo algum se podia dizer que haviam resolvido o problema. Aquela era uma prova que servia para comprovar a eles mesmos que estavam certos em suas suposições, mas um bom advogado a desacreditaria num segundo como prova da criminalidade de Isabel. A defesa poderia alegar que a imagem da colher tinha sido fabricada. Era uma pena, porque a foto estava muito boa.

Azucena sentia-se desesperada por não poder analisar pessoalmente a foto. Seu único recurso para recriá-la em sua mente era a narração que Rodrigo lhe proporcionava. À medida que a imaginava, Azucena sentia que estava a ponto de encontrar um dado perdido. De repente gritou: tinha achado. De acordo com o que ouvia, no reflexo da colher aparecia em primeiro plano o rosto de Citlali (homem), em segundo plano o de Isabel (homem) e em terceiro a parte superior de um vitral. Seu pulso se acelerou em segundos. A descrição do vitral correspondia exatamente ao que ela tinha visto cair-lhe em cima em sua vida de 1985. Diante de seus olhos reproduziu-se o terremoto com a mesma intensidade de outrora. Em milésimos de segundo viu novamente Rodrigo pegando-a nos braços, viu que o teto lhes caía em cima, sofreu novamente a confusão, a dor, o silêncio, a poeira, o sangue, a terra, os sapatos caminhando até onde ela estava, as mãos erguendo uma pedra que finalmente percutiria contra o seu crânio... E um segundo antes do choque viu o ódio refletido no rosto de Isabel. Lembrou-se de que naquele preciso momento tinha virado a cabeça tentando evitar ser atingida pela pedra, e, de repente, sua mente parou de trabalhar. Congelou suas reminiscências numa só imagem. Seus olhos, antes de morrer, tinham conseguido ver enterrada sob as ruínas de sua casa a Pirâmide do Amor. Tinha certeza. Estava gravada em sua mente a cena de quando Rodrigo estuprara Citlali. Suas masturbações mentais a tinham feito regredir a ela uma infinidade de vezes, e recordava que Rodrigo dissera que o estupro de Citlali tinha sido na Pirâmide do Amor. Essa pirâmide era a mesma que ela vira sob sua casa antes de morrer. Agora, a única coisa que tinha de fazer era investigar onde estava situada aquela casa para encontrar o paradeiro da pirâmide. Já que não podia avançar na recuperação de sua alma gêmea, pelo menos poderia cumprir sua missão na vida.

    Pediu ajuda a Teo e ele entrou em ação rapidamente. Com o auxílio de um pêndulo e um mapa, em poucos minutos localizou o lugar exato em que a tal casa se encontrava. Ex-Azucena sufocou um grito na garganta. O lugar que o pêndulo indicava era precisamente o endereço de Isabel! Isso complicava tudo. Ex-Azucena confirmou que no pátio da casa havia, de fato, uma pirâmide lutando para sair. Azucena garantiu que agora sim ia ser fogo, pois a casa de Isabel era uma fortaleza inexpugnável, a que nenhum deles tinha acesso. Ex-Azucena tranqüilizou-a. Sim, havia uma maneira de entrar na fortaleza, era através de Carmela, sua irmã, a gorda. Carmela gostava muitíssimo de Ex-Azucena. Ele foi a única pessoa que lhe proporcionou carinho em sua infância, que esteve a seu lado em suas doenças, que fez os deveres de casa com ela, que ofereceu flores em seus aniversários, que a levou para passear todos os domingos, que lhe disse que era bonita e que sempre lhe deu o beijo de boa-noite. Tinha absoluta certeza, pois, de que se lhe pedisse ajuda ela não ia negar, pois era como sua filha adotiva.

– Mais ainda, não vai se importar por utilizarmos sua ajuda para acabar com sua mãe, pois, na verdade, nunca gostou dela, e o ódio entre as duas sempre foi mútuo, desde sempre – falou.

Teo comentou que graças ao ressentimento deixado por esse tipo de relações tinham sido gestadas todas as revoluções. Num dado momento, todos os marginalizados, os esquecidos e magoados se uniam contra o poderoso. O ruim era que, quando triunfavam e havia mudança de governo, a única coisa que os magoados queriam era se vingar e acabavam agindo como as pessoas que os antecederam, até que outro grupo de descontentes os tirasse do poder. Assim são as coisas, infelizmente. Só quando estão sendo oprimidas é que as pessoas vêem com clareza a injustiça, mas, quando conseguem chegar ao poder, exercem-no sem piedade contra todo o mundo, contanto que não sejam tiradas do trono. É muito difícil passar pela prova do poder. A maioria fica endemoninhada, esquece tudo o que tinha aprendido quando fazia parte do povo e comete todo tipo de atrocidades. A solução para a humanidade chegará no dia em que aqueles que tomarem o poder o fizerem de acordo com a Lei do Amor. Azucena tinha bem claro que isso só ocorreria no dia em que a Pirâmide do Amor pudesse funcionar adequadamente. Todos concordaram com ela e começaram a elaborar um plano para entrar em contato com a gorda Carmela.

Foi uma verdadeira pena que, naquele momento, quando estavam prestes a solucionar o problema, quando já tinham todos os dados em mãos, a polícia tenha chegado para prendê-los.

O julgamento de Isabel era uma impressionante transgressão da Lei do Amor. Anacreonte assessorava Azucena. Mammon, Isabel. Nergal, o chefe da polícia secreta do Inferno, a defesa. São Miguel Arcanjo, a acusação. Os Demônios e os Querubins se encarregavam por igual dos jurados. Mammon rezava. Anacreonte maldizia. E todos tentavam botar para quebrar fosse como fosse. A batalha era sangrenta. Somente o mais forte iria sobreviver. Mas era impossível fazer um prognóstico. Desde o início da luta ficara demonstrado que os dois lados tinham idêntica possibilidade de obter a vitória.

Isabel havia se preparado muito bem. Como sabia que precisava lutar limpo, isto é, sem microcomputador no meio, tinha treinado com um Guru Negro. Levou em conta que o corpo de jurados seria integrado majoritariamente por médiuns e que lhe era indispensável controlar à vontade as imagens que sua mente emitia para poder convencê-los de sua inocência. Após meses de intenso treinamento, Isabel era capaz de esconder seus verdadeiros pensamentos e projetar com enorme força as imagens que lhe convinha que os outros observassem. Com grande êxito tinha impedido que os médiuns penetrassem em sua mente. Deixou-os desconcertados. Eles não confiavam nela, mas não encontravam dados falsos em suas declarações. Isabel, portanto, dava golpes baixos diante de todos, sem que ninguém se desse conta.

## PRIMEIRO ROUND

Cruzado de direita!
O primeiro a depor, chamado pela defesa, foi Ricardo Rodríguez, o marido de Cuquita. O boboca tinha se deixado subornar para se declarar culpado do assassinato do senhor Bush. Isabel prometera que, quando ela vencesse o julgamento e subisse ao poder, iria tirá-lo da prisão. Ricardo Rodríguez deu a coisa por feita e estava convencido de que viveria como um rei o resto de seus dias. O que não sabia era que Isabel não tinha palavra de honra e não estava em absoluto disposta a ajudá-lo. Ricardo colocou sozinho a corda no pescoço. De passagem, levou consigo Cuquita, Azucena, Rodrigo, Citlali, Teo e o compadre Julito, ao acusá-los de serem seus cúmplices.

## SEGUNDO ROUND

Gancho no fígado!
A acusação revidou o golpe recebido com a declaração de Ex-Azucena. Ex-Azucena explicara amplamente qual fora sua participação nos assassinatos do senhor Bush, de Azucena e do doutor Díez. Falou da maneira

como os tinha assassinado e acusou Isabel de ser a autora intelectual daquelas mortes. Sua denúncia tinha conseguido comover o júri não apenas pela sinceridade de suas palavras, mas pela barriga de nove meses que carregava e que o fazia parecer verdadeiramente angelical.

## TERCEIRO ROUND

Golpe baixo!
A defesa, para contrabalançar o efeito positivo do comparecimento de Ex-Azucena, chamou Agapito para depor. Agapito disse que, efetivamente, Ex-Azucena tinha participado junto com ele de todos os assassinatos, mas que o tinha feito por ordens dele, Agapito, e não de Isabel. Declarou-se o autor intelectual dos crimes e isentou Isabel de toda e qualquer responsabilidade. Disse que ele sozinho tinha planejado os assassinatos. Não pôde justificar sua motivação para cometer tais atos, a única coisa que enfatizou mais de uma vez foi que tinha agido por conta própria. Isabel obteve um grande triunfo com essa declaração.

## QUARTO ROUND

Cruzado de esquerda!
Em seguida a acusação chamou Cuquita para prestar seu depoimento, mas o advogado de defesa negou-se terminantemente a aceitá-la como testemunha. Seu passado como crítico de cinema tornava-a uma testemunha de reputação muito duvidosa. Não pelo fato de ter sido crítico, mas por ter exercido sua profissão unicamente movida pela inveja. De seu punho tinham saído uma infinidade de notas venenosas. Tinha se metido de má-fé

na vida pessoal de todo o mundo. Se alguma vez tinha sido favorável a alguém, fora-o por cupinchagem e nunca como resultado de uma análise crítica objetiva. Além do mais, em seu currículo não aparecia o modo como pagara esses carmas. Cuquita alegou que os pagara vivendo ao lado de seu marido, que era um senhor patife, mas o advogado de defesa contestou essa asseveração com declarações que favoreciam amplamente Ricardo Rodríguez, nas quais se afirmava que ele era um santo e que fora Cuquita quem sempre desgraçara sua vida. Cuquita ficou uma fera, mas não pôde fazer nada. O que mais raiva lhe deu foi ter perdido a oportunidade de aparecer diante das câmaras da televirtual. Durante a vida estivera se preparando para a eventualidade de algum dia ser testemunha de um crime. Em suas visitas ao mercado procurava memorizar as feições das feirantes, como se mais tarde fosse fazer um retrato falado de alguma delas. Ou procurava recordar todos os detalhes de sua visita. Quantas pessoas estavam na barraca de verduras. Quantas laranjas a mulher ao lado dela tinha comprado. Com que tipo de moeda tinha pago. Se tinha brigado com a feirante por causa do preço ou não. E não só isso. Sua mente policialesca a fazia pensar na remota possibilidade de que lhe coubesse ser vítima, em vez de testemunha, e para tal eventualidade também se preparara. Nunca saía de casa com a meia ou a calcinha furada. Enchia-lhe de horror chegar no Pronto Socorro e os médicos, ao despi-la, perceberem seu desleixo. Toda uma vida de preparação para nada!

QUINTO ROUND

Supergancho no fígado!
A acusação, ante o fracasso anterior, chamou Citlali para depor. Seu testemunho podia trazer grande prejuí-

20. Durante sua condenação na Colônia de Readaptação, Citlali tivera tempo mais que suficiente para trabalhar suas vidas passadas. Agora sabia perfeitamente quais eram os motivos que a tinham mantido unida a Isabel. Iniciou sua declaração narrando sua vida de 1527. Nessa vida, Citlali tinha assassinado o filho de Isabel. Isabel tinha morrido odiando-a. Em sua vida seguinte juntas, Isabel e ela tinham sido irmãos. Citlali violentara a mulher de seu irmão e, em resposta, Isabel a tinha assassinado. Então, a Lei do Amor tentara equilibrar a relação entre ambas, fazendo-as reencarnar como mãe e filha para ver se os laços de sangue podiam superar o ódio que Citlali sentia por Isabel. De nada servira. Isabel nunca amou sua filha. Em criança, tolerou-a mais ou menos, mas quando chegou à adolescência sentiu-a como uma clara inimiga. Isabel era divorciada. Com os anos conhecera Rodrigo e apaixonara-se por ele. Tinham se casado quando Citlali era criança. Quando ela começou a se transformar numa mocinha, Rodrigo passou a olhá-la com outros olhos, ante o terror de Isabel. Por fim, um dia aconteceu o que Isabel tanto temia. Rodrigo e Citlali fugiram de casa e se tornaram amantes. Isabel localizou-os vivendo num casarão em ruínas no centro da cidade. Citlali estava grávida e gozando plenamente seu amor. Isabel estava furiosa. O ciúme a enlouquecia. No dia do terremoto de 1985 correra para a casa dos amantes, não para ver se sua filha vivia, mas porque queria saber se Rodrigo tinha sobrevivido ao tremor. Os dois tinham morrido, mas sob os escombros Isabel encontrou viva Azucena, que naquela vida era sua neta. Isabel, cega de ódio, deixou cair uma pedra na cabeça da menina, que morreu instantaneamente.

## SEXTO ROUND

Supergolpe baixo!

Aquele depoimento tinha prejudicado Isabel, mas como sempre acontecia quando parecia que a tinham derrotado, o advogado de defesa deu um giro de cento e oitenta graus nas coisas e mudou tudo a seu favor. Primeiramente, pediu que Citlali mostrasse as provas que tinha para confirmar seu depoimento. Citlali não as tinha. Muitos anos atrás, Isabel a localizara e, aproveitando um momento em que esteve internada num hospital, programara sua mente de maneira que nunca pudesse recordar as vidas em que tinha sido testemunha dos crimes que Isabel cometera. Não sabia de que métodos tinham se valido na Colônia de Readaptação para lhe permitir acesso àquelas vidas, mas uma coisa era ela poder entrar nelas, outra poder extrair as informações. Sua mente estava incapacitada para projetar as imagens que via. A única pessoa que conhecia a palavra-chave para anular essa programação era Isabel, e nunca a ia proferir. De modo que a declaração de Citlali o vento levou.

Por outro lado, o advogado de defesa insistiu em que em 1985 Isabel não era Isabel, mas Madre Teresa. Lembrou aos jurados que Isabel era uma ex-"santa" que chegara a um grau elevadíssimo de evolução e que não mentia. Pediu-lhes que a fitassem nos olhos e verificassem por si mesmos que ela era inocente dos crimes que lhe imputavam.

Isabel sustentou o olhar profundo dos médiuns com grande segurança. O júri não encontrou em seus olhos o menor sinal de falsidade. Isabel sorriu. Tudo estava saindo conforme planejara. Tinha certeza de que ninguém ia poder demonstrar nada contra ela. Imediatamente depois do debate tirara o microcomputador que trazia instalado na cabeça, e não existia nenhuma prova de que jamais ela o tivesse carregado. Tinha mandado dinamitar sua casa para anular a possibilidade de analisar as paredes. Teriam sido testemunhas determinantes. Felizmente, já não havia vestígio delas. A única coisa que escapara um pouco de seu controle fora a explosão. Ela havia deixado descoberta a pirâmide no pátio da casa. Mas não teve maiores problemas. Antes que a polícia chegasse para investigar um suposto atentado, Isabel tivera tempo de resgatar entre os escombros o vértice da Pirâmide do Amor. Aquela pedra era a única coisa que a preocupava. E a tinha jogado no fundo do Pocito da Villa. Tinha mais do que certeza de que lá ninguém poderia vê-la. Enquanto a Pirâmide do Amor não estivesse funcionando, as pessoas concentrariam seu amor em si mesmas e não poderiam ver no reflexo da água nada além de sua própria imagem. Aquele era o melhor lugar para escondê-la. Ali nunca a encontrariam, e portanto nunca poderiam demonstrar sua culpa. Podia ficar sossegada. Aquela pedra de quartzo rosa com que assassinara Azucena na vida de 1985 não sabia flutuar.

Em seguida Carmela passou a prestar seu depoimento como testemunha de defesa. Ela estava realmente irreconhecível. Os oito meses que haviam transcorrido desde o início do julgamento contra sua mãe a tinham transformado por completo.

A razão principal era que Carmela tinha entrado em contato com sua irmã, e isso lhe dera uma perspectiva diferente do mundo. O encontro das duas fora muito proveitoso. Tinham chegado a se amar tanto, que Carmela, pelo simples prazer de sentir-se aceita e valorizada, emagrecera duzentos e quarenta quilos. A primeira entrevista entre elas se realizara na sala de visitas da Colônia de Readaptação José López Guido. Azucena tinha sido condenada a passar sete meses na prisão. No fim das contas foram os sete meses mais agradáveis de toda a sua vida, já que a primeira coisa que faziam nas pessoas que entravam na prisão era um exame para determinar quanta rejeição e desamor tinham acumulado em seu interior. Com base nisso, elaborava-se um plano para suprir essa carência de amor, pois tinha-se consciência de que a carência de amor era a base da delinqüência, da crítica, da agressão, do ressentimento. A pessoa não sofria a condenação, gozava-a. Era um verdadeiro prazer. Quanto maior o desamor, maiores os afagos. Era à base de amor e cuidados que se reintegravam os delinqüentes na sociedade. Mas, se durante o exame se descobrisse que um delinqüente não sofria de carência de amor, mas agira sob a influência de um diabo, ele era mandado à colônia penal Negro Durão, especializada em exorcismos, até que libertassem sua pessoa das más companhias.

Tinha sido esse o caso do compadre Julito. Haviam-no mandado à colônia penal Negro Durão argumentando que estava possuído pelo demônio e que em sua casa tinham encontrado um enorme arsenal de explosivos. Que nada! Eram uns tantos foguetes e alguns fogos de artifício que ele utilizava em seus espetáculos do Mafuá Interplanetário, mas não houve modo de convencer a autoridade de sua inocência. Azucena, Rodrigo, Cuquita, Ex-Azucena, Citlali e Teo haviam sido todos mandados para a colônia penal José López Guido, mas no fim das contas tudo tinha saído às mil maravilhas para eles. As duas instituições contavam com astroanalistas de primeira. Rodrigo tinha inclusive começado a recuperar a memória. A proximidade de Citlali lhe era muito benéfica. Haviam instalado os dois num quarto de casal. Ali, entre um orgasmo e outro, seu passado foi se iluminando. Claro que de maneira nenhuma tinha podido recuperar a memória das vidas em que fora testemunha dos assassinatos de Isabel. Faltava aos astroanalistas a palavra-chave. Sem ela não tinham acesso ao subconsciente. Rodrigo sabia muito bem que só Isabel a conhecia. Mas como arrancar-lhe? Vencer Isabel revelava-se com toda a evidência uma empresa impossível. Ela segurava a frigideira pelo cabo.

## SÉTIMO ROUND

Porrada fatal!
Isabel sabia que estava com a batalha ganha e sentia-se muito tranqüila esperando a declaração de Carmela. "Graças a Deus emagreceu!", pensou. Já não se envergonhava dela. Carmela estava linda magra assim. Despertava olhares de admiração. Isabel sentia-se muito orgulhosa e até estava começando a gostar dela.
– Qual é seu nome?
– Carmela González.
– Qual é seu parentesco com a acusada?
– Sou sua filha.
– Quantos anos viveu ao lado de sua mãe?
– Dezoito.
– Durante esse tempo viu-a mentir alguma vez?
– Sim.
Um murmúrio percorreu a sala. Isabel contraiu a boca. O advogado de defesa se descontrolou por completo. Aquilo não estava em seus planos.
– Em que ocasião?
– Em muitas.
– Poderia ser mais específica e nos dar um exemplo?
– Sim, claro. Disse-me que eu era filha única.
– E isso não é verdade?
– Não. Tenho uma irmã.
O advogado de defesa procurou Isabel com o olhar. Ele desconhecia por completo aquela informação, que

não lhe agradava nada. Podia ser perigosa. Isabel estava boquiaberta. Não podia imaginar onde Carmela tinha obtido aquele dado.
– Como sabe?
– Foi Rosalío Chávez quem me informou.
– O segurança que sua mãe despediu recentemente?
– Ele mesmo.
– E você confia na informação dada por uma pessoa que obviamente estava ressentida por ter acabado de ser despedida?
– Objeção! – pediu a acusação.
– Concedida – disse o juiz.
Carmela não precisava responder à pergunta. O advogado de defesa enxugou o rosto. Não sabia como sair do embrulho em que se encontrava.
– E você considera o senhor Rosalío Chávez uma pessoa digna de confiança?
– Não só isso, considero-o minha verdadeira mãe.
Uma onda de comentários se fez ouvir em toda a sala. Ex-Azucena chorou emocionado. Nunca esperara aquele reconhecimento público de sua atuação como mãe substituta. A cara de Isabel se descompunha minuto a minuto. "Sua gorda safada, você vai me pagar!", pensou. Isabel fez um sinal a seu advogado e este correu para conferenciar com ela. Ela lhe disse alguma coisa no ouvido e o advogado voltou ao interrogatório com uma ótima pergunta nos lábios.
– É verdade que você sofreu a vida toda de obesidade?
– Sim, é verdade.
– E não é verdade que invejava terrivelmente sua mãe porque ela podia comer de tudo sem engordar?
– Sim, é verdade.
– E não é verdade que por isso decidiu vingar-se vindo aqui depor contra ela sem ter nenhuma maneira de demonstrar o que diz?

– Objeção! – reclamou a acusação.
– Concedida – disse o juiz.
Carmela sabia que não precisava responder à pergunta, mas queria fazê-lo.
– Senhor juiz, eu gostaria de responder. Posso?
– Prossiga.
– O que me impeliu a vir depor foi um desejo de que se faça justiça. Não tenho nada a invejar a minha mãe, pois, como todos os senhores vêem, estou mais magra que ela. – Carmela tirou da bolsa um pedaço de vitral e entregou-o ao juiz. – Permita-me entregar-lhe este pedaço de vitral para demonstrar o que digo. Se o analisarem verão que não estou mentindo.
Carmela tinha sido muito esperta. Primeiro por tirar o pedaço de vitral a pedido de Ex-Azucena antes que Isabel dinamitasse a casa, depois por apresentá-lo como prova de que Isabel mentira para ela com respeito à existência de sua irmã. Pois, para poder obter as imagens dos fatos que o vitral presenciara, tinham de analisar toda a história do vitral. Desde sua fabricação até o presente. No caminho, evidentemente foram vindo à luz, um a um, os crimes de Isabel. O primeiro foi o ocorrido em 1890. Lá do alto, o vitral atestou a entrada de Isabel (homem) no quarto em que Citlali (homem) violentava Rodrigo (mulher) e viu perfeitamente quando Isabel lhe enfiava a faca nas costas. As imagens correspondiam perfeitamente às que todo o mundo tinha visto no dia do debate. A única diferença era que eram narradas de outro ponto de vista. Mais adiante apareceram as imagens do crime de Azucena, ocorrido em 1985. As imagens estavam em movimento, pois o vitral, assim como toda a casa, balançava de um lado para outro por causa do terremoto. Lá do alto, viu o momento em que Rodrigo entrou no quarto e carregou a filha nos braços. Antes de chegar à porta, uma viga caiu em cima de Rodrigo e o

matou. Depois só se via poeira e escuridão. De repente, Isabel entrou no cômodo e descobriu entre os escombros Rodrigo e Citlali mortos. O choro delatou a presença da menina. Isabel se aproximou dela e viu que ainda estava com vida. Então pegou uma pedra de quartzo rosa e a jogou selvagemente contra a cabecinha da menina. Com ódio. Sem piedade. A imagem mostrava com toda a nitidez o rosto impassível de Isabel, apenas poucos anos mais jovem do que na vida presente, no momento do golpe. Definitivamente, Isabel era a mesma pessoa que matara aquela criança!

Por fim, apareceram as imagens de Isabel em 2180, com um bebê nos braços. No quarto, esperava-a Ex-Azucena, ainda no corpo de Rosalío Chávez. Isabel lhe deu a menina e mandou que a desintegrasse por cem anos. Rosalío pegou a menina nos braços e saiu do aposento.

### OITAVO ROUND

K.O.!
Isabel estava acabada. A defesa ficara sem argumentos. A acusação pediu ao juiz permissão para interrogar Azucena Martínez. Explicou que Azucena era aquela menina que Isabel tinha mandado matar, mas que felizmente não fora assassinada. Estava viva e disposta a dar seu depoimento. O juiz concordou. Azucena atravessou a sala com passo firme. No caminho encontrou Carmela e deram-se um carinhoso abraço.

Isabel sentiu que as forças lhe faltavam. Sua filha estava viva! Não tinha conseguido vencer o destino. Sua mandíbula tremia como castanhola. Sentia que a desgraça estava batendo à sua porta e o medo a mantinha consternada. Já não entendia nada. Não queria ver o que estava acontecendo. Mas a curiosidade a fez voltar-se para ver Azucena pela primeira vez. Achou incrível aceitar que aquela velhinha que acabava de entrar fosse sua filha. O que estava acontecendo?

Azucena sentou no banco das testemunhas e se dispôs a prestar seu depoimento. A acusação iniciou o interrogatório.

– Como se chama?
– Azucena Martínez.
– A que se dedica?
– Sou astroanalista.
– Isso quer dizer que a senhora está em constante contato com as vidas passadas de outras pessoas, não é verdade?
– Sim.
– Alguma vez sentiu vontade de ter vivido alguma das experiências de seus pacientes?
– Objeção! – pediu a defesa.
– Negada – respondeu o juiz.
– Sim.
– Poderia nos dizer quando?
– Claro. Quando via pacientes que tinham vivido felizes ao lado de sua mãe.
– Por quê?
– Porque minha mãe me abandonou quando eu era pequena. Nunca a conheci.
– E, se tivesse conhecido, teria reclamado por seu abandono?
– Antes de ter passado pela Colônia de Readaptação, sim.
– Em que sua estada na colônia penal mudou sua maneira de pensar?
– Em que já perdoei minha mãe não só por ter me abandonado mas por ter mandado matar-me duas vezes.

Azucena procurou Isabel com a vista. Seus olhos cegos estavam mortos e, apesar disso, brilharam como nunca. Isabel tremeu ao receber sua carga. Azucena dizia a verdade. Não a odiava. Nunca ninguém tinha olhado para ela daquele modo. Todos à sua volta olhavam-na com medo, com respeito, com receio, mas nunca com amor. Isabel não pôde mais e soltou o choro. Seus dias de malvada tinham acabado.

* * *

– Comprometo-me a respeitar e fazer respeitar a Lei do Amor de agora em diante. – Isabel, muito contra a vontade, teve de pronunciar estas palavras com as quais se deu por terminado seu julgamento. Tinha sido nomeada consulesa em Korma como parte de sua condenação. Sua única missão doravante seria ensinar os nativos a conhecerem a Lei do Amor.

Suas palavras repercutiram, mais do que em ninguém, nas pessoas de Rodrigo e Citlali. A palavra-chave para lhes abrir a memória era precisamente a palavra "amor" pronunciada por Isabel. Ao ouvi-la, Rodrigo sentiu-se como Noé no dia em que o dilúvio acabou. A opressão que sentia na mente desapareceu. Aquela necessidade constante de pôr alguma coisa em seu lugar se esfumou. Deixou escapar um profundo suspiro que chegou acompanhado de uma grande paz. Seus olhos se encontraram com os de Azucena e se fez a luz. Imediatamente a reconheceu como sua alma gêmea. Reviveram por completo seu primeiro encontro, com a diferença de que desta vez tiveram público. Quando deixaram de ouvir a música das Esferas, Rodrigo, inflamado de amor, pediu que Azucena se casasse com ele naquele mesmo dia. Todos os amigos os acompanharam à Villa. Antes de mais nada passaram pelo Pocito para cumprir o ritual, e no momento em que se inclinou para tomar água Rodrigo descobriu sob a superfície o vértice da Pirâmide do Amor.

\*
\* \*

O som de um búzio distante começou a ser ouvido quando puseram a pedra de quartzo rosa em seu lugar. O ar encheu-se de aromas. De uma mistura de tortilha e pão recém-assados. A cidade de Tenochtitlán se reproduziu em holograma. Sobre ela, o México da colônia. E num fenômeno único as duas cidades se misturaram. As vozes dos poetas nauas cantaram em uníssono com os frades espanhóis. Os olhos de todos os presentes puderam penetrar nos olhos dos demais sem nenhum problema. Não havia nenhuma barreira. O outro era o mesmo que um. Por um momento, os corações puderam abrigar o Amor Divino igualmente. Sentiram-se parte de um todo. O amor entrou dentro deles de uma vez. Inundou cada espaço dentro do corpo. Às vezes a pele era insuficiente para contê-lo. O amor procurava sair e formava uma infinidade de proeminências na pele, por onde aflorava a verdade. Como expressou Cuquita, era um espetáculo sem *paredão*.

CD-11

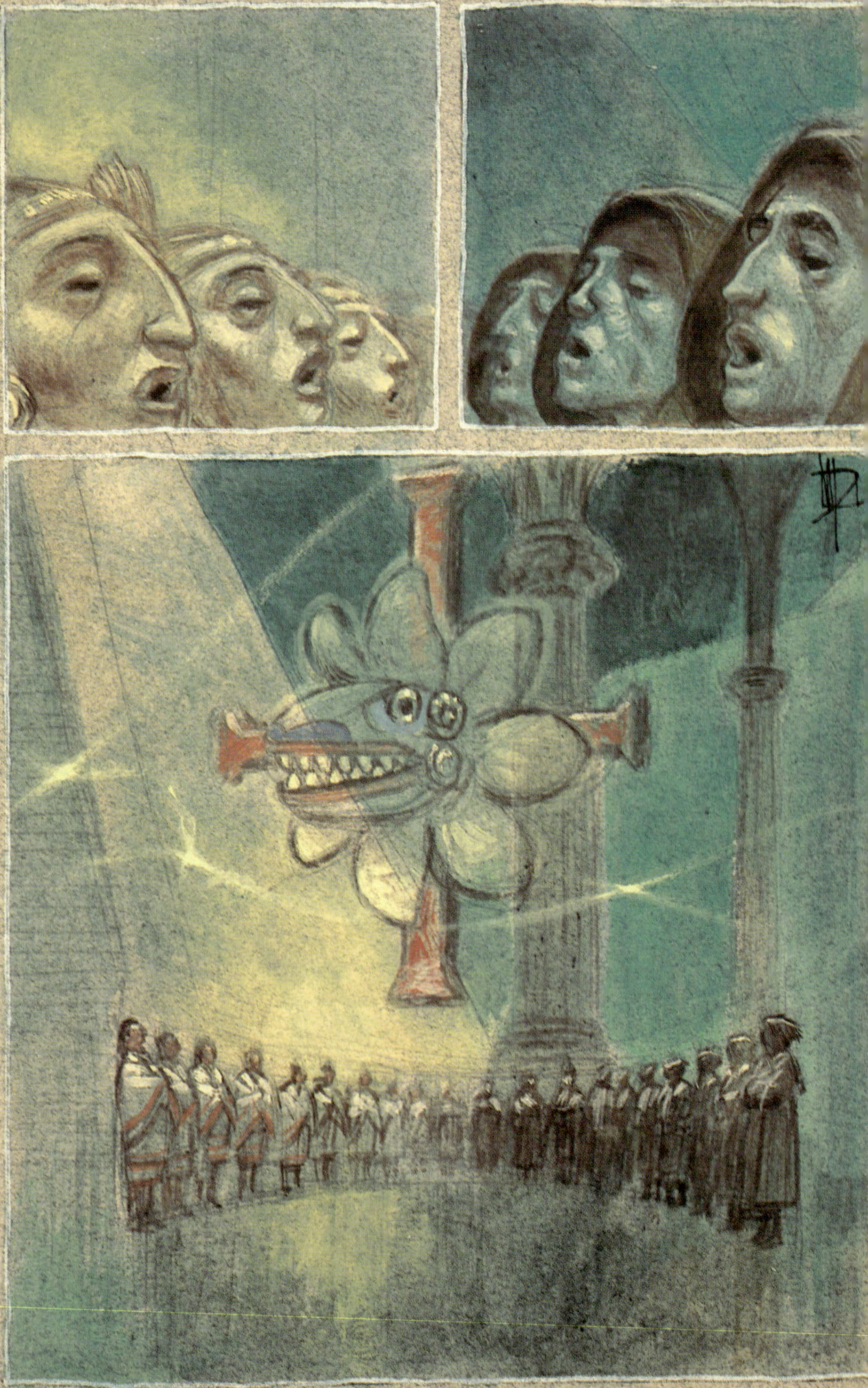

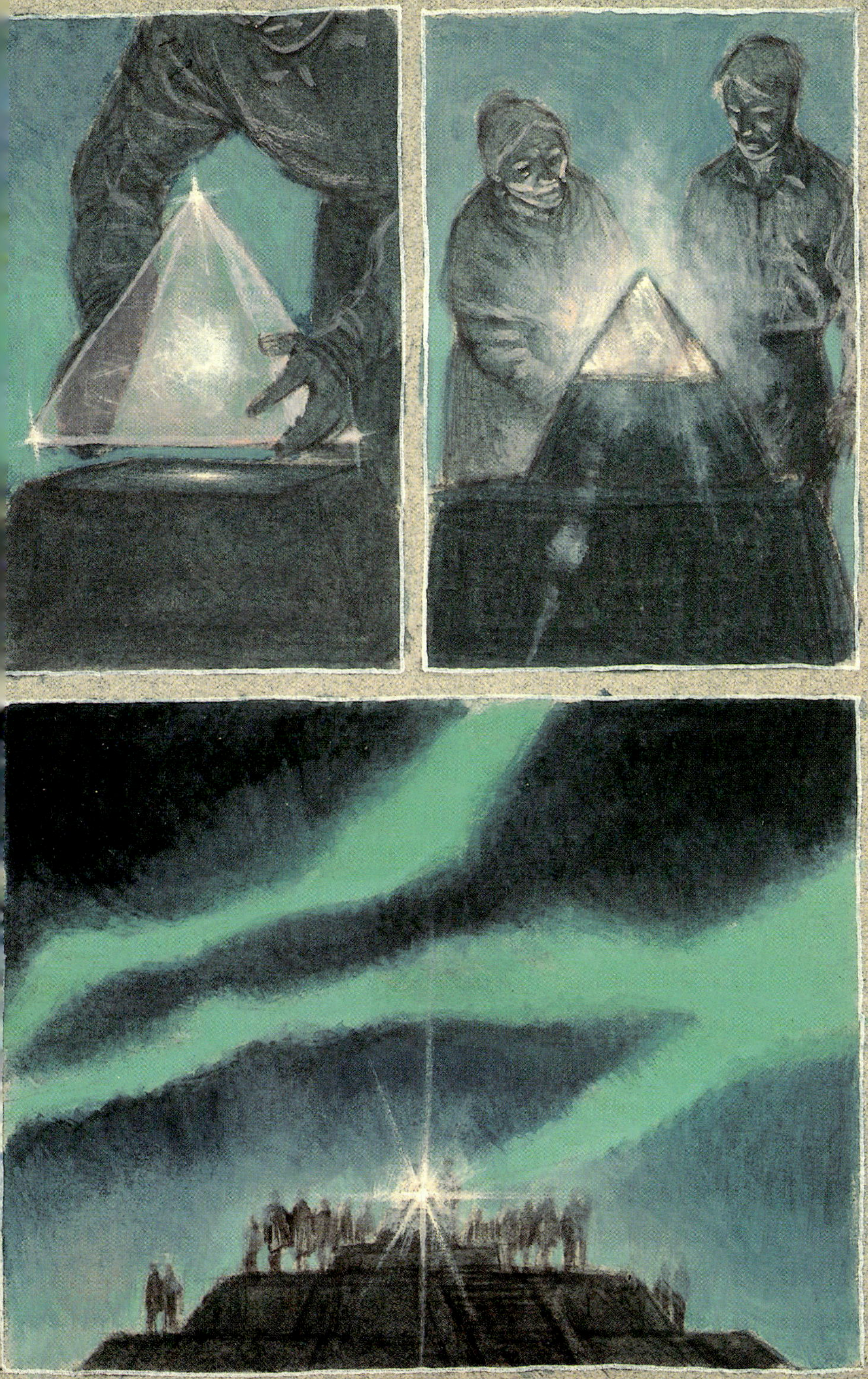

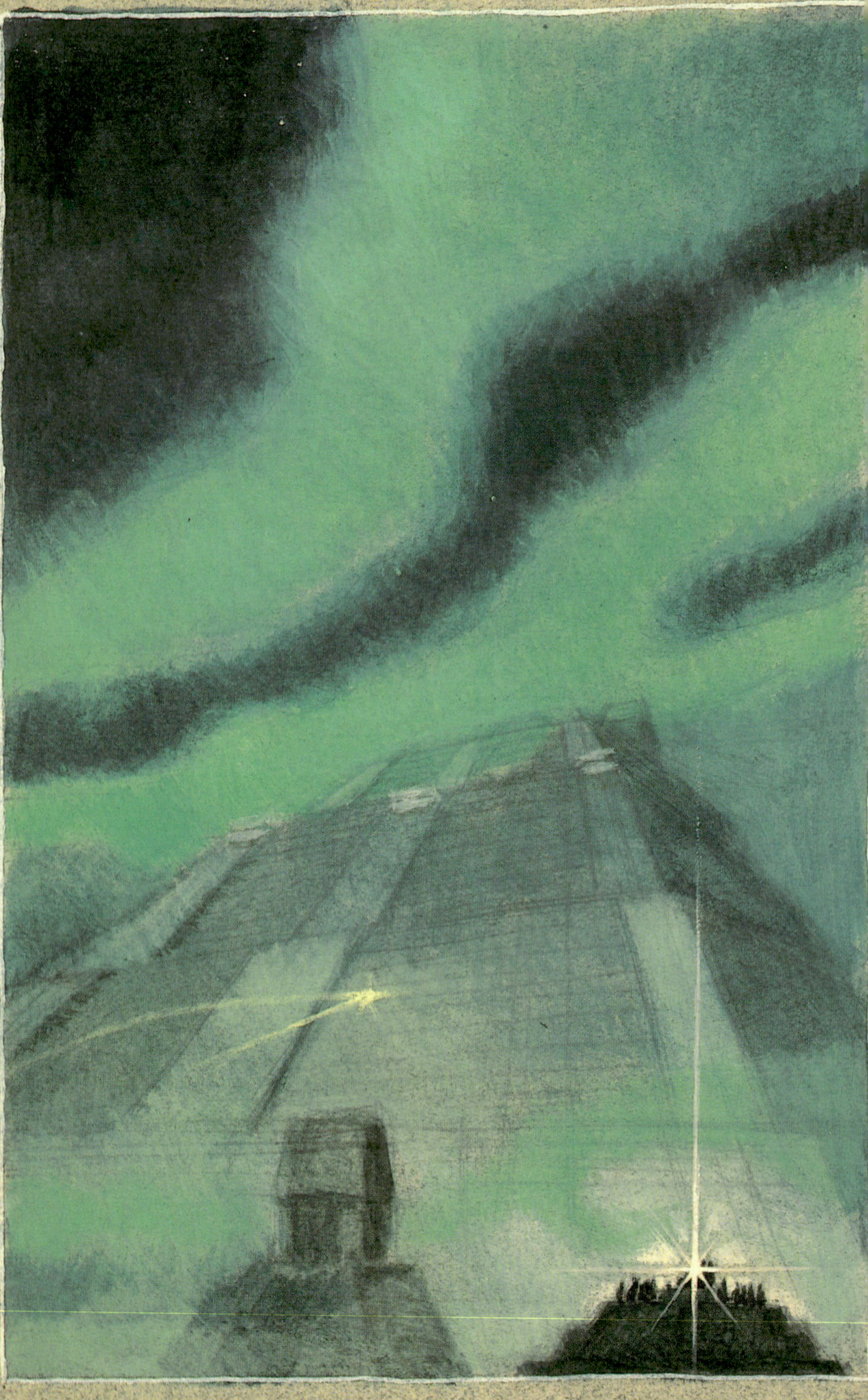

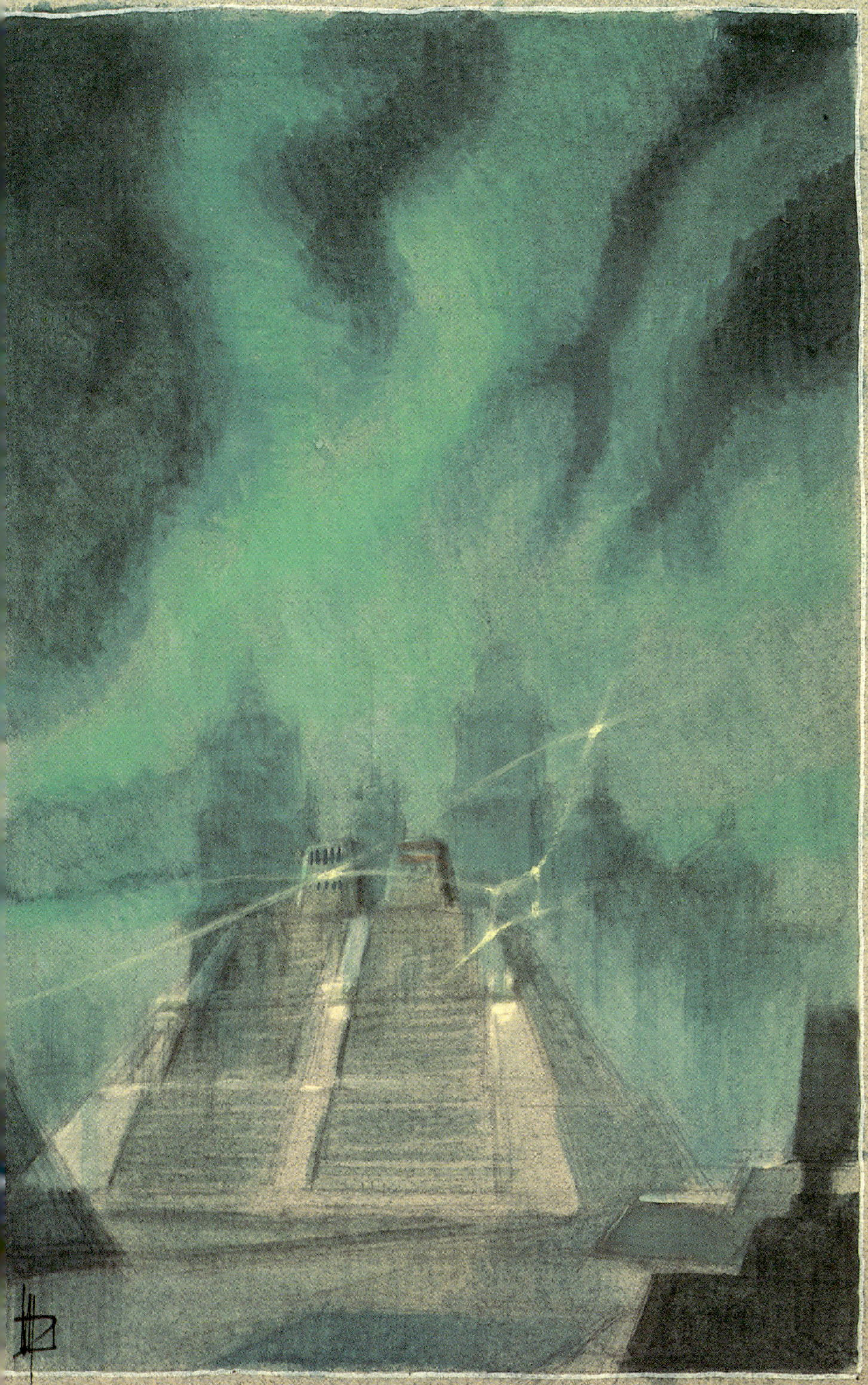

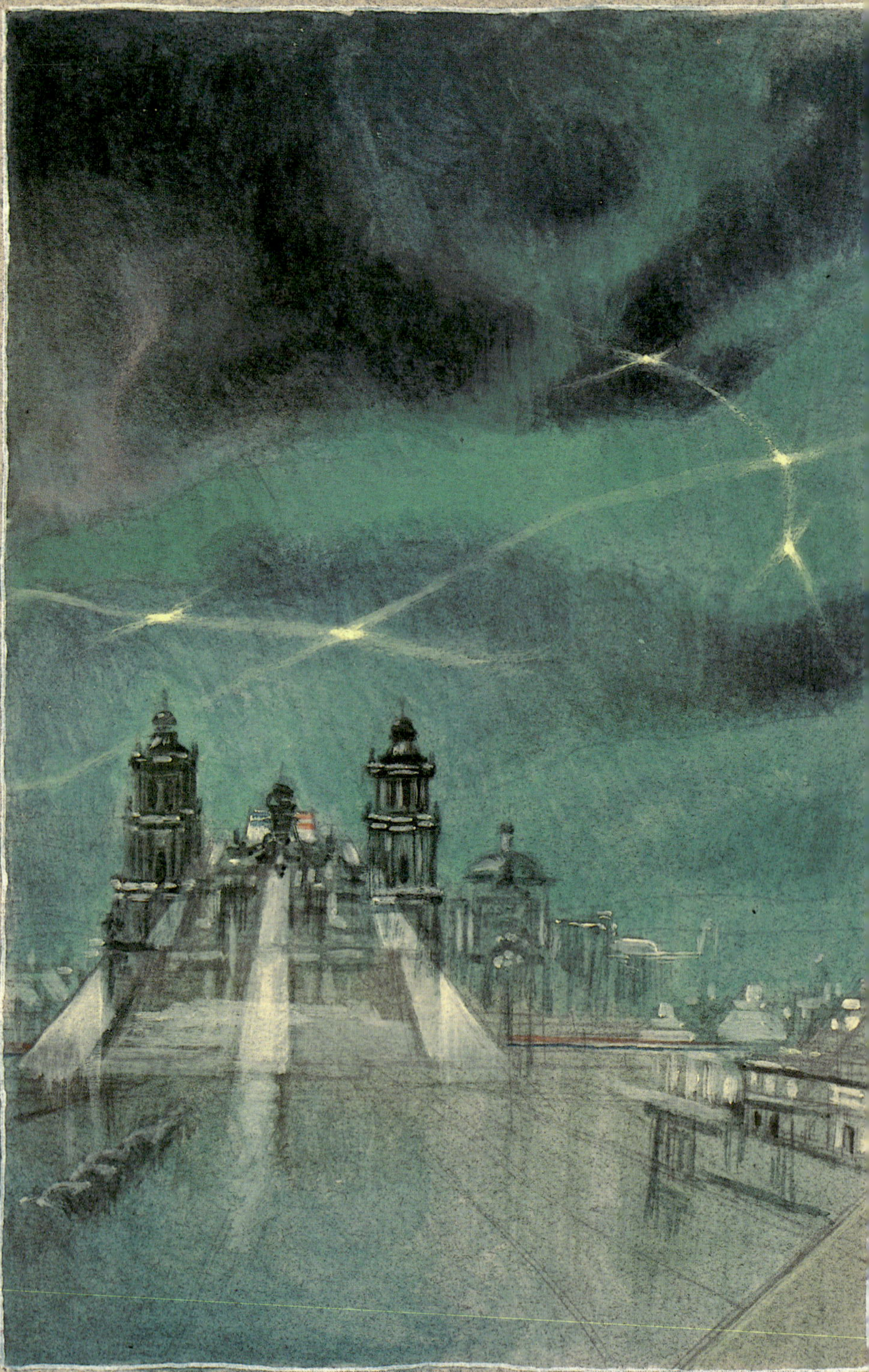

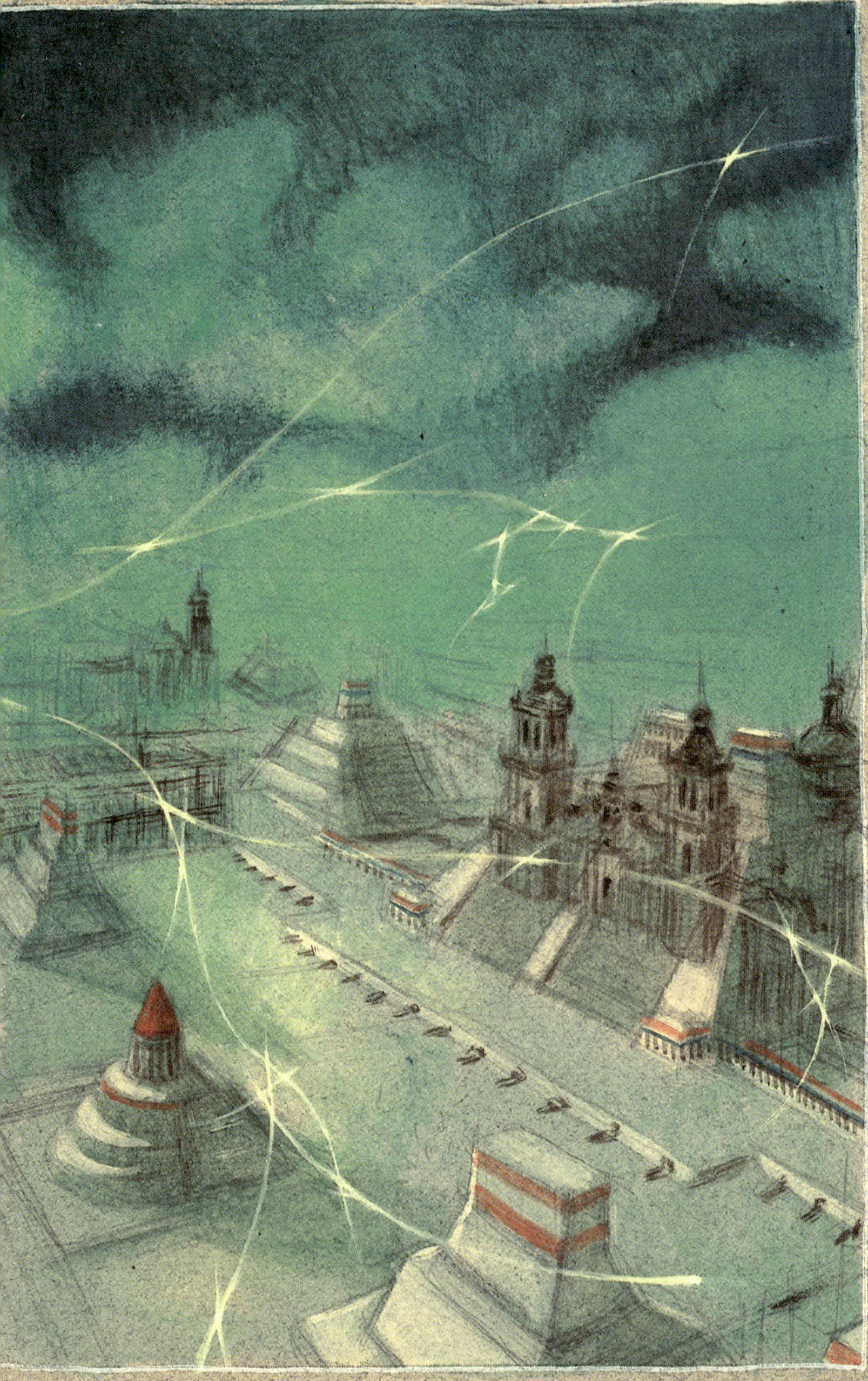

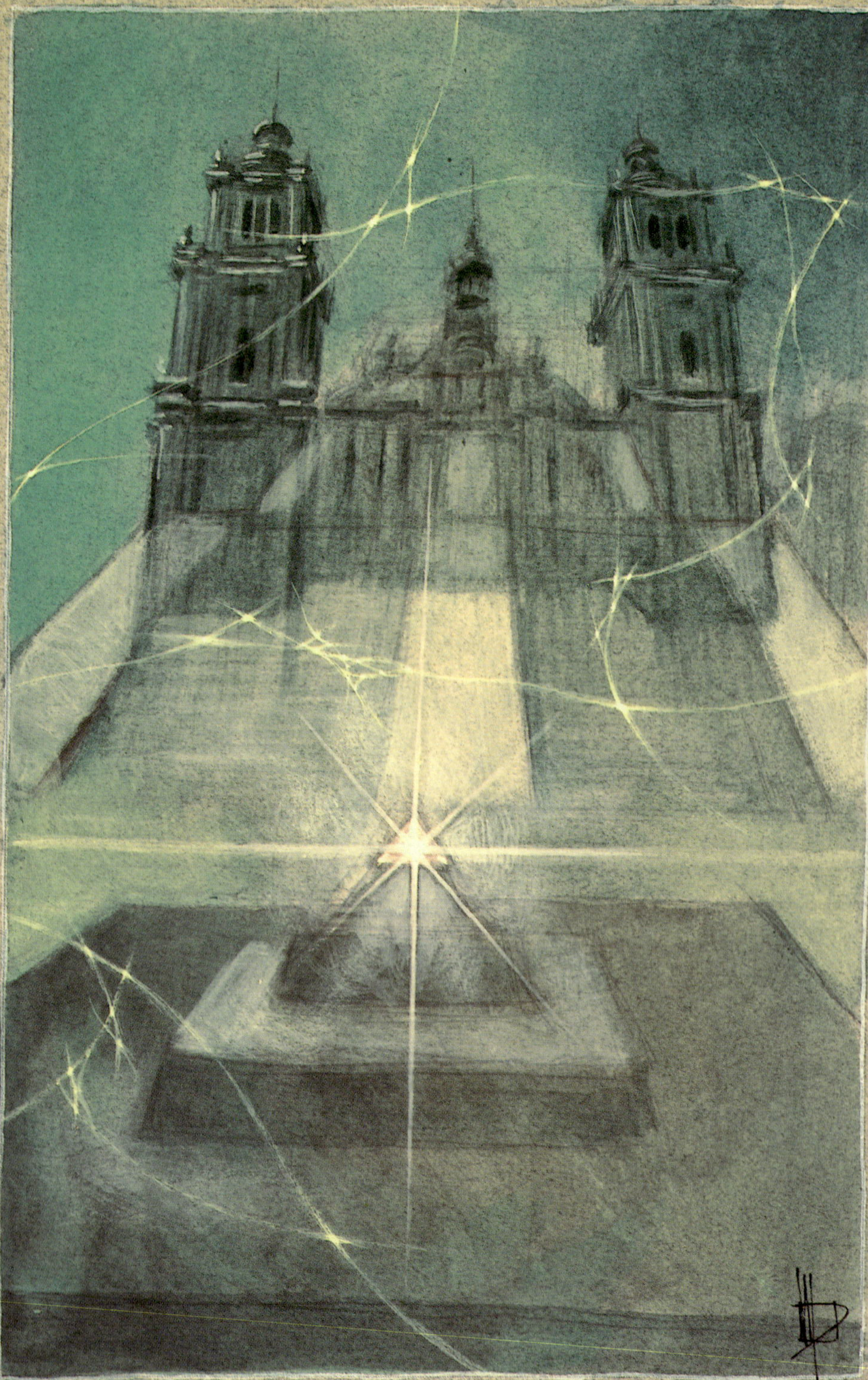

O amor apagou, como um furacão, todo vestígio de rancor, de ódio. Ninguém conseguiu lembrar a razão por que tinha se distanciado de um ser querido. O reencarnado de Hugo Sánchez esqueceu que o doutor Mejía Barón não o havia deixado jogar no campeonato mundial de futebol de 1994. Cuquita esqueceu as surras que seu marido lhe dera a vida toda. Carmela esqueceu que Isabel a chamava de "porca". O compadre Julito esqueceu que só gostava de mulheres bundudas. Os gatos esqueceram que odiavam os ratos. Os palestinos esqueceram seu rancor para com os judeus. Acabaram de repente os racistas, os torturadores. Os corpos esqueceram as feridas de faca, os tiros, os arranhões, os chutes, as torturas, as pancadas e deixaram seus poros abertos para receber a carícia, o beijo. As glândulas lacrimais aprestaram-se a derramar lágrimas de gozo. As gargantas, a soluçar de prazer. Os músculos da boca, a desenhar um enorme sorriso. Os músculos do coração, a expandir-se, expandir-se, expandir-se, até parir puro amor. Como o ventre de Ex-Azucena. Seu momento de dar à luz chegara. Em meio à algaravia do amor, nasceu uma bela menina. Nasceu sem dor de nenhum tipo. Em absoluta harmonia. Saiu para um mundo que a recebia de braços abertos. Não teve por que chorar. Nem Ex-Azucena por que permanecer na Terra. Com aquele nascimento terminara sua missão. Despediu-se da filha amorosamente e morreu com uma piscadela no olho. Rodrigo deu a menina a Azucena e esta a abraçou. Não podia vê-la com a vista, mas sabia perfeitamente como era. Azucena desejou com toda a alma ter um corpo jovem para poder cuidar dela. Os Deuses se compadeceram e permitiram que ocupasse novamente seu ex-corpo como prêmio pelo esforço que realizara para cumprir sua missão. Quando Azucena recuperou seu corpo, terminou a missão de Anacreonte. Então, com toda a liberdade, pôde ir aproveitar sua lua-de-mel. Durante o julgamento tinha ficado noivo de Pavana e acabavam de se casar. Lilith, por sua vez, tinha se casado com Mammon. Em poucos meses tiveram um Querubim e os segundos, um Diabinho.

 Na Terra tudo era felicidade. Citlali tinha encontrado sua alma gêmea. Cuquita também. Teo foi promovido. Carmela descobriu que estava perdidamente apaixonada pelo compadre Julito e contraíram matrimônio imediatamente. Enfim a Ordem se impôs e todas as dúvidas ficaram resolvidas. Azucena soube que recebera a missão de pôr em funcionamento a Lei do Amor como parte de uma condenação. Fora a maior assassina de todos os tempos. Explodira três planetas com bombas atômicas, mas a Lei do Amor, sempre generosa, dera-lhe a oportunidade de restabelecer o equilíbrio. Para benefício de todos, tinha conseguido.

*Percebo o secreto, o oculto:*
*Oh, senhores!*
*Assim somos,*
*somos mortais,*
*de quatro em quatro nós, os homens,*
*todos haveremos de ir embora,*
*todos haveremos de morrer na Terra...*
*Como uma pintura iremos nos apagando.*
*Como uma flor, iremos secando*
*aqui na Terra.*
*Como traje de plumas de ave* zacuán,
*da preciosa ave de pescoço de borracha,*
*iremos nos acabando...*
*Meditai sobre isso, senhores,*
*águias e tigres,*
*mesmo que fôsseis de jade,*
*mesmo que fôsseis de ouro,*
*também para lá iríeis,*
*para o lugar dos descarnados.*
*Teremos de desaparecer,*
*ninguém haverá de ficar.*

Nezahualcóyotl
Romances de los Señores de Nueva España, fól. 36 r.

# CRÉDITOS MUSICAIS

## OBRAS DE GIACOMO PUCCINI

*soprano*: Regina Orozco
*tenor*: Armando Mora
Orquestra da Baixa Califórnia
*regente*: Eduardo García Barrios
Orquestrações: Sergio Ramírez* / Dmitri Dudin**
Direção musical e artística: Eduardo García Barrios

| | | | |
|---|---|---|---|
| concertino: | Igor Tchetchko | clarinete I: | Vladimir Goltsman |
| violinos I: | Tatiana Freedland | clarinete II: | Alexandr Gurievich |
| | Alyze Drelling | fagote: | Pavel Getman |
| violinos II: | Jean Young | corne: | Jane Zwerneman |
| | Heather Frank | trompete: | Joe Dyke |
| viola I: | Sara Mullen | trombone: | Loren Marsteller |
| viola II: | Cynthia Saye | piano: | Olena Getman |
| violoncelo: | Omar Firestone | harpa: | Elena Mashkovtseva |
| contrabaixo: | Dean Ferrell | perc. I: | Andrei Thernishev |
| flauta: | Sebastian Winston | perc. II: | Alan Silverstein |
| oboé: | Boris Glouzman | | |

Artistas convidadas em Senza Mamma:
Paula Simmons / viola III e Renata Bratts / violoncelo II

Coro: Unidad Cristiana de México A.R.
e integrantes do coro do corpo da Orquestra da Baixa Califórnia
Atriz convidada: Laura Sosa
Execução de búzios e tambor tarahumara: Ana Luisa Solís

Engenheiros de som: Luis Gil e Sergio Ramírez
Engenheiro assistente: Luis Cortés
Assistente de produção: Renata Ramos
Gravado em Tijuana B. C. no outono de 1995

## DANZONES

Liliana Felipe *autora e intérprete*

| | |
|---|---|
| *orquestra:* | Danzonera Dimas |
| *regente:* | Felipe Pérez |
| *arranjos:* | Liliana Felipe e Dmitri Dudin |

| | |
|---|---|
| Amador Pérez: | sax tenor |
| Félix Guillén: | sax alto / clarinete 2 |
| Andrés Martínez: | sax alto / clarinete 1 |
| Eloy López: | sax alto / clarinete 3 |
| Felipe Castillo: | trompete 3 |
| Pepe Millar: | trompete 2 |
| Abel García: | trompete 1 |
| Pedro Deheza: | trombone |
| Aurelio Galicia: | piano |
| David Pérez: | baixo |
| Hipólito González: | percussões |
| Paulino Rivero: | güiro |

## BURUNDANGA

*cantora:* Eugenia León
*combo*: La Rumbantela / *regente*: Osmani Paredes

Engenheiro de som: Luis Gil
Assistente da sra. Fradera: Renata Ramos
Gravado nos estúdios "Pedro Infante" de Peerless e "El Cuarto de Máquinas", na Cidade do México, durante o outono de 1995.

Uma produção de Laura Esquivel realizada e dirigida
por Annette Fradera
MUSICOMEDIA S.C. / México fax: (525) 513 40 17

Agradecimentos: CECUT (Tijuana)

Fragmento vocal da faixa 11 tirado de "Versos de Pastorela"[1] contido no fonograma "Tradiciones Musicales de la Laguna" editado pelo INAH
Pesquisa de campo, gravação e notas: Irene Vázquez Valle
Mixagem e edição: Guillermo Pous

1. texto de "Versos de Pastorela": "... Rejubilem-se por ver o Menino que acaba de nascer..."

Pós-produção e efeitos sonoros: Rogelio Villanueva

# CONTEÚDO DO CD

1. Vogliatemi Bene (Dueto de amor) / frag.**    3:02
   *M. Butterfly* / G. Puccini (Casa Ricordi BMG S.p.A.)
2. Mala    3:27
   (Liliana Felipe / Ed. El Hábito)
3. Burundanga    2:14
   (O. Bouffartique / Emmi)
4. O Mio Babbino Caro*    2:33
   *Gianni Schicchi* / G. Puccini (Casa Ricordi BMG S.p.A.)
5. Nessun Dorma*    2:47
   *Turandot* / G. Puccini (Casa Ricordi BMG S.p.A.)
6. A Nadie    3:36
   (Liliana Felipe / Ed. El Hábito)
7. Senza Mamma (frag.)**    2:49
   *Suor Angelica* / G. Puccini (Casa Ricordi BMG S.p.A.)
8. San Miguel Arcángel    5:15
   (Liliana Felipe / Ed. El Hábito)
9. Tre sbirri. Una Carrozza. (frag.)*    3:42
   *Tosca* / G. Puccini (Casa Ricordi BMG S.p.A.)
10. A su Merced    6:26
    (Liliana Felipe / Ed. El Hábito)
11. Final**    2:13
    Final: Saludo Caracoles - Quetzalcoatl, 4 elementos
    Canto Cardenche; Versos de Pastorela (frag.)
    "Diecimila anni al nostro Imperatore!"
    (frag.) *Turandot* / G. Puccini (Casa Ricordi BMG S.p.A.)

**Impressão**
**Gráfica Palas Athena**